Frans Eemil Sillanpää

Frommes Elend

Frans Eemil Sillanpää

FROMMES ELEND

Aus dem Finnischen von
Reetta Karjalainen und
Anu Katariina Lindemann

Mit einem Nachwort von
Thomas Brunnsteiner

GUGGOLZ

Der Toivola-Jussi, oder Juha, oder Janne – den Kirchenbüchern nach lautete sein Name Juhan Abraham Benjaminssohn –, war ein alter Greis von abstoßendem Äußeren. In seinen letzten Jahren hatte er eine ziemlich weit fortgeschrittene Glatze, die im Nacken und über den Ohren von einem irgendwann gestutzten, unter der Mütze hinausragenden Haarbüschel umrahmt wurde. Sein Gesicht war von braunen Zotteln bedeckt wie bei einem Köter, deutlich zu sehen war nur seine spitz zulaufende Nase. Denn um seine Augen herum wuchsen auch Haare, und die Hutkrempe warf zudem einen Schatten, sodass nur irgendwo aus der Tiefe zwei trübe Punkte aufblitzten, in die ein anständiger Mensch nicht gerne hineinschaute. Dem Blick so mancher Leute wird ausgewichen, aber normalerweise aus völlig anderen Gründen als beim Toivola-Jussi. In seinen Augen konnte man nichts bedrohlich Finsteres erkennen, ihr Ausdruck war vielmehr wie ein Versuch zu lächeln. Etwas in ihnen erinnerte an einen Verrückten, und nichts setzt der Seele mehr zu, als in die lächelnden Augen eines Verrückten zu blicken, denn ihr Lächeln will gewissermaßen mitfühlend zeigen, dass es um alles weiß, was der Mensch um keinen Preis zugibt, in sich zu haben. Er wartet einfach ab, bis das verrückte Weib irgend so etwas vor allen Leuten sagt … Der Toivola-Jussi war nicht verrückt; auch wenn er einen äußerst verkümmerten Verstand besaß, herrschte darin dennoch ein vollkommenes

Gleichgewicht. Die Hofbesitzer des Ortes hielten diesen Mann im Gegenteil sogar für ziemlich gerissen und für einen geschickten Aufwiegler. Und als bekannt wurde, dass er während des Aufstandes irgendwie in einen bestimmten schweren Mord verwickelt gewesen war, fällte man ohne langes Zögern das Urteil über ihn. Ein zur Erledigung dieser Säuberungsaktion abkommandierter Feldjäger beendete sein lumpiges Leben in einer Frühlingsnacht zugleich mit dem von acht anderen derselben Sorte.

Die Todesstrafen ließen die abgestumpften Ortsbewohner, die vorher nicht an so etwas gedacht hatten, etwas fassungslos zurück. Fast neigte ihre Stimme zu zittern, wenn sie in den ersten Tagen darüber sprachen. Aber beim Ende des Toivola-Jussi hatte sich eine kleine Szene zugetragen, über die man zwangsläufig lachen musste, weil sich darin etwas für Jussi Charakteristisches zu zeigen schien. Die Aufständischen wurden auf dem Friedhof direkt in einem bereits fertig ausgehobenen Grab erschossen, und Jussi war zufällig als Letzter übrig. Da blieb er aber gar nicht stehen, sondern legte sich schon mal auf den Leichenhaufen drauf, der sich gebildet hatte. Das war so typisch für Jussi. Auf dem Haufen wurde er dann doch nicht erschossen, sondern man befahl ihm, aufzustehen.

»Im Krieg muss man das Töten genießen, sonst wird der Krieg nicht erfolgreich sein«, hat ein finnischer »Soldat des Wortes« einmal geschrieben (die Hervorhebung stammt von ihm), und bestimmt lag er damit richtig. Aber der Krieg an sich bedeutet, genau genommen, nichts: Er ist nur irgendein vorübergehender Beziehungszustand der Menschen- und Gruppenschicksale. Er verschwindet wieder, aber die Schicksale sind gewonnene

Schätze, sowohl die einen als auch die anderen. Ziemlich bald nach den Kämpfen kann eine einzelne menschliche Seele bereits einen Moment erlangen, in dem ihr Blick auch gegen ihren Willen nicht an der nebensächlichen Oberfläche verweilen kann, den körperlichen Anstrengungen, dem Dreck, dem Hunger und den Grausamkeiten, sondern unaufhaltsam tiefer sieht, wo alle gleichsam regungslos stehengeblieben und verstummt sind. Dort ist der eine nicht edler oder berechtigter als der andere, denn mit der Vermittlung der kämpfenden Parteien sind Faktoren miteinander in Berührung gekommen, von denen die Kämpfenden keine Ahnung haben. Die Toten erheben sich und wundern sich, warum man sie in verschiedenen Gräbern beerdigt hat, sie können sich beim besten Willen nicht daran erinnern, was damit beabsichtigt war. Der Toivola-Jussi und der Feldjäger sind alte Bekannte, der Feldjäger hat Jussi irgendwo einmal in einer klaren Nacht erschossen. Das passierte bestimmt ganz nebenbei, weil er damals überhaupt nicht bemerkte, was für ein bedeutender Mann Jussi in Wirklichkeit war …

I
Geburt und Kindheit

Der Toivola-Juha gehörte von Geburt dem Stand der Hofbesitzer an, auch wenn von den jüngeren Leuten heute nur wenige davon Kenntnis haben, denn mit seiner entfernteren Vergangenheit hat sich niemand beschäftigt. Aber er besitzt noch heute mächtige Verwandte unter den Hofbesitzern in zwei oder drei Gemeinden, auch wenn die ihm so fremd geworden sind, dass sie ihm nicht einmal einfielen, als er wegen seiner Mitwirkung am Aufstand in Bedrängnis geriet.

Geboren wurde er im Nordosten des Kirchspiels Satakunta, in einem Dorf namens Harjakangas, auf dem Nikkilä-Hof, im Jahre 1857. Die Geburt ereignete sich an einem Freitagnachmittag vor dem Michaelistag. Die Stimmung des bevorstehenden herbstlichen Feiertages lag bereits über dem Haus und der ganzen Gegend, und vermischte sich mit der seltsam süßlichen Ausstrahlung, die von einer gebärenden Frau ausgeht. Am Vormittag hatte es heftig geregnet, aber gegen Abend klarte es auf, die Sonne schien bereits auf die bunten Birken- und Espenwälder und in das frische Grün der einsamen Tannen. Der Besitzer des Nikkilä-Hofes, Penjami, ein fünfzigjähriger Mann mit schlaffer Haltung und Tabak in der Backe, stieg unsicheren Schrittes die Treppe des Hauptgebäudes in den Hof hinunter. Er trug einen langen, schäbigen Leinenmantel, der durch einen Ledergürtel zusammengehalten wurde, aber sowohl Mantel- als auch Hemdknöpfe standen offen, sodass seine hagere, gerötete Brust für die Herbstluft weit entblößt war. Er war ein Mann, der langsam seinem Untergang entgegenging: dieser Kerl, wie er in seinem Mantel mitten auf dem Hof stand, während der Schnapskessel im Haus vor sich hin köchelte – das alles hatte einen milden harmonischen Gleichklang, der sich bis in die abgenützten Ecken und in die miefenden Wände des Hofes ausbreitete. Penjami war bereits zum dritten Mal verheiratet, und jetzt war diese dritte Frau gerade dabei, ihr erstes Kind zu gebären. Loviisa, die kräuterkundige Schröpferin aus dem Dorf, schleppte hemdsärmelig und mit schweißnassem Gesicht Wasser aus dem Haus in die Sauna, und als sie Penjami in Richtung Dorf davongehen sah, rief sie:

»Heute Abend solltest du besser zu Hause bleiben, Alter!«

»Kümmert ihr Weiber euch mal um euren eigenen Kram«, schimpfte Penjami und stiefelte weiter in Richtung Dorf, mit einem süßlich selbstbewussten Lächeln auf seinem geröteten Altmännergesicht, das von außen das sanfte Tageslicht und von innen die ebenso sanften, heimlichen Altmännergedanken widerspiegelte.

»… Weiber bekommen Kinder … Weiber sind so, dass sie immer Kinder kriegen … auch jetzt bekommt mein drittes Weib ein Kind, aber die Schröpferin kriegt keine mehr … hahaha, he Jungs!«

»… Ich geh zum Ollila-Hof, den alten Ollila besuchen … das ist ein lustiger Kerl, obwohl er aus Kokemäki kommt. Der ist auch andauernd besoffen, genauso wie ich, wahrscheinlich auch jetzt wieder. Warum sollte ers auch nicht sein, hat er doch einen großen Sohn, der ist wie ein kleiner

Bär … und immer genug Roggen. Der wird verdammt nochmal nicht arm, auch wenn er säuft wie ein Loch … Aber ich hab schon das dritte Weib und die bekommt ein Kind … die Schröpferin ist da gerade am Rumhantieren, aber bald werd ich den Weibern die Mätzchen austreiben … Das ist so nett, den Weibern ne Tracht Prügel zu verpassen … Den Stock hat noch jedes von meinen Weibern zu spüren bekommen und so auch diese wieder …«

Der Schnaps kreiste gerade am allersüßesten durch Penjamis Adern, seine Wangen waren rot wie Vogelbeertrauben, und seine Augen suchten in der Nähe nach etwas, an dem er seine gute Laune auslassen konnte. Er suchte Streit mit Husaris Gören auf dem Kartoffelfeld und fragte sie: »Ist dein Vater zu Hause?« »Ist er«, sagte der Junge. »Was macht er jetzt?« »Weiß nicht«, antwortete der Junge. »Der liegt sicher bei deiner Mutter«, meinte Penjami, lachte heiser und ging weiter den Weg entlang, in Richtung Ollila.

*

Der Name der dritten Frau von jenem Penjami lautete Maija. Von Geburt war sie eine Tochter vom Ollila-Hof; aber nicht des jetzigen Hofbesitzers aus Kokemäki, sondern so, dass derjenige, der den Ollila-Hof dem jetzigen verkauft hatte, Maijas Bruder gewesen war. Der Bruder war damals ein junger Mann, durfte jedoch als Schwiegersohn in ein Haus hinter Tampere einziehen, und aus diesem Grund verkaufte er das Haus, in dem er geboren worden war. Seine Schwester Maija geriet dadurch in eine schwierige Lage. Natürlich blieben ihr ein paar Rubel, aber die schien niemand haben zu wollen. Auch irgendwelche schwachen Versuche, zu prunken und zu protzen, wagte sie zunächst wohl, aber die hatten offenbar etwas an sich, dass alle darüber lachten, und schließlich wurde diesen Versuchen gewissermaßen von Seiten der Dorfgemeinschaft ein natürliches Ende gesetzt: Maija war in andere Umstände geraten. Das Kind starb zwar fast gleich, aber auf diesen Wegen waren auch ihre Rubel ausgegeben, und Maija stand nun das einzige bevor, das Frauen immer offensteht: sich als Magd zu verdingen. Die Leute haben ihr damals weitere andere Umstände vorausgesagt, weil sie von Natur aus eine weichherzige Transuse war. Diese Vorhersagen gingen jedoch nicht in Erfüllung. Aber als die Frau des Gutsbesitzers am Nikkilä-Hof um den Michaelistag herum verstarb und Maija im selben Herbst als Magd nach Nikkilä ging, da sagten die Leute: »Die könnte der Penjami jetzt zur Frau nehmen«. Und diese Vorhersage ging in Erfüllung. Maija lag nun auf der Sauna-Bank von Nikkilä, und Loviisa wuselte um sie herum.

Maija hatte diese Gelegenheit bereits inbrünstig herbeigesehnt und erwartet, weil ihr ganzes bisheriges Leben, vor allem seit der Heirat, ziemlich zaghaft und unstimmig verlaufen war und sich ihr kleiner schwacher Verstand ausgedacht hatte, dass ihr Leben, wenn sie einen Nachkommen bekäme, erst richtig anfangen würde. In ihrem Leben hatte schließlich nichts weiter gefehlt als ein richtiger Anfang, und dieser Mangel war nicht ihre Schuld. Was konnte sie denn dafür, dass ihr ein gewöhnliches Leben als Tochter eines Hofbesitzers nicht so richtig hatte gelingen wollen? Nun arbeitete sie bereits seit fünf Jahren als Magd, ohne ihr Magddasein jedoch jemals als erniedrigend empfunden zu haben, sondern nur als Zwischenzustand, bis ihr Leben richtig anfangen würde. Den Andeutungen des Gutsbesitzers Penjami hatte sie dann auch sofort nachgegeben; Maija fand es sogar angenehm, dass Penjami so war wie er war: alt, tabakkauend und versoffen – und Witwer. Das alles war nur gut; nicht etwa, weil die Ollila-Maija dabei an ihre eigene Erniedrigung gedacht hätte, sie schienen einfach ein passendes Ehepaar für dieses Haus abzugeben.

Aber dieses Gefühl hatte sie erst, als sie bereits sicher wusste, dass sie die Frau des Gutsbesitzers werden würde; als sie sich eine ganze Woche lang vorstellen konnte, wie nächsten Sonntag in der Kirche gesagt werden würde: »der Hofbesitzer und Witwer Penjami Penjamis Sohn und die Tochter eines Hofbesitzers: das junge Fräulein Maria Josefina Sefanias Tochter«. Aber in der Kirche hieß es dann doch »die Dienstmagd desselben Hofes« – von einem jungen Fräulein war nicht die Rede. Und auch sonst sollte Maija bald merken, dass sie immer noch nicht an den angestrebten Anfang gelangt war. Weil sich ihr Leben auch nach der Hochzeit kaum veränderte. Sie war nicht in der Lage, Penjami anders als mit »Sie« anzusprechen, und Penjamis Töchter nannten sie weiterhin Maija. Penjami hingegen sagte, wenn er über die Frauen sprach, normalerweise nur »Weiber«; wenn er besonders gnädig gestimmt war, sagte er »Weibsvolk«. Dieselbe ewige, namenlose Angst, die Maija verspürt hatte, als sie sich wünschte, Frau des Hofbesitzers zu werden, dauerte an, als sie es zur Frau des Hofbesitzers gebracht hatte. Der Anfang musste immer wieder aufgeschoben werden. So-und-so hätte es sein müssen und so-und-so, aber alles musste auf morgen verschoben werden. Einmal unternahm sie einen bescheidenen Versuch: Sie war unfreundlich zu der Schröpferin, damit die sich von dem Hof fernhielte. Aber das hatte zur Folge, dass sich Penjami bei seiner Heimkehr furchtbar ärgerte und schrie, dass »wenn ihr Weiber … Kühe … euch nicht anständig benehmt, dann …« – er zog gleichsam sein angsteinflößendes Alter und seine Hässlichkeit hervor und brachte zum Ausdruck, dass er über allen Weibern stand. In Penjamis Leben fehlte es nicht an einem Anfang; diesem Leben konnte man nur Respekt erweisen. Und die Schröpferin zeigte auch, dass sie kein boshafter Mensch ist; sie war danach Maija fast noch gewogener als zuvor.

Und selbst dann schien Maijas Leben nicht wirklich in Fahrt zu kommen. In einem einsamen Moment inmitten der Schufterei begriff sie, dass sie bereits ziemlich alt war und hier so auf dem Hof gelandet … und dass über allem Penjamis gerötetes Altmännergesicht und alles unter seinem verkaterten Kommando stand, seit Jahrzehnten unerschütterlich auf seinem Lebensweg festgelegt. Und dazwischen die Schröpferin und die Töchter mit ihrem eigenen Wissen, und als Beobachter das graue Dorf um sie herum. So wird es wohl immer weitergehen … Solche nachdenklichen Momente ließen Maijas Nasenwurzel immer tiefer sinken; zwei Vorderzähne waren ihr bereits ausgefallen. Wenn Penjami stirbt, wie wird es ihr dann ergehen, wenn es keinen Erben gibt und wohl auch nicht geben wird.

Aber dann kündigte er sich an. Während dieser Schwangerschaft blickten Maijas triefende Augen zwischen den bleich gewordenen Wangen oft verträumt vor sich hin. Jetzt war ein Erbe unterwegs, aber diese Tatsache erforderte von nun an so viel notwendige Planung, sie musste immer weiter, etwas tun. Das Kind musste gepflegt und erzogen werden, immerzu musste dafür gesorgt werden, dass sein Erbteil wuchs und nicht schrumpfte. Und immer, wenn Maija von diesen anstrengenden Gedanken befallen wurde, fühlte sie sich unwohl. Jedwede vorwärts gerichtete Bestrebung bedrückte sie und machte sie müde, da sie sich erfolgreiche, sehr notwendige Ergebnisse ausmalte, aber gleichzeitig spürte, dass dafür wohlüberlegte Entschlossenheit und stets ein bisschen Tatkraft benötigt wurden. Maija waren in ihrem Leben abertausende kleine Schwierigkeiten widerfahren, nichts war ihr bisher vollkommen gelungen. Und auch hier gab es Eeva und Marke und Penjamis hohes Alter und alles andere. Warum war nicht einmal ihre Heirat so verlaufen wie die anderer Mädchen? Soweit müsste doch der Mensch kommen, dass er nichts mehr erreichen muss.

Aber die Natur kümmerte sich nicht um so etwas, vielmehr verrichtete sie unermüdlich ihre Arbeit. Die bedingungslose, fordernde Unermüdlichkeit der Natur einerseits und die Gedanken der Menschen andererseits sind der Kern des Trauerspiels des Lebens, und das bewahrheitete sich auch unter diesen Umständen, wie eine Blume in den verlassenen Winkeln der entlegensten Wälder ihrer Art gemäß wächst. Als die Geburt dann kurz bevorstand, ließ für einen Augenblick der lästige Druck all dieser Widrigkeiten von Maija ab. Sie fühlte, dass sie in eine Art Idealzustand gelangt war. Die Eevas und die Markes und die Penjamis und Loviisas sollten von ihr aus tun, was immer sie wollten.

*

In der Backstube des Ollila-Hofes brennt eine Wachskerze, und in ihrem gelblichen Lichtschein sitzen drei Männer. Der alte Ollila selbst ist ein fast siebzigjähriger Mann, das Gesicht glattrasiert, unter dem Kinn lockt sich ein buschiger weißer Bart von einem Ohr zum anderen. Er spricht Kokemäki-Dialekt, Hals und Rücken hält er immer steif. Er trinkt auch den Schnaps mit Würde, und als der Nikkilä Penjami ihn allzu sehr zu necken und zu piesacken versucht, gebietet ihm der Alte mit gelassener Rücksichtslosigkeit Einhalt. Und Penjami wagt es nicht, einen Streit anzufangen. Denn neben dem Alten sitzt ebenso steif und unbeweglich sein Sohn Fransu – ein kräftiger, wohlfrisierter Mann zwischen zwanzig und dreißig. Fransu gibt auch ab und zu einen Satz von sich, ganz ernst, ohne jemals dabei zu lächeln. Er merkt auch von sich aus etwas an, aber diese Anmerkungen bestätigen immer nur, was der Alte zuvor gesagt hat. Sie werden nicht betrunken, obwohl sie trinken. Sie lassen Penjami in diesem ihrem Kreis gewissermaßen springen – den Penjami, der auf dem Nikkilä-Hof so ein großer Herrscher ist.

Aus Kokemäki hat sich der eine oder andere in der Gemeinde niedergelassen. Sie sind stolz und nehmen keine Rücksicht auf den ortsüblichen Ton. Mit ihren Tüchern und Pelzen sprechen sie auch auf dem Kirchberg miteinander laut in ihrem breiten Dialekt.

Die Kerze nähert sich ihrem Ende und der Nikkilä-Penjami ebenso. »Du hältst wohl nicht länger durch als eine Kerzenlänge«, meint der alte Ollila. Er scheint umso munterer zu werden, je mehr Penjami dahindämmert. »Ganz grundlos warst du damals sauer auf mich, weil ich dir kein Geld geben wollte, aber ich wusste ja nicht, wie es um dich stand – und eines muss ich dir auch noch sagen: Warum musstest du denn auch heiraten …«

In seiner Trunkenheit merkt Penjami, wie fremd er diesen Männern ist und wie ärgerlich überlegen sie ihm sind. Als würden er und sein Hof schon dabei sein, gewissermaßen in ihren Besitz überzugehen, auch ohne dass sie es wollten. In Penjami erwachen unweigerlich erste Anzeichen von Gereiztheit, er steht auf, als würde er etwas tun wollen. Aber da steht auch der Alte auf und sagt:

»Geh doch jetzt mal nach Hause, Nachbar, und sieh nach deiner Frau, ich glaube, sie bekommt gerade das Kind.«

Der Alte und Fransu bringen Penjami nach draußen. Er tritt in den stockfinsteren Hof und macht sich zu Fuß auf den Weg zum anderen Ende des Dorfes. Seine Augen starren in die Dunkelheit, und nachdem der Schnaps all das Alltägliche in seinem Bewusstsein betäubt hat, sieht er nur noch die einfachen Grundzüge seines Lebens und seiner Stellung in all ihrer Abscheulichkeit. Die Erde da und der Himmel dort, und diese Leute aus Kokemäki fallen nicht auf Penjamis gemeine Spielchen herein. Alle anderen schon. Er hat das Gefühl furchtbar satt, dass es etwas gibt, das sich nicht überlisten lässt und das man auch nicht loswird. Der alte Penjami wird von der Ahnung fast erdrückt, dass es auch etwas geben könnte, dem man einen gewissen Wert beimessen muss.

Mit einem Grummeln setzt er sich an den Wegesrand.

*

Der Kienspan brennt im Halter, und in seinem Licht sind in der Stube des Nikkilä-Hofes die beiden rothaarigen Töchter des Hauses zu sehen: die Ältere Eeva und die Jüngere Marke. Sie stammen beide aus der zweiten Ehe des Hofbesitzers, sind die einzigen Überlebenden, sind ihrer verstorbenen Mutter ähnlich. Sie wirken verschlossen und sprechen auch untereinander nicht viel, suchen aber dennoch immer gegenseitig ihre Nähe. An diesem Abend ist ihre gemeinsame Laune besonders andächtig, denn, seitdem es dunkel zu werden begann, haben sie die Herrschaft über die Stube ihrer Kindheit erlangt. Wenn die Frau des Hofbesitzers fort ist, und auch der Gutsherr, dann ist auch das Gesinde fort, denn dann ist die beste Zeit, um irgendwo anders anzuheuern oder sich zu betrinken. Nur die

Grillen zirpen und zirpen laut durch die Ofenritzen, und der brennende Kienspan knackt gespenstisch, während er sich zu einem Bogen zusammenkrümmt. Direkt neben dem Lichthalter sitzt Marke, irgendetwas aus dem langen und schmalen Katechismus vor sich hin murmelnd, und ein bisschen weiter entfernt tritt Eeva ihr Spinnrad. Als sie anhält, um den Flachsfaden auf die nächste Verzahnung zu heben, hört auch Marke zu lesen auf, will etwas sagen, aber ihre Schwester bringt das Schwungrad gleich wieder zum Drehen, feuchtet ihren Finger an und spinnt weiter. Marke ist nach wie vor ein bisschen kindlich, noch nicht konfirmiert, aber Eeva wird schon bald erwachsen sein.

Ihr Gemütszustand wird einzig und allein von den zufälligen Ereignissen in ihrem eigenen kleinen Leben und in ihrer näheren Umgebung bestimmt. Wenn der Sommer zu Ende geht, werden abends die Kienspäne angezündet, und der Winter ist wieder nicht weit. So geschieht es offenbar unaufhörlich, Jahr für Jahr, und dabei merken die Mädchen, dass sie größer werden. Ihre Mutter starb vorletzten Herbst, genau um diese Zeit; nun ist Maija hier wie zu Hause, geht in den Vorratskammern und auf den Dachböden herum und liegt jetzt gerade in der Sauna, bekommt ein Kind; und Vater ist immer betrunken. Das Jahr nach dem Tod ihrer Mutter war das schönste für Eeva und Marke gewesen; ihr Vater war zu dieser Zeit fast immer fort und verprügelte sie dennoch nicht, wie er es bei ihrer verstorbenen Mutter stets getan hatte. Eeva bekam damals die Schlüssel des Hofes und bewahrte sie so auf, dass die Schröpferin sie nicht in die Finger bekam, obwohl sie andauernd überall herumflatterte. Die Schröpferin duzt Vater und hat sich noch nie vor ihm gefürchtet, auch nicht, wenn er wütend war.

Marke ließ das Buch auf ihren Schoß sinken und versuchte, mit ihrer Schwester ins Gespräch zu kommen:

»Wo Vater wohl wieder bleibt?«

»Wahrscheinlich auf dem Ollila-Hof.«

»Was macht eigentlich diese Loviisa andauernd hier? Warum lacht sie Vater immer so an?«

»Dieses Kräuterweib war auch mal Vaters Verlobte.«

»Ja, aber wie kann sie auch jetzt noch hier sein, wenn Maija doch hier ist? Und wieso darf diese Maija auch noch so tun, als sei das ihr Haus?«

»Die ist jetzt die Hausherrin.«

»Mutter war doch die Hausherrin.«

»Ja, aber jetzt ist es Maija, und jetzt kriegt sie auch noch ein Kind, nur damit du's weißt.«

»Wie kommt sie dazu? Und wieso kriegt sie es in der Sauna?«

»Frag sie doch selbst.«

»Wann kriegst du ein Kind?«

»Pah, am St. Nimmerleinstag«, antwortete Eeva mit einem müden Lächeln, dann stand sie auf, stellte ihr Spinnrad zur Seite, gähnte und strich sich über die Haare.

Zu zweit allein gelassen, machten sich die kleinäugigen, rothaarigen Nikkilä-Töchter aus lauter Langeweile bereit zum Schlafengehen. Maija und die Schröpferin befanden sich noch immer in der Sauna, und Penjami war noch immer im Dorf. Bestimmt mieden diese drei Gruppen von Menschen einander unbewusst, wo sie sich auch immer aufhielten an jenem stockfinsteren Herbstabend, an dem von der Dorfstraße her ab und zu das Brüllen eines besoffenen Knechts zu hören war. Eeva löschte den Kienspan, schloss die Lüftungsklappe und legte sich in das knarrende Bett neben dem Ofen auf der Stallseite, wo

Marke sie bereits erwartete, um sich zufrieden ganz fest an ihre Seite zu schmiegen. Eeva ließ es zu, wenn es ihr auch nicht besonders behagte.

Aus dem Vorraum erklangen Loviisas eilige Schritte. Sie betrat kurz sowohl die Kammer als auch die Backstube, öffnete auch die Tür zur Stube und ging dann wieder. Der Junge war schon auf der Welt, versorgt und fest eingewickelt. Während Loviisa die Wiege holte, zeichnete die Mutter ein Kreuz auf seine Brust und murmelte eine Mischung aus Beschwörungen und Segnungen. Dann legte sie sich mit einem Seufzer wieder hin, mit dem Gefühl natürlichen Glückes und der Müdigkeit in ihrem Sinn und ihren Gliedern. In diesem Augenblick gab es nichts, wovor sie Angst haben musste, keine Schinderei, sie durfte für einen winzigen Moment mit dem Kind zu zweit sein – hier in der Stille der Sauna.

Das eine Stunde alte geheimnisvolle menschliche Wesen ächzte in seinem Korb in der Sauna des Nikkilä-Hofes, in der Nacht vor dem Michaelistag – weit entfernt, in einer dunklen, abgelegenen Gegend, sechzig Jahre vor dem Aufstand der Roten. Es war zwar kein harmonischer Geburtszeitpunkt, aber auch kein besonders unharmonischer; die Geburt ereignete sich unter ziemlich gewöhnlichen Umständen. In der Stube wachte Eeva zuerst davon auf, dass der Vater Penjami zu seinem Bett stolperte. Dann wachte sie davon auf, dass er laut irgendetwas herumschimpfte, worauf aus dem Bett neben der Tür schließlich eine Antwort zu hören war: »Hör auf zu maulen, Alter, oder ich stehe auf, dann hörst du ganz bestimmt auf.« Das war der Knecht Aapeli, der ebenfalls spät nach Hause gekommen war. Der Alte hielt für einen Moment inne, stand dann aber wieder auf und ging irgendetwas vor sich hin murrend ins Vorzimmer, wo man ihn nach Loviisa fragen hörte. Der Untergebene des Knechts kicherte in seinem Bett. Das alles hörte Eeva sehr deutlich, und es war für sie nichts Außergewöhnliches dabei. Marke hörte überhaupt nichts, sondern schlief noch dichter an Eevas Seite gedrängt, Eeva im Schlaf vermutlich für ihre Mutter haltend.

Maija hatte aus eigenen Gründen die Geburt des Sohnes erwartet, und nach der Niederkunft erlebte sie die feierlichen Stimmungen, die die Natur selbst hervorruft. Aber sobald diese Stimmungen abgeklungen sind, ist der allmächtige Alltag wieder da, und dann wird die Geburt des Kindes nur noch als irgendetwas gesehen, das ehrenwerte Menschen ohne zu murren annehmen und geduldig ertragen; es ist eines dieser Ereignisse, die das Leben immer in der einen oder anderen Form mit sich bringt und die dem Menschenleben diesen traurigen und ein bisschen schweren Ton verleihen. Wenn ein Kind jung stirbt, ist das normalerweise ein viel erfreulicheres Ereignis als seine Geburt. Die Mutter vergießt zwar Tränen, aber sie erklärt sie ganz freimütig zu Freudentränen.

Wenn sie nicht bei ihrem Kind war, wusste Maija immer, dass das Überleben des Kindes wichtig für sie war. Manchmal schoss ihr auch so etwas durch den Kopf, dass sich Penjami nicht um das Kind scherte; ungekannte Gefühle Penjami gegenüber erwachten dann in Maijas Herzen. Das kam nach und nach auch bei den Wortwechseln zwischen den Ehepartnern zum Vorschein. Maija versuchte dabei zwar instinktiv, die liebenswürdig neckische Vorgehensweise aus ihrer Brautzeit beizubehalten, aber sie schreckte dennoch nicht davor zurück, wenn sie unter sich waren, im groben Scherz Penjami zu duzen. Diese

Behandlungsweise schien bei Penjami übrigens irgendwie zu wirken: Maija bemerkte, wie ihr Wert und Einfluss zunahmen.

So lange der kleine Jussi noch unbeholfen war und nicht auf eigene Faust Ausflüge unternehmen konnte, verliefen seine Tage ziemlich gleichförmig. Da gibt es die alte beschädigte Wiege zwischen dem Ofen und der hinteren Stubenwand. In der Abenddämmerung liegt darin ein zweijähriger Junge, die Beine im Schoß seiner Halbschwester Marke, die quer am Fußende der Wiege sitzt. Die unebenen Aststellen im Dielenfußboden lassen die Wiege, die Marke gelangweilt vor sich hin summend schaukelt, laut klappern. Der Junge will nicht schlafen. Immer wieder setzt er sich auf und schreit nach seiner Mutter, dann zwingt ihn Marke erneut, sich wieder hinzulegen. Das Kind ist von der zunehmenden Dunkelheit beunruhigt und es wird von Läusen und Wanzen gebissen.

Als es sich schon zum zigsten Mal weinend aufrichtet, steht Marke endlich mühsam auf und stemmt den Jungen hoch auf ihren Schoß, nimmt seine krummen Beinchen auf ihre Arme und geht zum Fenster, durch das noch Tageslicht hereinschimmert. Das Kind beruhigt sich etwas, als es bei Brunnen und Stall Gestalten geschäftig in der Dämmerung herumgehen sieht. Dann fängt es wieder an, leise und unaufhörlich vor sich hin zu weinen. Draußen wird eine Tür zugeknallt, drinnen zirpt eine Grille, die treue Mitbewohnerin damaliger Stuben, zu Zeiten der Kienspäne. Marke hat sogar schon ihren eigenen Überdruss satt. Sie betrachtet vor dem Fenster stehend ohne eine Gefühlsregung die vom Weinen verschmierten, verworrenen Gesichtszüge des Jungen. Das ist Maijas Sohn und Vater ist auch sein Vater …

Schon kommen die Männer zum Haus, der Knecht Aapeli und Kustaa, sein Untergebener. Mastomäki, der Kätner, dreht offenbar am Tor ab. Auch Maija hört man aus dem Vorzimmer in die Backstube gehen. Der Abend bricht an.

Nachdem Aapeli seinen Mantel ausgezogen und seine Fäustlinge und die durchnässten Filzstiefel auf den Ofen gelegt hat, reckt er sich zum Dachsparren hinauf, um ein Bündel Späne herunterzuholen, nimmt sich ein Streichholz, entflammt es an der Ofenmauer und zündet die Späne an. Das Kind hört mit seinem leisen Weinen auf und kneift die Augen zusammen. Es ist erschöpft, aber sobald man versucht, es in die Wiege zu legen, schreit es laut auf.

Aapeli hat den Schlitten hervorgeholt, an dem er gerade schnitzt. Kustaa döst untätig auf der Bank, solange ihm niemand etwas befiehlt. Schon betritt Maija die Stube, nimmt inmitten ihrer Geschäftigkeit Jussi auf ihren Schoß und gibt ihm die Brust. Jussi wird immer noch gesäugt, obwohl er schon über zwei Jahre alt ist. Sie ist noch nicht dazu gekommen, ihn abzustillen.

Maija kann sich durchaus wie eine Hausherrin benehmen. Sie befiehlt Kustaa und Marke zu lesen. Kustaa holt auch seinen Katechismus, aber Marke zögert. »Warte nur, bis dein Vater wiederkommt«, droht Maija.

Kustaa ist gerade so richtig ins Predigen gekommen: »Antwort, dass der alte Adam, der in uns noch täglich innewohnt … ähm … mit der Buße und der Besserung … und mit all den schlimmen Begierden … ähm … muss ertränkt werden und … und jeden Tag von Neuem wird er wieder auferstehen … ähm …«, als Aapeli mehr Licht benötigt, um die Schlittenteile zusammenzufügen, und Kustaa anknurrt: »Komm her, Junge, und leuchte mir.«

Das Zischen des Hobels, das Surren des Spinnrades, das Herbeten des Katechismus. Und Penjami selbst ist mit einem Bündel Spanhölzer unter dem Arm in die Stube gekommen und zieht den Hölzern dann schweigend Späne ab. Er ist heute den ganzen Tag nüchtern gewesen, und dann wirkt seine Anwesenheit auf die anderen immer würdevoller als sonst.

Ein paar Stunden später sind diese unterschiedlich alten menschlichen Wesen bereits eingeschlafen. Um sie herum atmet die unendliche düstere Nacht der Einöde, als wäre sie das einzige bewusste Wesen, das die unwissenden, hilflos im Meer der Zeit strampelnden Leute betrachtet. Die schicksalhaften Sechzigerjahre sind angebrochen, aber diese zufällig zusammengekommenen Menschen haben keinen Sinn dafür, die nahenden Ereignisse aus dem Zirpen der Grillen herauszuhören. Sieben atmende Wesen versuchen jeder für sich und unaufhörlich ihren Teil von der gemeinsamen Luft in der Stube zu nehmen und zu geben.

Der jüngste Atem ist kaum hörbar. Der kleine Jussi ist endlich an der Brust seiner Mutter eingeschlafen und dann in die übel riechende Wiege gelegt worden. Da liegt er nun, der kleine Körper, mit all seinen Bestandteilen, auch er strebt unbewusst vorwärts auf dem Meer der Zeiten, in seine weit entfernte Männlichkeit, in das noch weiter entfernte Alter und in den unbekannten Tod, nach dem alles wieder beim Alten ist: Das Ufer des Zeitenmeeres ist auch nicht in Sicht. Dieser Körper besteht aus Fleisch und Blut, und innendrin aus Knochen. Aber die Reise dieser kleinen Zusammenstellung ist vom Anfang bis zum Tod beschwerlich. Im unsichtbaren Gewebe der kleinen Knochen geschieht bereits etwas, von dem man nur das Ergebnis erahnen kann, die allmähliche Verkrümmung der Beine und die zunehmenden Unebenheiten am Schädelknochen. Und bei Einbruch der Dunkelheit läuft eine Wanze unglaublich flink aus einer Ecke der Wiege los, am Leintuch entlang, bis sie findet, was sie sucht.

In den zarten Kammern des Gehirns treffen laufend Meldungen über diese Vorgänge ein. Wenn die Meldungen zunehmen, erklingt irgendwo in der Ferne eine Stimme und überträgt dabei ihre Wellen zu all den geheimen Aufgaben der anderen Gehirne. Aber nur in einem dieser Gehirne schenkt man ihnen Beachtung.

Maija richtet sich neben dem schnarchenden Penjami auf, reibt sich die entzündeten Augen, kratzt sich die Seite und will den kleinen Jussi in den Schlaf wiegen. Aber Jussi lässt sich durch das Schaukeln nicht beruhigen, er schreit noch lauter und wirft sich herum. Da beugt sich Maija mit einer ungeduldigen Bewegung zur Wiege hinunter, um ihm die Brust zu geben. Wann wird wohl der Tag kommen, an dem sie ihn abstillt? Ein Gefühl des Überdrusses bemächtigt sich Maijas, als sie da in der Tiefe der Nacht fühlt, wie der Junge den spärlichen Saft aus ihrer Brust saugt. Das wird doch schwer werden. Und sie weiß, dass das Haus auch verschuldet ist.

Der Junge beruhigt sich wieder – für kurze Zeit, und tausend äußere und innere Umstände können mit ihrer Arbeit fortfahren, langsam, ganz langsam aus dem kleinen Wesen ein menschliches Individuum zu formen. Maija legt sich seufzend wieder neben Penjami. Kustaa spricht im Schlaf. Danach herrscht wieder Stille, man hört nur das Atmen. Auf dem Ofen nagt die Grille am Deckel des dort abgelegten Katechismus.

Aus diesen Zeiten blieben in der Seele des kleinen Jussi nur Sinneseindrücke zurück: die Flecken der Sonne oder des Mondes auf dem Fußboden, Zurechtweisungen, Knistern des brennenden Spans. Dann blieb ihm einmal auch ein Bild von Weihnachten im Gedächtnis mit dem Himmeli aus Strohhalmen, dem Stroh, den Kerzen und den Kirchenliedern. Doch die erste richtige Abfolge von Erinnerungen, die ihm unbegreiflich fest im Gedächtnis blieb, verlief von den Ereignissen her folgendermaßen:

Er befindet sich allein in der großen weiten Stube. Es ist so ein Moment, in dem man nirgendwo hingehen will. Er war gerade eben in der Backstube gewesen und bekam von seiner Mutter eine fast volle Tasse Kaffee. Man sagt, er sei fünf Jahre alt. Er ist ein Junge. Auf dem Fußboden sitzend betrachtet er die Fenster und Fensterpfosten. Es ist, als ob etwas stehen geblieben wäre. Oder als ob man erst jetzt etwas bemerkt hätte, das immer schon gewesen ist. Samstag, Sonntag, Dienstag …

Im Vorzimmer poltert es, und einen Augenblick später steht er in der Stube: Penjami – Vater. Der alte Penjami und der kleine Jussi stehen einander gegenüber, für einen kurzen Moment entsteht zwischen ihnen gezwungenermaßen eine ungekannte Beziehung. Der verborgene Mensch, den niemand bisher gesehen hat, erregt Penjamis Wesen, als würde er von einem Versteck aus einen seltenen Waldbewohner vorbeischleichen sehen. Er muss etwas mit dem Jungen machen. Lächelnd sieht er ihn an, ergreift ihn, hebt ihn hoch und setzt ihn auf die Ofenfront. Er hat gebratene kleine Speiserüben in seiner Tasche. Eine nimmt er in die Hand und befiehlt dem Jungen, davon abzubeißen. Jussi gehorcht, ohne richtig zu wissen, ob ihm das gefällt oder missfällt. Er spürt den vertrauten Geruch nach Schnaps und Tabak und sieht Penjamis bärtiges Gesicht und seine kleinen Augen aus einer ungewohnten Perspektive, auf gleicher Augenhöhe. Eine ziemlich schauderhafte Gestalt, der Vater … Er lächelt immer noch und tut etwas: Er nimmt Kautabak aus seiner Backe und schiebt ihn wie beiläufig scherzhaft dem Jungen in den Mund. Dieser traut sich nicht, sich zu widersetzen, zu hauen, sein Mund verzieht sich zu einem wütenden Weinen. Der alte versoffene Penjami hat seinen kleinen, widerlichen Spaß dabei. Das ist Maijas Sohn … In ihm erwacht eine merkwürdige rohe Lust, auch Maija etwas Gemeines anzutun. Er ist sich nicht sicher, ob er diese Maija überhaupt schon mal richtig verprügelt hat. Denn er hatte bereits vor ihr zwei Weiber, sodass er nicht mehr weiß, was er welcher von ihnen angetan hat …

Maija kommt herein, als Penjami gerade dabei ist, seinen Tabakfinger zwischen die Lippen des Jungen zu zwängen. Sie eilt herbei, will den Jungen herunterheben und sagt:

»Was hast du nur wieder angestellt – in deinem Suff!«

Penjami schnauzt sie mit seiner donnernden Altmännerstimme an, aus der man gekünstelten Zorn heraushört:

»Benehmt euch, Weiber!«, und schiebt Maija weg.

»Du Saufbold, wo willst du im kommenden Jahr noch etwas zum Saufen hernehmen … Lässt du wohl den Jungen los!«

»Wirst du wohl aufhören, du verdammte Kuh!«, brüllt Penjami und dreht sich heftig zu ihr um. Da springt Jussi von der Ofenfront herunter, sodass seine Fersen böse auf den Boden krachen, und schlüpft, sich den Mund reibend, auf den Hof. Die Abenddämmerung bricht herein. Durch das Tor kommt Taavetti, der Mann der Schröpferin, mit einer Dose aus Birkenrinde unter dem Arm und mit dem zusammengekniffenen Mund eines kurzsichtigen Mannes.

»Ist dein Vater zu Hause?«, krächzt Taavetti.

Jussi antwortet nicht. In Taavettis Bewusstsein prägt sich der Eindruck des kleinen Jussi als bösartiges Gör ein. Taavetti bringt dem Alten vom Nikkilä-Hof Tabak, weil dessen eigener vom Frost vernichtet wurde.

Nach kurzer Zeit stiehlt sich auch der kleine Jussi verschämt in die Stube zurück.

»Du hast aber auch ein gutes Weib«, verkündet Penjami, der die geöffnete Tabakdose zwischen seine Knie geklemmt hat. »Ich kenne dein Weib besser als du, hähä.«

»Kennen tun Sie wohl so manches«, kichert Taavetti. »Aber hat der Hausherr denn auch Kenntnis darüber, womit wir über den kommenden Winter kommen sollen?«

»Darüber mache ich mir keine Gedanken, aber um dein Weib. Hast du die jemals ordentlich verprügelt, hm?«

Maija kommt auch wieder in die Stube. Penjami wirft einen kurzen Blick auf sie und entdeckt dabei auch Jussi.

»Äh, ist der Bengel immer noch da, ich geb dir gleich Tabak.« Seine Stimme hat jetzt jedoch einen gutmütigen Klang, wegen dem Jussi nur ein kleines Stückchen näher zur Tür rückt. Maija verlässt die Stube wieder und knallt die Tür hinter sich zu.

»Was ist? Ich werd's dir schon noch zeigen …«, stößt der nach Schnaps riechende Penjami hervor und steht auf. Er folgt ihr jedoch nicht, sondern lässt sich langsam verärgert wieder auf die Bank sinken.

Taavetti versucht es noch einmal:

»Puh, nächsten Winter werden viele nicht mehr weiterwissen – aber ein bisschen Roggen wird der Nikkilä wohl wenigstens ernten können.«

»Hör auf zu jammern – komm lieber noch was trinken«, entgegnet Penjami. Und Taavetti kommt; ein Schlückchen ist auch ganz nett, obwohl es ihn ein bisschen ärgert, dass er den Alten nicht dazu bewegen kann, mit ihm gemeinsam über das schlechte Jahr zu klagen. Sie gehen zusammen zum Haupthaus.

Diese Abfolge von Ereignissen und der Eindruck, den sie bei ihm hinterließen, prägten sich in Jussis Gedächtnis ein, sodass das Gefühl dieses Nachmittags noch nach Jahrzehnten vollkommen lebendig in ihm aufsteigen konnte.

Am selben Abend kamen auch noch die Kinder der Schröpferin auf den Nikkilä-Hof zu Besuch. Jussi war gemein zu ihnen; er spuckte den Jungen an, und als dieser petzen ging, bekam Jussi seine Tracht Prügel. Den ganzen Abend über war alles andauernd so durcheinander, gewissermaßen feierlich. Später erschien Loviisa selbst, um Taavetti abzuholen. Taavetti war so betrunken, dass er gestützt werden musste. Loviisa kümmerte sich sehr sachlich um ihn, und sie hatte nichts dagegen, dass man es merkte und dass darüber geredet wurde. Im Lovela-Hof würde es an nichts fehlen, solange Loviisa am Leben war.

Um diese Zeit herum geriet die natürliche Ordnung bereits ins Wanken. Das erste ernsthafte Notjahr hatte weite Gebiete Finnlands betroffen. Aber die unterschiedlichen Menschenwesen in dem einsamen Dorf schaukelten auf dem Meer der Zeit, das ihnen in den Sechzigerjahren noch sehr unklare Aussichten bot.

*

In jenen Jahren, die den großen Hungerjahren vorangingen, konnte man auf den Dorfstraßen von Harjakangas in der Schar der Bälger auch Maijas Sohn Jussi entdecken.

Er hatte einen dünnen Hals und einen großen Kopf, unter dem Kittel schauten O-Beine hervor. Sein Mund neigte dazu, immer einen Spaltbreit offen zu stehen, und die kleinen, ein bisschen unfreundlich blickenden Augen schauten oft starr um sich.

Ein zerklüfteter felsiger Hügel dringt bis in das Dorfzentrum. Er ist die gemeinsame Schweineweide der Höfe, »Sikomäki« genannt, und er ist zugleich auch ein beliebter Aufenthaltsort der kleinen Kinder des Dorfes. Eine baufällige Hütte mit einem Apfelbaum davor steht am Hang und da und dort ein paar große Ebereschen. In der Hütte tollen viele Kinder herum, die später zu Sikomäkis berühmten Geschwistern heranwuchsen, die Söhne zu Weltreisenden und Raufbolden, die Töchter auch zu vielerlei. Auch auf dem Husari- und Pelttari-Hof gab es zu dieser Zeit Kinder, die Schröpferin vom Lovela-Hof hatte zwei und auf dem Nikkilä-Hof gab es Jussi.

Von ihrer Garderobe her sahen die Jungen und Mädchen gleich aus. Ein lockerer gürtelloser Kittel war auch für die Jungen bis zum Alter von etwa zehn Jahren das einzige Kleidungsstück. In der warmen Jahreszeit liefen noch Fünfjährige nur im bloßen Hemd und mit wehendem langen Haar herum. Das Haar der Jungs wurde rundherum gestutzt, sodass es von weitem so aussah, als hätten sie eine runde Schüssel auf dem Kopf. Und wenn sie auf eine der Ebereschen kletterten und dann kopfüber vom Ast hinabbaumelten, zerbrach die Schüssel und wurde zu einer wirren Mähne. An einem klaren Septemberabend konnte man unter den Ebereschen die Umrisse einer solchen Gruppe von der ruhigen Gasse aus erkennen, auf der die Schröpferin vom Nikkilä-Hof nach Hause eilte oder die der alte Ollila steif entlangspazierte.

Das Leben von Kindern ist wild und voller Erlebnisse; an jedem Abend ging auch eine ganze ereignisreiche Lebensphase zu Ende, und dieser Ereignisreichtum erzeugte dann später ein Gefühl, als ob dieser Lebensabschnitt irgendwie länger gewesen wäre als die späteren, zeitlich genauso langen Abschnitte. Den Inhalt ihrer Tage durften die Kinder unbegrenzt aus allem aussuchen, was ihre Sinne und ihr erwachender Verstand zwischen Himmel und Erde nur erreichen konnten.

Eine große Welt stand überall über ihnen und ihnen entgegen – und das war die Welt der Erwachsenen. Zu dieser Welt gehörten die Felder und Ländereien, die Behausungen und auch die Tiere. All dies barg Absichten der Erwachsenen in sich, und auch die Kinder wurden gezwungen, diesen Absichten zu dienen, sobald sie dazu in der Lage waren. Die Erwachsenen bewegten sich in den Gassen des Dorfes, gingen mit ihren Werkzeugen aufs Feld, kehrten von dort wieder zurück, waren normalerweise ernst, manchmal betrunken und immer unbegreiflich unwillig allem gegenüber, was den Kindern wichtig war. Keiner der Erwachsenen war jemals den Hang des Sikomäki-Hügels hinaufgeklettert. Die Erwachsenen waren eines der geheimnisvollsten Rätsel der Natur, und immer auch ein wenig zum Fürchten, weil sie die Kinder ab und zu »erzogen«. Diese sogenannte Erziehung konnte auf viele Arten erfolgen: indem sie die Kinder an den Haaren zogen, sie am Arm packten oder sie mit einem Stock, einem Gürtel oder einem Stiefel verprügelten. Die sogenannte Erziehung war die einzige Begebenheit, bei der ein Erwachsener einem Kind für kurze Zeit seine volle Aufmerksamkeit schenkte, und der einzige Umstand, bei dem das Kind dem Erwachsenen sogar einen kleinen Genuss bereiten konnte. Wenn die Männer des Dorfes zum Beispiel am Nachmittag eines Feiertages im Hof auf dem Rasen hockten, um Sachen zu besprechen, und die Gören gerade am ausgelassensten herumtobten, konnte in dem einen oder anderen Vater das Bedürfnis zu erziehen erwachen. Da sah man deutlich, wie das Verprügeln auch den anderen Männer gefiel, offensichtlich herrschte darin irgendein mildes Einvernehmen zwischen den Erwachsenen. Die anderen Männer fanden auch ein paar freundliche Worte für den Verprügelten. Anschließend steckten sich die Erwachsenen Tabak in den Mund, spuckten herum und waren wieder charakterstark. Richtige Erwachsene waren nur die Männer und einige Frauen. Die anderen Frauen – Weiber, verheiratete Frauen – standen zwar über den Kindern, aber abseits der Männer. An ihrem Kaffeetrinken war ein bisschen etwas von einer verbotenen Tat, ähnlich wie am Herumtoben der Kinder. Sie strengten sich an, arbeiteten fleißig und vor den Männern verborgen und achteten dennoch den Umstand, dass die Männer ab und zu wütend wurden. Zum Leben gehörte eine triste Grundfarbe, und zu dieser gehörte wiederum, dass die Männer manchmal ihr fleißiges Arbeiten bemerkten. Zu einem richtigen Mann gehörte es, dass er es dann und wann bemerkte und sein Weib ein bisschen disziplinierte, auch wenn man einander nicht immer nachspionieren sollte. Die aufrichtige Männlichkeit ging gewissermaßen von der Körpermitte aus, wo das Hemd und der Gürtelriemen zu sehen waren. Der Hosenbund, vorne und hinten ein bisschen nach unten verrutscht, war das wichtigste Zeichen ganzer Männlichkeit. Hatte ein Mann das Hosenalter erreicht, durfte er Tabak bei sich haben, Schnaps saufen, das Weibsvolk besuchen, unflätige Reden führen und, wenn er die Kinder meinte, über Gören und Bälger sprechen. Zwischen dem Kittel und der Hose lag noch die Zeit der Latzhosen, und in dieser Zeit nannte man den Jungen Bengel oder liebevoller auch Lausbub. Das feierlichste Ereignis dieser Lausbubenzeit stellte der Konfirmandenunterricht dar. Die Konfirmation selbst war auch eine merkwürdige Einführung in die Welt der Erwachsenen, ein bisschen so wie das Kinderkriegen. Wenn ein Junge konfirmiert wurde, tat sich sofort eine Kluft zwischen ihm und der Welt der Kinder auf. Und bald glitt er in die geheimnisvolle, furchterregende und fabelhafte Welt der Erwachsenen. Nur lächelnd und halb im Scherz gab er undurchsichtige Erklärungen von sich, wenn die auf der anderen Seite der Kluft Verbliebenen ihn nach den allergrößten Geheimnissen der Erwachsenen ausfragten.

Aber einige dieser »allergrößten Geheimnisse« gelangten immerhin auch nach Sikomäki. Man entdeckte die Unterschiede zwischen Mann und Frau, die Phantasie half dabei ein klein wenig nach, und spielte so manches Spiel, zunächst kichernd und am Ende außer Atem. Am fürchterlichsten war der Gedanke, dass diese Spiele den Erwachsenen zu Ohren kommen könnten. Da es in der Gruppe auch Kinder gab, die erst sprechen lernten, mussten diese zuerst abgehängt werden. Es kam häufig vor, dass so ein Dreijähriger weinend nach Hause lief, woraufhin seine Mutter verärgert nachsehen kam, was ihrem Kind angetan worden war. Da wurde das Spiel unterbrochen, und es konnte nicht mehr fortgesetzt werden, erst am Abend desselben Tages vielleicht … Wenn es aber keine Störungen gab, ging das aufregende Spiel in Form von weitläufigen Ausflügen weiter und endete schließlich mit der Angst vor einer möglichen Tracht Prügel auf dem verspäteten Heimweg. Manchmal gab es die auch, aber manchmal erwartete sie zu Hause die allernetteste Stimmung: Der Vater war fort und die Mutter trank mit der Nachbarsfrau Kaffee. Dann blieb das Nachschimmern des erlebnisreichen Tages unversehrt.

Diese ganzen Phasen erlebte auch Jussi bis zu seinem neunten Lebensjahr. Noch als Zwanzig-, Dreißigjähriger huschten manchmal die fernen Sikomäki-Zeiten durch seinen Sinn. Erst nach seiner Heirat gerieten sie ganz in Vergessenheit. Und als er dann selbst Kinder hatte, geschah es niemals, nicht einmal aus Versehen, dass er sie sich beim Spielen jener Sikomäki-Spiele vorgestellt hätte.

Diese Spiele hörten auf, als Jussi im neunten Lebensjahr war. In jenem Sommer endeten auch zahlreiche andere Spiele in dem Land der tausend Seen. Die Menschen lasen vom Deckel ihres Almanachs hintereinander die Zahlen 1, 8, 6, 6. Manche konnten sie sogar aussprechen: ein-tausend acht-hundert sechs-und-sechzig.

In jenem Sommer regnete es, es regnete ohne Unterlass. Nach dem Jakobstag gab es wahrscheinlich keinen einzigen Tag, an dem nicht Wasser auf die schlammigen Landstraßen und die aufgeweichten Felder gefallen wäre. Die Alten klagten, die Jüngeren schwiegen und die Kinder schauten niedergeschlagen hinter trüben Fensterscheiben hervor, unbewusst ahnend, dass sie wohl niemals auf die früheren Spielplätze zurückkehren würden. Wenn man kurz nach draußen ging, blies ein kalter Wind, und Regentropfen drangen durch den dünnen Kittel; die Zehen wurden rot, man musste sich beeilen, um bald wieder zurück in die Wärme der Hütte zu gelangen.

Die Sorgen in den Gedanken und Gesichtern der Erwachsenen spiegelten sich als undeutlicher Eindruck in den Gedanken der Kinder wider, sie vermissten die klaren Tage der Ernte- und Aussaatzeiten. Die größeren Kinder waren instinktiv stiller und beobachteten die Männer dabei, wie sie gekeimtes Getreide und aus dem Matsch ausgegrabene Kartoffeln in die Scheune trugen, wenn es gerade einmal nicht regnete, oder wie sie bis zu den Knien im Schlamm watend vergeblich versuchten, Roggen anzusäen. Der Nikkilä-Jussi erlebte – wie auch Maija – in diesem Herbst nur zwei glückliche Tage, als Penjami nach Tampere fuhr: Da sich der Roggen auf dem Nikkilä-Hof nicht zum Aussäen eignete, mussten alle Tiere aus der Herde herausgesucht werden, die man nur irgendwie entbehren konnte, und die sollte Penjami gegen anständiges Saatgut eintauschen. Er brachte auch Saatgut mit, aber weniger, als sie gebraucht hätten. Stattdessen brachte er zum ersten Mal Schnaps aus der Stadt mit und hatte auch seine ersten Schulden beim Kaufmann gemacht. Von dem spärlichen Saatgut konnte Maija noch schnell einen Teil ergattern, den sie beim Lumpenhändler gegen Kaffee eintauschte. Penjami fand es jedoch heraus, und das hatte einen Streit zur Folge, der ganze zwei Tage lang andauerte, und der immer wieder zu einer richtigen Prügelei aufloderte.

Herbst und Winter folgten früh auf die erbärmlichen Versuche, den Roggen im vereisten Vorfrühlingsboden anzusäen. Ein Großteil der Felder des Nikkilä-Hofs war unbestellt geblieben, und bereits vor Weihnachten musste ins Brot über die Hälfte Spreu gemischt werden. Nach den Feiertagen befand sich kein einziger Mann mehr im Haus, nur noch Penjami und Jussi. Alle Arbeiten auf dem Hof lasteten auf den Schultern der beiden Kätner.

Inmitten ihrer kräftigen Wälder mühten sich diese Menschen ab – sie nannten sich noch nicht »finnisches Volk« –, von zunehmenden Strapazen bedrängt, von

Woche zu Woche, von einem Monat zum nächsten. Es kam ein Juni, in dem ein Kerl aus Harjakangas, als er um drei Uhr morgens hinausging, auf dem Sikomäki-Hang Schnee im weichen Wolkenlicht erblickte, auf dem See strahlend weißes Eis und auf dem Roggenfeld vergilbtes und struppiges junges Getreide. Das Mittsommerfest kam und die Wochen danach, deren schlagartige Herrlichkeit so war, wie wenn ein Kranker zu schnell versucht, wieder auf die Beine zu kommen, was nichts Gutes verheißt. So kamen dann also die ersten Septembertage, die strahlend lächelnden Morgen, die auf die ängstlichen Blicke der Menschen zu antworten schienen:

»Warum wundert ihr euch? Seht ihr denn nicht, dass das hier Feiertagsmorgen sind? Wir schreiten einer neuen Zeit entgegen.«

Wie um der Feierlichkeit willen veranstaltete die Natur drei solcher wunderschönen Reifmorgen hintereinander, auch wenn einer völlig genügt hätte. Die Menschen gingen die schmalen Gassen entlang, und sahen seltsam geschrumpft aus. Dort irgendwo sah man auch den Nikkilä-Penjami vor sich hin trotten, er war völlig nüchtern und sah drollig ernst drein. Er erblickte auf den Husari-Feldern Männer bei einer Arbeit, die er unter normalen Umständen mit einem Grinsen bedacht hätte; sie schnitten nämlich mit Sensen den spärlich gewachsenen Roggen und harkten die Überbleibsel dann hinter sich zu kleinen Strohbällen zusammen. Aber jetzt schritt Penjami anständig an ihnen vorbei und wünschte ihnen ganz ernst mit beinahe weinerlicher Stimme einen guten Morgen.

Nach langwierigen Vorbereitungen, die wie Drohungen aus der Ferne gewesen waren und immer dafür gesorgt hatten, dass noch ein bisschen Hoffnung übrig blieb, war der große Gast selbst nun endlich eingetroffen und hatte die Menschen von jeglichen quälenden Hoffnungen befreit. In dem Dorf Harjakangas war der alte Ollila der einzige, auf dessen Feldern die Ernte verschont geblieben war. Er schenkte dem jedoch keine besondere Aufmerksamkeit, sondern schwatzte stattdessen lautstark hinter seinem Bart hervor:

»Am Allerschlimmsten ist ja wohl, dass sich die Rinde nicht vor dem Frühling vom Baum löst.«

*

Es dämmert bereits und wird Abend vor dem letzten Weihnachtsfest, das die Familie Nikkilä zusammen erleben sollte. Auch in diesen Zeiten haben die Menschen noch immer kleine Arbeiten zu erledigen, sogar am Heiligabend bis in die Dämmerung hinein, sodass keiner allzu sehr an das eigentliche Weihnachten denkt, bis die Dunkelheit sie in die Stube hineinzwingt. Übrigens vermeiden es diese geschäftigen Menschen dieses Mal instinktiv ganz besonders, an Weihnachten zu denken, das vor der Tür steht. Sie haben es nicht eilig, sich im Geiste des gemeinsamen Feiertagsfriedens zu versammeln. Diese nach außen hin rauen und unwissenden Geschöpfe sind trotz allem in ihrem tiefsten Inneren und bereits seit Generationen durch die schwermütige und geheimnisvolle Natur sensibilisiert; in der sich verdichtenden Dunkelheit glauben viele auch jetzt, das Flügelrauschen des Weihnachtsengels aus Kindheitstagen vernehmen zu können. Der Schritt eines dieser einsamen emsigen Arbeiter verlangsamt sich vielleicht ein wenig, und sein Gemütszustand erliegt dem Gedanken an das, was nun bevorsteht: Weihnachten in einem Hungerjahr. Er versucht noch ein klein wenig länger draußen zu bleiben … Denn auch die anderen haben natürlich den Weihnachtsengel bemerkt, und in diesem Vorübergehen des Engels lag so etwas wie eine grauenvolle Vorahnung, die keiner dem anderen mit seinen Blicken preisgeben will.

Auch in diesem Herbst ist die Zeit bis zum Abend tatsächlich vergangen, bis zum Weihnachtsabend. Den Gang der Zeit hat der Frost nicht gefrieren lassen.

In der Dämmerung dieses Tages sitzt Nikkiläs alter Penjami auf der Stubenbank beim Fenster. Er ist schon müde und blickt ermattet in den Hof; in diesem Augenblick fehlt ihm sogar der Mumm zum Streiten. Grauenhafte Ahnungen plagen ihn nicht besonders, und ein Weihnachtsengel ist ihm auch nicht aufgefallen. Untätig in der Stube zu hocken fällt ihm gar nicht schwer; hauptsächlich wird seine Gemütsverfassung von unerträglichem Überdruss bestimmt.

Weihnachten … der alte Penjami hat auch schon so manche prächtige Weihnachten erlebt. Das Weihnachtsgefühl pulsierte damals noch kraftvoll in seinen Adern, die von der Fülle an Schnaps, Bier und Schweinefleisch ganz angeschwollen waren. An diesen früheren Weihnachten hatte der Mann noch das Sagen in seinem Haus. Die Weiber und Gören hatten noch richtig Angst, als er mitten in der Weihnachtsnacht brüllend zum benachbarten Husari-Hof rannte – damals, als er noch mit dem Husari im Streit lag. Sie prügelten sich zuerst, schlossen dann einen Pferdehandel ab und schliefen schließlich in der Backstube des Husari-Hofes ein. Aber sie schliefen nur kurz, denn am frühen Morgen fuhren sie schon gemeinsam mit klingelnden Glöckchen zur Kirche … Damals hatte die Weihnachtsnacht noch Gewicht, Größe und Niveau. Und auf die Weihnachtsnacht folgte noch die Nacht des Zweiten Weihnachtstages und viele weitere Nächte bis zum Dreikönigstag. Wilde Weihnachten waren das – und die Weiber waren damals auch noch jünger.

In der Weihnachtsdämmerung des Hungerjahres erinnert sich der alte Penjami matt an die guten alten Zeiten. Er hat das Gefühl, allein auf der Welt zu sein. Diese Wesen, die hier jetzt herumlungern, lösen bloß unerträgliche Abneigung in ihm aus. Die sind nur da, um seine Erniedrigung feststellen zu können, da er inzwischen gezwungen ist, beinahe wie sie zu sein. Die Schröpferin lebt noch, aber sie ist schon alt, und wenn das Weibsvolk alt wird, gleicht es einem Nichts.

Penjami kennt einen Mann, der auch jetzt Schnaps hat. Er denkt dabei an den alten Ollila. Der ist älter als Penjami, aber dennoch gehört er nicht zu Penjamis Welt, wenngleich er auch nicht zu der Welt dieser anderen gehört. Er ist ein ärgerlich besonderer Mann, in jeder Hinsicht ist er Penjami und den anderen so unendlich überlegen. Penjami weiß, dass der alte Ollila genauso viel Schnaps getrunken hat wie er selbst, aber er ist gesünder und er ist reicher. Er isst oft richtiges Brot; ihm hat der Frost nicht alles genommen, zudem hat er aus Kokemäki zusätzlich drei ordentliche Ladungen geliefert bekommen. Und zu allem Überfluss hat Penjami Schulden bei ihm, sechshundert Rubel … Und in der Weihnachtsnacht kann man keinen Unsinn anstellen.

Penjami steht von der Bank auf und tapst auf den Hof hinaus, als wüsste er nicht, wohin er geht. Er sieht auch Jussi noch immer vor Kälte zitternd auf dem Hügel stehen, und gerade will er ihn anbrüllen, als hinter der Sauna ein ungeordneter Haufen Menschen, einen großen Schlitten hinter sich herziehend, erscheint und näher kommt. Das ist ein überaus vertrauter Anblick, und Penjami wird ein bisschen munterer, denn bei denen weiß er ganz sicher, dass er einmal ein richtiger Gutsbesitzer war.

»Ein friedliches Weihnachtsfest«, wünschen die Bettler mit ostbottnischem Einschlag.

»Euren ostbottnischen Frieden brauchen wir hier nicht. Geht nach Oravainen, da ist das Armenhaus. – Hier bleibt ihr jedenfalls nicht, wenn ich es euch doch sage!«

Penjami trottet in Richtung Ollila davon und der kleine Jussi kann in Ruhe den sich wieder entfernenden Bettlern – also den Ostbottniern – hinterherschauen. Zu den Bedürftigen des eigenen Dorfes sagt man nicht Bettler. Aber noch fünfzig Jahre danach, während des Krieges, wenn von Ostbottniern die Rede war, verstand Juha Toivola darunter nach wie vor unheimliche Fremde. Die Stimmung dieses Weihnachtsabends blieb ihm in besonderer Weise in Erinnerung.

Als Penjami sich weit genug entfernt hatte, lief Jussi hüpfend nach Sikomäki, zu der kleinen Hütte. Irgendeine Vorahnung zog den Jungen noch zu so später Stunde von zu Hause fort, in Sikomäki schien es so etwas wie ein richtiges Weihnachten zu geben, so eines, wie es auf Nikkilä nie geben wird. Wenn er diesen Abend doch nur mit den Sikomäki-Jungs verbringen dürfte! Zu Hause hat Jussi keine Spielkameraden.

Doch in Sikomäki wunderte man sich über den Besuch des Nikkilä-Jungen, und Kustaava dachte bei sich, dass Penjami wohl schlechte Laune gehabt hatte. Nach vorsichtigen Erkundigungen bekam sie jedoch zu hören, dass es dort keinen Streit gegeben hatte. Penjami war noch ins Dorf gegangen und Jussi hierher geschlichen … was ja auch irgendwie verständlich war. Der Steckrübenauflauf verströmte in der Hütte den Geruch von Weihnachten, aber Jussi ahnte, dass er nicht daran teilhaben würde. Betrübt schlüpfte er schnell durch den Türspalt nach draußen, ohne etwas zu erklären, so wie irgendein Omen in der Weihnachtsnacht. Nach diesem kleinen Ausflug wusste er sich keinen anderen Rat, als letztendlich in die Nikkilä-Stube zurückzukehren, weg von den Sternen, die eben zu leuchten begannen. Drinnen brannte auch an diesem Abend der Kienspan. Alle warteten auf den Hausherrn, damit man in die Sauna gehen könnte. Als die Sauna während des Wartens auszukühlen drohte, ging man dann ohne ihn hinein.

Die Nikkilä-Bewohner verhielten sich an diesem Abend in vielerlei Hinsicht merkwürdig. Der alte Ollila hatte bereits seinen Weihnachtsfrieden gefunden, war in der Sauna gewesen und kämmte sich gerade seinen Bart, als Penjami bei ihm auftauchte. War das jetzt etwa der passende Zeitpunkt, um über Schulden zu sprechen? Und für den ersten Weihnachtsschluck war es noch zu früh, der erfolgte erst zusammen mit allen anderen beim Abendessen, nachdem man den Weihnachtspsalm gesungen hatte. Der Alte wurde beinahe zornig.

»Sicher weißt du das so gut wie ich auch. Es sind sechshundert Rubel, und seit zwei Jahren hast du noch nicht einmal die Raten bezahlt. Die kommen zu der Summe noch dazu.«

—

»Sicher weißt du auch, dass ich keinen Schnaps verhökere, für Geld nicht und auf Pump auch nicht. Aber die Zinsen gebe ich sehr wohl zu dem Betrag dazu. Das sind so um die zweihundert Mark …«

—

»Und sicher gebe ich dir auch ganz umsonst so viel Schnaps mit, dass du in Weihnachtsstimmung kommst. Hast du irgendeinen Behälter dabei?«

—

»Und sei mir nicht böse, wenn ich dich pfänden lasse. Das sind dann zweitausendsechshundert Mark. – Gottes Segen wünsche ich dir noch.«

—

Nach der Sauna herrscht in der Stube vom Nikkilä-Hof eine etwas bedrückte Stimmung, man fürchtet sich vor dem, was der Alte dazu sagen wird, dass sie vor seiner Rückkehr in die Sauna gegangen sind. Maija ist noch dort, sie ist allein nach den anderen gegangen, nachdem sie heimlich das Stroh in die Stube getragen hatte. Es ist ein abscheuliches Stroh, denn es wurde am Vormittag von dem zwei Jahre alten Scheunendach heruntergerissen, als Weihnachtsfutter für die Tiere. Jussi sieht es als seine Sache an, sich auf das Stroh zu setzen, aber es riecht vermodert. Und er ist ganz allein, umringt von Erwachsenen. In der Stube macht sich ein unangenehmer Geruch breit.

Die Schritte des alten Penjami erkennen alle schon auf dem Flur. Sein wohlbekanntes Auge glänzt beim Öffnen der Tür klarer als sonst, der Atem klingt auch heiserer als sonst und die Anwesenden in der Stube entdecken sofort das große Holzlägel, das er ganz offen unter seinem Arm trägt. Es gehört nicht zum Geschirr des Nikkilä-Hofes, es ist aus dem Dorf mitgenommen.

Zur Verwunderung aller fängt Penjami doch nicht gleich einen Streit an. Alle schweigen, Jussi hat sich leise von dem Stroh weggeschlichen. Penjami bringt das Lägel zu seinem eigenen Schrank, öffnet und schließt langsam die Tür und geht schließlich wortlos wieder hinaus. Seine

Schritte sind stolpernd, und an einem besonderen Abend wie diesem merkt man noch besonders deutlich, wie sehr Penjami in diesen Unglücksjahren gealtert ist. Eigentlich braucht man vor ihm keine Angst mehr zu haben. Die Frauen lachen verhalten, nachdem er die Stube verlassen hat. Aber trotzdem ist er noch so ein alter Spinner, dass er in der Lage ist, sogar einen armseligen Weihnachtsabend wie diesen noch trostloser zu machen.

Wenn Penjami noch vor drei Jahren unter diesen Umständen so aus dem Haus gegangen wäre, hätte Aapeli allen Anlass gehabt, ihm zu folgen, um nachzusehen, wie es seiner Frau in der Sauna ergeht. Aber jetzt war Aapeli fort, und die in der Stube Anwesenden wussten, dass Maija nicht ernsthaft in Gefahr war. Das Leben hat in jeder Hinsicht nachgelassen.

Ein kleiner Versuch, die Vergangenheit aufleben zu lassen, ereignete sich dann doch noch vor dem Festessen. Penjami hatte versucht, in der Sauna zu baden, hatte sich auch schon halb ausgezogen, aber dann konnte er nicht mehr. Maija hatte ihn dort zurückgelassen, war in die Stube gekommen, hatte den Tisch gedeckt und eine dünne Talgkerze aus ihrem Versteck geholt, als Penjami hemdsärmelig und barfuß in die Stube stolperte und mit Mühe direkt auf seinen Schrank zusteuert. Nachdem er drei kräftige Züge aus seinem Lägel getan hatte, sank er auf sein Bett und verspürte ein trübes Glücksgefühl darüber, dass es wenigstens noch Schnaps gab, auch wenn das seine letzten Weihnachten auf dieser bitteren Welt sein sollten und auch wenn er mehr Schulden hat, als er überhaupt klar aussprechen kann. Penjamis welke Kräfte frischen halbwegs wieder auf. Er bemerkt den Jungen, der in ihm immer und bei jeder Gelegenheit die Lust zum Quälen erweckt. Der Junge ist diesmal aber zu unbedeutend, weil alle anwesend sind. Er bemerkt das Stroh.

»Wer hat das Tierfutter in die Stube getragen, hm?«

»Ist doch egal, wo so ein Tierfutter herumliegt«, sagt Maija.

»Ich werde euch schon zeigen, wie egal das ist – Weiber, Kühe!«, schreit Penjami und taumelt zuerst auf den Tisch zu, mit der Absicht, die Kerze umzuschmeißen. Maija rückt die Kerze weiter weg, worauf Penjami im Stroh zusammensackt, ein bisschen davon zusammenklaubt und es nach draußen zu tragen versucht.

»Hör jetzt auf mit dem Blödsinn, armer alter Kerl.«

Maija will ihn aufhalten, und Penjami krächzt:

»Ich werde euch schon noch zeigen, wo bei uns das Tierfutter gelagert wird. Ihr Hungerleider von Ollila!« Dieser kraftlose Aufruhr endet jedoch damit, dass Penjami hinfällt und mit der Hüfte aufschlägt. Er kann nicht einmal mehr alleine aufstehen und muss sich schimpfend von Maija helfen lassen. Als er wieder auf seinem Bett liegt, keucht er.

»Gib mir den Schnaps!« Und als Maija diesen ersten Befehl vollkommen ignoriert, brüllt Penjami, obwohl er hilflos ist, noch lauter: »Gib mir den Schnaps!«

Maija sieht fragend zu Marke hinüber. »Der steht dort im Schrank«, sagt Marke teilnahmslos.

Der alte Nikkilä-Penjami schläft und die anderen essen das Weihnachtsmahl, grobes Spreubrot, wässrige Buttermilch, Hammelfleisch und Steckrübenauflauf. Die schwache Kerze wirft ihr gelbliches Licht auf die schmalen Gesichter der stillen Tischgesellschaft. Der Frost kracht, bestellt einen Gruß aus den zahllosen Hütten, in denen in diesem Moment in ähnlicher Stimmung gespeist wird. Die Männer und Frauen blicken ernst vor sich hin, und die Kiefer der dünnhalsigen Kinder mahlen mühsam, als würden sie mit jedem Bissen unsichtbare Tränen herunterschlucken.

Der weite Himmel mit all seinen Sternen blickt auf den gegenwärtigen Zustand des niederen Geschlechts hinunter, wie es versucht, sein schwaches Leben zu bewahren, für kommende ungeahnte Schicksale, für glücklichere und unglücklichere Zeiten als diese, in zwei, fünf Jahrzehnten, in Jahrhunderten. Der Himmel sieht mächtige Wälder, in denen die künftigen Millionen von Menschen neben dem sterbenden Bettler und dem glanzäugigen Luchs schlummern. In den Waldlichtungen sieht er graue Dörfer, in denen jemand zufrieden von Häusern träumt, die bald ihm gehören werden; ein anderer weiß, dass er seine letzte Weihnachtsnacht in seinem ererbten Haus verbringt, und in deren riesigen Bettlerstuben langsam jene Mitglieder der Geschlechter erlöschen, denen nicht gestattet ist, den kommenden Ereignissen beizuwohnen. So unterschiedliche Dinge sieht der Himmel, wie sie sich zu einer einzigen tristen Harmonie zusammenkauern; die Zeit der großen Disharmonien ist noch nicht gekommen. Aber im Erdboden und in der Luft verrichten die Kräfte der Natur ihre Arbeit, die sichtbaren wie auch die unsichtbaren. Es ist die Weihnachtsnacht des Jahres 1867. Wenn man es sich so von weitem vorstellt, mag all das durchaus unterhaltsam anmuten, aber die Gemütsverfassung der damaligen Menschen war getrübt. Nach der Mahlzeit versuchte Maija, ein Kirchenlied zu singen, aber ihre Stimme war zu leise, und die anderen schafften es nicht, mit einzustimmen. Nach ein paar Versen gab sie auf.

Der Gemütszustand des zehnjährigen Jussi wurde geprägt von diesen banalen Erlebnissen, die er im Laufe des Abends aus der Nähe und von Fernem gehabt hatte. Sein kindischer Besuch in Sikomäki wird zum Abenteuer am Weihnachtsabend, der Geruch der Steckrüben stellt das Weihnachtsfestessen dar, das Benehmen des Vaters lässt ebenfalls alte Erinnerungen aufleben, und nach dem Essen versucht er sich erneut auf das vergammelte Stroh zu setzen. Schließlich fällt er in den Schlaf, der die schwachen Farben der kleinen Ereignisse noch weiter auffrischt.

Penjami hatte die Bettler immer aus seinem Haus vertrieben. Aber in dieser Weihnachtsnacht konnten die ersten Landstreicher am Nikkilä-Hof ein wenig Fuß fassen. Kaum hatten sich alle hingelegt, als sich ein altes Weib mit zwei Kindern in die Stube hineindrängte, deren Mutter laut der Alten auf der Reise verstorben war. Da der alte Penjami nicht aufwachte, durften sie die Nacht auf dem vermoderten Stroh verbringen. Von ihrer Ankunft erwachte auch Jussi halb und empfing die Bilder der Wanderer in seiner trüben schläfrigen Seele. Es war, als würde das noch ein richtiges Weihnachten werden, während er schlief.

Am nächsten Morgen war Penjami gereizt, aber ansonsten so schwach, dass er keinen größeren Radau veranstalten konnte. Matt stritt er sich mit dem Bettelweib. Das Weib verteidigte sich, umsorgte ihre Kleinen und ergatterte für diese halb mit Gewalt sogar einen Schluck Milch aus den dürftigen Vorräten des Hauses. Sie blieb auch noch für eine weitere Nacht, aß andächtig Nikkiläs grobes Spreubrot, äußerte zugleich wohlwollende Urteile darüber, sprach mit großer Kenntnis über die allgemeinen Zustände, die beginnenden Eisenbahnarbeiten irgendwo in Riihimäki, erwähnte die Namen von Armenhäusern, als ob sie allgemein bekannt wären, gab Ratschläge für das Brotbacken und benahm sich in jeder Hinsicht wie die Klügere. Von ihr ging ein seltsamer feuchter Bettlergeruch aus, der sich grell mit dem uralten Tabak- und Erdgeruch der Nikkilä-Stube vermischte. Am Zweiten Weihnachtstag machte sie sich mitsamt ihren Kindern und Lumpen wieder auf den Weg nach Tampere.

Die letzte Phase in Nikkiläs Haus und Familie hatte begonnen. Bettler kamen von da an oft vorbei, und sie wurden nicht mehr verscheucht. Sobald sie merkten, dass es im Haus nicht einen Bissen zu essen gab, benahmen sie sich wie die Alte von Weihnachten: Sie ließen das sinnlose Bitten sein, führten sich einen Tag oder eine Nacht lang auf, als ob sie zu Hause wären, und verschwanden dann wieder. Ein Bettler hatte eine Handvoll Kaffeebohnen dabei, und aus denen wurde auf dem Nikkilä-Hof Kaffee gekocht, den dann alle tranken. Penjami versuchte zu schimpfen, aber trank auch seine Tasse.

Die altgewohnten Abhängigkeitsverhältnisse in der Familie lockerten sich, sie lösten sich gewissermaßen in dem Gestank der Bettler auf, der bereits dauerhaft alle Räume erfüllte. Jussi bekam in Hülle und Fülle Gleichaltrige zu sehen; eine undeutliche Ahnung von der weiten Welt und ihrem Geist erwachte langsam in seinem Bewusstsein, dieser sonderbare Gestank lud ihn gewissermaßen ein, mit ihm zu kommen. Er durfte nach Belieben im Hof und in der Stube herumlaufen, keiner beachtete ihn. Er sah den Tod aus nächster Nähe. Und schon bald bekam Jussi Lust, sich den Landstreichern anzuschließen. Es war, als wüsste er, dass er von hier fortgehen würde, aber wann?

Der alte Penjami wurde tagelang von vielen verschiedenen inneren Qualen geplagt. Der Weihnachtsschnaps war zur Neige gegangen, und er konnte auf gar keinen Fall wieder zum alten Ollila gehen. Warum eigentlich nicht?

Keine Ahnung. Seit Weihnachten fühlte Penjami, dass seine körperlichen Kräfte rapide geschwunden waren, und deswegen hatten ihn alle möglichen unangenehmen Gedanken zu peinigen begonnen, besonders, wenn er allein in der Stube zurückblieb. In einem stillen Moment war ihm, als würde irgendwo irgendein unsichtbarer Pastor streng predigen. Über Penjamis fernste Jugendtage predigte er, zog Ereignisse aus seiner langen Zeit als Gutsbesitzer heran und endete schließlich mit der Beschreibung des Lebens und Seins dieser in Armut verbrachten Jahre. Er senkte seine Stimme, sodass sie sanfter klang, und redete etwas, das Penjami nicht verstand. Die eine Sache erwähnte der Pastor nicht, aber dann lag plötzlich so ein starkes Allgemeingefühl über allem, dass der unsichtbare Kirchenmann dieser einen Sache wegen gerade ihm predigte: Er wird sterben, er sieht nicht mehr, wie die Zeit sich ändert, weil er sich selbst nicht mehr verändern kann. Wird er für immer und ewig verdammt, kommt er in die Hölle? Er hat sich darüber noch keine Gedanken gemacht, aber die Beschreibungen des Himmels hat er immer schon als etwas kitschig empfunden. Und wenn er dahingehende Gedanken manchmal zugelassen hat, hat ihn immer gleich das Gefühl beschlichen, schwerkrank im Bett zu liegen und mit kläglicher Frauenstimme seine Sünden zu bekennen. Die gemeinste Lage, in die ein echter Mann mit Kautabak in der Backe und Schnapsfahne geraten kann.

Im Leben des alten Penjami hatte sich dieser Bereich dann so gestaltet, dass er ab und zu in die Kirche ging, wie alle anderen auch, und sich über die Kirche ebenso lustig machte, wie über alles andere auch, wenn er gute Laune hatte. Wenn der Pastor wie ein Mann predigte, war es angebracht, ihm zuzuhören. Aber mit den Seligkeitsangelegenheiten selbst verhielt es sich genau so wie mit den Gören, die man auf dieser Welt ertragen musste, so unendlich öde sie auch waren.

Aber jetzt hielt der unsichtbare Pastor Penjami eine Predigt und verlangte von ihm, ein Gör zu werden. Er stirbt, er hat Schulden, er ist in jeder Hinsicht weicher geworden, auch jetzt keucht dort auf der Ofenbank schon wieder ein Bettler. Der Gerichtsvollzieher kommt bald ins Haus, er ahnt es. Wenn richtige Männer jetzt Einblick in seinen inneren Zustand hätten, würden sie ihn schalkhaft am Kragen packen und ihn schütteln, wie man es mit Gören macht. Es ist unmöglich, sich vorzustellen, dass der alte Ollila, dieser Rauschebart, jemals in so eine Situation geraten würde; der redet nur seinen breiten Kokemäki-Dialekt.

Plötzlich läuft ein kalter Schauer durch Penjamis Körper, sein Kopf ist von den jüngsten Gedanken ganz dickflüssig geworden. Er bekommt Angst, seine Lippen und Hände fangen an zu zittern, er wird krank. Der Gedanke kommt ihm, ohne dass er darüber nachdenken muss, er holt Ollilas leeres Lägel aus dem Schrank und steckt sich instinktiv auch den Hypothekenbrief seines Hofes in die Brusttasche. Dann eilt er schlotternd und zitternd davon.

Jussi sieht ihn davongehen und weiß, dass jetzt bald etwas geschehen wird. Er ist darauf vorbereitet. Gespannt sieht er den auf der Bank keuchenden Ostbottnier an und wirft immer wieder einen Blick auf die Landstraße, ob dort nicht neue Wanderer zu sehen sind. Und schon kommen welche …

Aber schon kommt auch Penjami wieder zurück, das Lägel unter dem einen Arm und fünf erstklassige Brote unter dem anderen. Da man aus Ollila nie auch nur ein Brot nach Nikkilä gegeben hatte, gab der Alte ihnen jetzt gleich mehrere auf einmal. Und wieder erscheint Penjamis gerötete Gestalt in der Türöffnung, und die eben eingetroffenen Bettler starrten gierig auf seine Brote in dem Glauben, dass er sie mitgebracht habe, um sie zu verteilen. Aber Penjami schloss sowohl die Brote als auch das Lägel in seinen Schrank. Diese Sachen waren wertvoll, obwohl er sie diesmal erstaunlich leicht bekommen hatte; um das Brot hatte er nicht einmal bitten müssen. Die Hofpapiere waren allerdings in Ollila geblieben. Penjami schien es, als wäre eine riesige Last von seinen Schultern genommen worden, die Erkältung hatte sich in ein Gefühl der Wärme gewandelt. Jetzt konnte er sich getrost in sein Bett legen.

»Gibt der Hausherr einem anderen Armen gar nichts ab, obwohl er selbst was geschenkt bekommen hat?«, fragte ein Ostbottnier, der seit gestern da war. Jetzt erst schenkte Penjami den Bettlern Beachtung.

»Ich werde euch schon noch zeigen, wer hier der Arme ist.«

Schwankenden Schrittes stand Penjami auf und griff blindlings nach etwas, um es zu ergreifen. Das Fieber, der Schnaps und die Erleichterung, die seine äußerste Tat mit sich gebracht hatte, hatten in ihm seine alte Natur wieder erweckt. Der Gedanke fühlte sich angenehm an: Im Schrank gibt es Schnaps und er kann die Stube noch leeren und sich dann auf sein Bett legen. Der Hof und die Felder – verdammt! –, die Lebensgrundlage ist verloren! Er bemerkt auch Jussi unter den Bettlern, und in seinem Bewusstsein blitzt jener Teil seines Lebens auf, der Maija heißt, er blitzt auf, wie eine einzige langwierige, ärgerliche und abscheuliche Qual.

Aber genau im entscheidenden Augenblick klingeln an der Treppe zahlreiche Glöckchen, der hintere Teil eines Schlittens kommt in Sicht, sowie ein Bärenfell und ein aufgedunsener Mann mit dunklem Gesicht. Es ist der örtliche Polizeidirektor, der da kommt. Die Bettler zucken zusammen, und Penjami vergisst seine Lieblingsbeschäftigung. Und er vergisst auch die eben ergriffene Bohrspindel in seiner Hand.

Der Ortspolizeidirektor erfasst die Situation ohne zu fragen, und im Nu hat er selbst die Bettler hinausgebrüllt. Nur die angespannte Stille und den vertraute Gestank lassen die Verscheuchten zurück. In Penjamis Ohren rauscht es. Die Befreiung kommt mit schnellen Schritten voran: Der Ortspolizeidirektor ist bereits im Haus. Penjami ist erschöpft, ihm ist beinahe wie an einem Feiertag zumute. Das weiter ansteigende Fieber und der schwarzgekleidete Ortspolizeidirektor gehören beide zu dieser einen Sache, zu diesem entscheidenden Ende. Der Winter geht langsam zu Ende, die Abendsonne scheint auf die blau schimmernden Schneewehen, denen bereits ein Hauch des frühen Frühlings innewohnt. Und kein einziger Bettler ist in Sicht.

Penjami konnte dem Ortspolizeidirektor kaum etwas anderes sagen als: »Jaa … natürlich ist das so … also spätestens in zwei Wochen … ich will's versuchen. Habe nur ziemlich starke Schmerzen im Moment.« Irgendwie ging das sogar so weit, dass der Ortspolizeidirektor einen Schnaps bekam. »Vielleicht hätten die Weiber auch einen Kaffee …« »Ich will keinen, ich hab's eilig.« Dann knirschte der Schlitten und die Glöckchen klingelten.

Penjami blieb allein in der sanften Stille des Erbhofes zurück. Jetzt war er wirklich allein. Die jähen überwältigenden Erfahrungen bescherten ihm jetzt einen Gemütszustand, der der erste und letzte seiner Art in Penjamis ganzem langen Leben bleiben sollte. Er empfand keinen Groll gegen jemanden oder etwas. Sein vom Tabak gebräuntes struppiges Kinn erbebte, er weinte, der letzte Vertreter einer jahrhundertelangen Abfolge von Hofbesitzern. Der Besuch kürzlich auf Ollila war sein letzter Gang auf der Dorfstraße von Harjakangas gewesen.

In der Nacht ging es mit ihm bereits zu Ende. Seine letzten klaren Worte waren: »Ich sterbe doch nicht wie der Hund eines Bauern.« Da befand er sich offensichtlich bereits im Delirium, denn er sprach diese früher auch oft im Suff wiederholten letzten Worte des verstorbenen Herrn Priikoli sanft, fast schon selig.

Der Traum des kleinen Jussi ging dann ziemlich bald nach Penjamis Tod in Erfüllung. Der Hof wurde wegen unbezahlter Schulden in einer Kanzlei in Turku zwangsversteigert. Der alte Ollila als größter Gläubiger ersteigerte ihn selbst und setzte dort seinen jüngeren Sohn Anttoo als Gutsbesitzer ein. Maija musste mit ihrem Sohn aus dem leeren Haus ausziehen. Sie wollte nicht in ihrem Heimatort bleiben, wo ihr unbedeutendes Leben seit den Mädchenjahren von so vielen Enttäuschungen geprägt gewesen war, vielmehr wollte sie es, nachdem sie ihre Tränen getrocknet hatte, bei ihrem Bruder versuchen, der Gerüchten zufolge in einigermaßen guten Verhältnissen lebte. Eines klaren Morgens wachte Jussi davon auf, dass seine Mutter hin und her ging und alle möglichen kleinen Sachen in einen Schlitten packte, der bereits vor der Treppe stand. Von irgendwoher hatte Maija noch einige Bohnen Kaffee ergattern können, und von den Broten, die der verstorbene Penjami damals aus Ollila mitgebracht hatte, waren wie durch ein Wunder noch ein paar Bissen übrig geblieben. Sie aßen ein wenig davon und nahmen den Rest als Wegzehrung mit. Dann brachen sie auf und ließen das Haus zurück.

Maija zog den Schlitten und Jussi schob ihn. Er trug eine Latzhose und eine Jacke des seligen Penjami; Penjamis zweite Jacke hatte Maija an. Die Frühlingssonne schien hell auf den blendendweißen Schnee. Und als Jussi sich auf dem Eis verstohlen umblickte, sah er die schöne Kuppe des Sikomäki-Hügels, wo er so oft glücklich gespielt hatte. Er schluckte, der Reiz des Wanderlebens wurde allmählich eher traurig.

Den Beginn der Reise mussten sie noch zu zweit zurücklegen, und Jussi kamen fortwährend jene Menschen in den Sinn, an die er sich aus seinen ersten zehn Lebensjahren am ehesten erinnern konnte und die sich in letzter Zeit wohin auch immer verstreut hatten. Er erinnerte sich an Aapeli und Kustaa, Eeva und Marke und an seinen Vater, Penjami. Hier aus der Ferne, aus der Fremde, schienen sie sich alle einander auf merkwürdige Weise zu gleichen.

Aber bald darauf bekamen sie Reisegesellschaft. Als sie zu den größeren Hauptverkehrsstraßen kamen, sahen sie auf den ebenen Feldern oft lange, fortlaufende Kolonnen von Wanderern. Ein Großteil von ihnen wanderte zu Fuß und zog den vollgestopften Schlitten, aber hier und da konnte man auch einen bis auf die Knochen abgemagerten Klepper entdecken. Schlitten oder Pferd befanden sich immer inmitten einer kleineren Gruppe, und die Gruppen blieben meistens dadurch zusammen, dass zwischen ihnen auch an den gedrängtesten Stellen ein paar Meter Abstand blieben.

Die seltsame Atmosphäre der Reise wirkte berauschend und ließ sogar die auszehrende Müdigkeit vergessen. Gegen Abend wurde der Rausch immer stärker. Die kurvenreiche eingezäunte Straße führte wieder durch das Flachland, in der Ferne sah man einen roten Streckenpfosten und unter ihm etwas Schwarzes, an dem alle Passanten nacheinander stehenblieben, um es anzusehen. Da lag ein toter Mann und neben ihm stand ein halbwüchsiges, apathisch wirkendes Mädchen, in der Kleidung eines Erwachsenen. Einer aus der Gruppe, die vor Maija und Jussi herging, sagte zu dem Mädchen:

»Komm weg von da, ins Dorf, damit du nicht hier bei den Wölfen übernachten musst.« Aber das Mädchen blieb einfach neben dem Toten stehen und glotzte um sich.

In der Abenddämmerung erreichten sie ein größeres Dorf, in dem sich die ganze Gruppe auf verschiedene Häuser aufteilte. Auch Maija und Jussi betraten ein dunkles Vorzimmer und versuchten, die Tür zur Stube zu öffnen. Aber sie war von innen verriegelt. Drinnen wurde gerade gebacken, man konnte deutlich hören, wie der Teig beim Kneten klatschte. Als sie eine Zeit lang an der Tür gerüttelt hatten, erschien eine Frau und erklärte ihnen durch den Türspalt, in welcher Richtung sich das Armenhaus befand. Sie stapften durch dunkle Dorfgassen und fanden es schließlich auch – es bestand aus einer großen zugigen Stube, ein Nest, in dem es vor Armut nur so wimmelte. Sie waren beinahe besinnungslos vor Müdigkeit, und Jussi verstand kein Wort von dem, worüber zwei Weiber sich dort stritten. Maija fand es schließlich heraus. Das eine Weib röstete gerade Kaffee im Ofen. Sie hatte ihn kurz zuvor beim Lumpenhändler im Tausch bekommen gegen ein paar Fetzen, die sie zuvor einer unmittelbar vorher verstorbenen alten Frau ausgezogen hatte, während das andere Weib, das mit denselben Absichten ebenfalls auf das Ableben der alten Frau gewartet hatte, kurz draußen gewesen war. Und jetzt behauptete dieses enttäuschte Weib, dass die andere der Alten die Lumpen vor der Zeit entrissen hätte; sie hätte angeblich gesehen, wie die Frau noch in der Scheune ihren Mund bewegt hatte. Darin bestand der ganze Ärger. Übrigens würde das enttäuschte Weib bald eine Gelegenheit zur Entschädigung bekommen, denn hinten in der Stube lag ein stark angeschwollener Mann in den letzten Zügen.

Hier verbrachten Maija und Jussi also ihre erste Nacht. Am nächsten Morgen setzten sie im weiter anhaltenden Rausch ihren Weg fort und erreichten am späten Abend ihr Ziel. Dort schliefen sie sofort ein, nachdem sie etwas Wasser getrunken hatten. Am nächsten Tag schaffte Maija es tatsächlich, eine Vereinbarung darüber zu treffen, dass Jussi auf dem Tuorila-Hof bleiben durfte, während sie weiterzog, um sich irgendeinen Lebensunterhalt zu suchen.

Es war bereits Mai und ein schöner verheißungsvoller Frühling, als Maija wieder zum Tuorila-Hof zurückkehrte. Sie kam am Abend an und war sehr schwach, sodass sie nichts über ihre Reise erzählen konnte. In der Nacht verschlimmerte sich ihr Zustand noch weiter, sie klagte so, dass alle Hausbewohner davon aufwachten. Auch ihr Sohn wurde aufgeweckt, um ihr Ende zu sehen.

So endete Jussis Kindheit.

II
In der Obhut der Verwandten

Wie die helle Sonne nach einer einzelnen Frostnacht aufgeht, ging der Frühling des Jahres 1868 früh und wunderschön über dem Tod auf, der gewütet hatte und immer noch wütete. Beziehungsweise wütete er damals gar nicht, seine Stimme war nicht zu hören. Ab und zu ließ er aus kleinen Gruppen einen abgemagerten Mann in einer Schneewehenfalte neben einem Zaun liegen oder linderte die Strapazen einer Frau, die von ihrem Mann verlassen worden war, indem er in der Waldhütte das Leben ihres letzten zarten Kindes auslöschte. Auch dort, wo diese ringende Horde zwölftausend Seelen zählte, die sich gemeinsam anstrengten, erregte das Elend, soviel man weiß, kein Aufsehen; am sandigen Hang von Salpausselkä entlang baute eine solche Horde damals an einer Verkehrshauptschlagader, die in das große Menschennest des Ostens, nach St. Petersburg führen sollte. Die einen gruben, und die anderen warteten dahinter, bis der Tod einem der Wartenden den Spaten übergab. Und der Tod versuchte gerecht zu sein, er ließ viele Tausende von Wartenden an die Spatenstiele und dann wieder von dort fort, und für die scharfsichtigen Begutachter ergab sich daraus ein netter Streich: Diese eiserne Ader würde sie trotz Zeitmangels eine halbe Million weniger kosten, als sie berechnet hatten.

Still wurde da gestorben, und die Tausenden von Toten, die dort in ihren sandigen Gräbern liegen, wunderten sich sicher, als sie genau fünfzig Jahre später im Pulsieren dieser von ihnen gebauten Eisenader die Worte vernahmen: »Denn übervoll ist schon der Kelch mit Pein und Qual« – und fragten: »Erst jetzt ist er übervoll? Er war doch damals schon ziemlich voll.«

*

Ein neuer verheißungsvoller Frühling strahlte auch über dem kleinen Nikkilä-Jussi an seinem neuen Domizil. Da er nun einmal im Haus aufgenommen worden war, musste er keinen Hunger mehr leiden. Auf dem Tuorila-Hof musste man während dieser ganzen schwierigen Zeit nie mehr als ein Drittel Spreu ins Brot mischen, und das auch nur zwei Mal im schlimmsten Winter. Der Gutbesitzer von Tuorila war nämlich dafür zuständig, die öffentliche Unterstützung im Ort zu verteilen, und weil über ihn vorwurfsvolle Gerüchte in Umlauf kamen, musste man den Trick mit dem Mischen anwenden. Aber richtiges Brot fand man auf Tuorila auch immer, und außerdem reichlich Milchprodukte. Der Tuorila-Hof unterschied sich in jeder Hinsicht vom Nikkilä-Hof, und es fiel schwer zu glauben, dass der Hofbesitzer Kalle der Bruder der verstorbenen Maija war. Kalle war ein stattlicher, hakennasiger, herrischer Mann und er hatte instinktiv seine verbraucht wirkende Schwester gemieden. Das hatte auch Jussi die beiden Male bemerkt, als er ein Aufeinandertreffen von Mutter und Onkel miterlebt hatte. Die Mutter verhielt sich dem Onkel gegenüber geradezu unterwürfig; ohne zu zögern verließ sie gleich am nächsten Tag das Haus und war nur froh darüber, dass der Junge bleiben durfte; und als sie nach ein paar Monaten wiederkehrte, tat sie es gewissermaßen unter Berufung darauf, dass sie lediglich einen Abstecher an einen vertrauten Ort machte, um zu sterben. Und sicher ist, dass das Herz ihres Bruders sich leichter anfühlte, als Maija so bald dahinging.

Jussi war lange Zeit von leichter Verwirrung befallen. Im Haus waren die Zimmer geräumig und sauber, es gab viele Zimmer, die er noch nicht einmal hatte betreten dürfen. Er bekam genug gutes Essen, aber vom Kaffee, von dem er zu Hause mehrmals täglich etwas bekommen hatte, gab man ihm hier nichts, auch wenn man welchen kochte. Sein magerer Körper wurde sehr schnell kräftiger, aber sein Gemütszustand war andauernd wie betäubt, eine sonderbare, unangenehm gesunde Schläfrigkeit lag schwer auf seinem ganzen Wesen. Seine Augen neigten dazu, stumpfsinnig zu schielen, und manchmal merkte er es nicht einmal, wenn man ihm befahl, irgendwo hin zu gehen. Und wenn er dann irgendeinen Befehl ausführen sollte, stiegen ihm unweigerlich Tränen in die Augen; alles war unbekannt und nichts wurde ihm erklärt, er wurde einfach irgendwo hinbeordert. Nachzufragen traute er sich nicht, und so blieb er manchmal draußen auf dem Hof stehen, bis die Hausherrin drinnen des Wartens überdrüssig wurde und rasch nachsehen kam, »wie lange der jetzt wieder brauchte, einen Kübel zu holen«. So gerne hätte Jussi der Hausherrin den Kübel im Laufschritt gebracht, wenn er ihren Befehl nur verstanden hätte und somit auch hätte ausführen können. Von diesen Tagen an folgte ihm der Ruf, dass er ein unfähiger Nichtsnutz und ein bisschen dumm sei.

Er erkannte es selbst, und auch als Unbeteiligter sah man sofort, dass er keine einzige Bewegung machen und keinen Schritt tun konnte, der in die übrige Umgebung gepasst hätte, wenn er da in der geräumigen Backstube des Tuorila-Hofes herumlungerte und die Hausherrin ihn herumkommandierte. Alles hier war so vollkommen anders als am Nikkilä-Hof. Der Gutsbesitzer – von dem die Mutter Jussi gegenüber als Onkel gesprochen hatte, den er aber niemals anders als »Gutsbesitzer« ansprechen durfte – war ein einfach unbegreifliches Wesen. Er blieb immer im Umkreis des Hofes, sah immer ernst drein, war nie betrunken und schimpfte niemals – nicht einmal ansatzweise – mit seiner Frau, geschweige denn, dass er auf sie losgegangen wäre. Sie hatte so gar keine Angst vor ihrem Mann. Ein seltsames befremdliches Gleichgewicht und Harmonie herrschten zwischen den beiden, man konnte sich nicht auf die Seite des einen und gegen den anderen stellen. Als der Abend anbrach, kam es überhaupt nicht in Frage, dass man den Hof verließ. Mit den Knechten und Mägden hatte Jussi nicht viel zu tun. Sie schliefen in der Stube, Jussi in der Backstube und der Gutsbesitzer und seine Frau in der Kammer. Abends musste Jussi immer zur selben Zeit in das saubere, triste Bett gehen, um die Unannehmlichkeit des Tages fortzusetzen. In seinen wachsenden Muskeln verspürte er auch im Schlaf immer wieder das Bedürfnis nach Anspannung, und die klebrige Sattheit verstärkte das Gefühl der Sklaverei.

Ab und zu kamen Bettler auch beim Tuorila-Hof vorbei, aber das waren andere Leute als die, die zum Nikkilä-Hof gekommen waren. Diese hier blieben bescheiden in der Tür stehen oder saßen in der Stube und beantworteten mit weinerlicher Stimme die Fragen der Hausherrin. Als die Hausherrin einmal eine Frau nach ihrem Namen fragte und diese zufällig den gleichen Namen wie sie selbst trug, gab die Hausherrin ihr etwas. Am selben Tag kam jedoch noch eine Bettlerin und fügte zu ihrer Bitte ungefragt hinzu, dass auch ihr Name Emma sei. Die Hausherrin lachte schallend und gab ihr auch etwas, trug ihr aber zugleich auf, allen anderen Emmas auszurichten, dass dieser Trick nicht mehr funktionieren würde.

Die Bettler dieser Ortschaft mied Jussi auf merkwürdige Weise, er traute sich nicht, sich ihnen zu nähern. Das rührte daher, dass er nun auf die Seite der Wohlgenährten geraten war. Später befanden sich unter den Bettlern auch Bekannte, die größeren Kinder aus dem Haus am Sikomäki-Hang, seine alten Spielkameraden. Jussi schämte sich irgendwie für sie, und das Gespräch verlief von beiden Seiten her sehr gezwungen. Die Jungen erzählten ihm ungefragt, dass die Ollilas jetzt am Nikkilä-Hof herumwerkten und dass die Schröpferin Loviisa erkrankt sei, aber diese Neuigkeiten berührten Jussis Sinn nur von weitem und sehr schwach. Und als die Kinder wieder ihrer Wege gingen, fühlte Jussi sich erleichtert.

Der Sommer brach an, auf der Erde wuchs das Gras und an den Bäumen die Blätter. Auf den entfernten Weiden schellten die kupfernen Kuhglocken, und die Frühjahrssaat wurde bei günstigem Wetter in die Erde gebracht, mit vom Staat bereitgestelltem Saatgut. Der abgestumpfte Geist der Menschen wurde belebt und begann sich nach neuen Gedanken zu sehnen. Der Mann, der da hinter der Egge her stapfte, dachte fest über die vergangenen Schreckensjahre nach, damit sein Sinn umso offener für den gegenwärtigen Sonnenschein und das sprießende Grün würde. Und auch wenn er die überstandenen Schicksalsschläge in seinen Gedanken noch nicht richtig einordnen konnte, genoss dieser Mann doch bereits instinktiv das Gefühl, dass diese neue Zeit irgendeinen grundsätzlichen Gedanken erhellen würde, der bisher gefehlt hatte und mit dessen Hilfe das Leben eine neue Richtung und eine neue Dimension erhalten würde. Und wenn er am Ende des Feldes kurz anhielt und auf der Landstraße ein paar von diesen unglücklichen Wanderern erblickte, ärgerte er sich ein bisschen darüber, dass die alte Zeit die Geburtsstunde der neuen noch immer derart überschattete.

Für den ehemaligen Nikkilä-Jussi, der nun Tuorila-Jussi genannt wurde, waren dieser und auch die darauffolgenden Sommer die seltsamste Zeit seiner Jugend, weil er zu dieser Zeit am meisten allein war.

Die Ländereien, über die er mit dem Vieh von Tuorila zog, waren abwechslungsreiches, ehemaliges Schwendeland. Üppiger Laubwald war vorherrschend, aber tief im Wald gab es immer wieder Lichtungen mit eingezäunten Wiesen und kleinen Scheunen. Auf dem Grund eines Tales mit steilen Hängen zu beiden Seiten schlängelte sich lediglich ein winzig kleiner Bach, der nur wenig Wasser führte und der dort in der Tiefe seinen eigenen Biegungen folgte. Oben an den Uferhängen hingen meterlange Birkenzweige über nach Hitze duftenden Ameisenhaufen, während die Mittagssonne über dem Flussbett stand und das Vieh dalag und Mittagsruhe hielt. Nachdem Jussi sich Klarheit über die Örtlichkeiten verschafft hatte, gefiel es ihm, hier kleine Zweige für Schaumbesen abzuschälen und Stöcke mit Schnitzereien zu verzieren. Hier stand er nicht unter dem ständigen Druck des Nichtkönnens, der ihm das Leben zu Hause auf dem Hof immer noch schwer machte. Und hier stand auch keiner hinter ihm, der ihm Befehle erteilte; hier konnte er, nach Belieben, über das Vieh walten.

Tagsüber kreisten die Gedanken darum, wie der Morgen und der vorhergehende Abend verlaufen waren. Es konnte vorkommen, dass die Gedanken den ganzen Tag lang auf die gegenwärtigen Umstände gerichtet waren, auf diese Gegend und das Vieh, und Zukunftsbilder entwarfen, deren selbstverständlicher Mittelpunkt der Tuorila-Hof mitsamt seinem Hausherrn, seiner Hausherrin und seinen sonstigen Verhältnissen war. Hier lässt es sich aushalten, von hier geht er nicht weg. Vater und Mutter und die ganze frühere Welt des Nikkilä-Hofes waren von hier aus gesehen weit entfernt und fremd, sie waren erfolgreich irgendwohin fortgewischt. So ein Sonnenschein wie dieser hier war nicht für sie bestimmt. Von diesem sonnigen Hang aus betrachtet schien es so selbstverständlich zu sein, dass der Gutsbesitzer nie mit seiner Frau stritt … Der Abend bricht an, und es ist eine Freude, mit dem Vieh nach Hause zurückzukehren.

Aber manchmal gestalten sich der Abend und der Morgen schwieriger als gewöhnlich, und am Tag darauf bedecken dunkle Wolken den Himmel. Nach dem Mittagessen schlägt der Blitz krachend ganz in der Nähe ein, und der junge Jussi sucht verängstigt Schutz in der Scheune. Plötzlich ist Gott über ihn gekommen, direkt aus dem Harjakangas von vor vielen Jahren. Der Tuorila-Hof ist irgendwo in weiter Ferne und ohne Bedeutung, Vater Penjami hat den flüchtigen Jussi gefunden und seine alte Macht wiedererlangt. Ein Blitz leuchtet auf, wie der zornige Blick der ganzen toten Vergangenheit, schlägt mit einem gewaltigen Krach ein, und Jussi brüllt sich heiser und stellt sich vor, dass er sich Maija in den Schoß wirft. Fort ist der hiesige Belag auf seinem Blut, und die vertraute, verregnete Landschaft wirkt auf einmal bedrohlich fremd. Die karge Härte von Penjami, seinem Vater, und die zarte Sanftheit seiner Mutter sind die kostbarsten Schätze des zitternden Herzens, hier, in ferner fremder Gegend im Augenblick höchster Gefahr.

Und heute ist ihm nicht einmal nach dem Abklingen des Unwetters eine Befreiung vergönnt. Zwei Kühe sind verschwunden. Jussis Atem zittert noch vom Weinen, und umso leichter entlädt sich nun ein neuerlicher Weinkrampf; was wird aus ihm, wenn die Kühe ertrunken sind? Die Kuh mit der Glocke taucht am Feldrand auf, aber sie blickt ganz wild drein und flüchtet, sobald man sich ihr nähert. Wölfe! Schluchzend und inbrünstig zu Gott betend rennt Jussi, der eigentlich schon ein großer Junge ist, los, als ginge es um sein Leben, auf den nass gewordenen Wegen nach Hause, und er glaubt jeden Augenblick zu hören, wie der Wolf das Vieh reißt. In der Abenddämmerung hört ein alter Mann in einer Hütte in der einsamen Waldgegend den von Jussi verursachten Krach und macht sich auf den Weg zu Tuorilas Weiden. Er findet eine Kuh, die im Sumpf eingesunken ist, sowie eine mit Glocke, die brüllend um sie herumgaloppiert. Er erfasst die Situation, und da er sieht, dass keine unmittelbare Gefahr droht, geht er nach Hause zurück, um ein Seil zu holen …

Auf denselben Weiden verbrachte Jussi viele hunderte Morgen, Tage und Abende, und sie waren nie gleich. Ein Hirtenjunge der Siebzigerjahre war nicht in der Lage, bewusst die von ihnen ausgehende Wirkung zu erfassen, die darin bestand, dass sich ein instinktives Gefühl der Vereinsamung in ihm einprägte: Die Vergangenheit war verblasst wie irgendein Wochen zurückliegender Traum, und mit der Gegenwart verband ihn nichts. Er war weder Knecht noch Sohn, es war ihm nicht gestattet, sich in der

Stube und in den Kammern aufzuhalten, sondern immer nur in der Backstube.

Dann kam der Abend vor dem Morgen, an dem er zum ersten Mal zum Konfirmandenunterricht gehen musste. Mit der angsterfüllten Aufregung war auch ein eher trauriger Reiz verbunden, denn schließlich bedeutete das einen Schritt in einen neuen Lebensabschnitt. In der Abenddämmerung schlich Jussi heimlich in die Knechtstube, in der noch niemand war. Dort hockte er dann und summte irgendein Männerlied, dessen rohe Verse seinem Gemüt seltsam schmeichelten. Er saß immer noch da, als die Männer von der Arbeit zurückkehrten. Der Gutsbesitzer selbst kam ihn holen, und in seiner Stimme schwang eine seltsame Grobheit mit, als er Jussi fragte: »Was machst du denn hier?« Darin konnte man bereits eine Ahnung dieses neuen Lebensabschnittes spüren, der morgen beginnen sollte.

Die glattgekämmten Jungen sitzen auf den Kirchenbänken und scheinen den Ausführungen des Probstes zur Dreifaltigkeit zu lauschen. Der Probst spricht langsam und mit deutlicher Stimme, seine Sätze sind im hohen Kirchenstil formuliert, der nichts mit den eingefetteten Stiefeln und zerschlissenen Jacken der Jungen gemeinsam hat. Die präzise, in Jahrzehnten gefestigte Form seiner Worte bewegt sich weit ab vom angeborenen Stubenverstand der Jungen, aber die Färbung und der Rhythmus seiner Stimme rufen in ihnen eine überwältigende Stimmung wach, für die ihr Gemüt von Generation zu Generation seit jeher anfällig ist. Ihre ursprünglichen Auffassungen über den Vater, den Sohn und den Heiligen Geist, der wie ein Vogel aussieht, geraten nicht ins Wanken. Alle drei sind über den reichverzierten Anfangsbuchstaben im Katechismus abgebildet.

Viele dieser Jungen befanden sich schon einmal in einer Notsituation, in der sie voller Verzweiflung den Namen Gottes gerufen haben. Dieser Gott wird ebenfalls von Generation zu Generation überliefert, aber er wird nicht durch den Mund der Lehrer, sondern durch die harten Prüfungen des Schicksals im Leben des Volkes überliefert. Er pocht in den Adern des Vaters, wenn er, nachdem ihn die Nachricht erreicht hat, schnell über den verwachsenen Waldweg zu seiner Hütte eilt, um sein sterbendes Kind noch ein letztes Mal in die Arme zu schließen. Und wenn der alte Großvater nach einer Woche Saufen schließlich zum letzten Mal aufmuckt, erscheint der Gott auch dort in all seiner Versöhnlichkeit. Und die kleinen Kinder stehen ernst beobachtend da, sehen, wie dieser Gott sich den Erwachsenen nähert, und verwahren das für die kommenden Generationen. Sehr oft trägt Gott in ihrer Phantasie die Züge ihres Vaters: Er ist alt, mürrisch und ehrwürdig.

Aber dieser Gott erreicht nicht den Gemeinschaftsgeist der Jungen in der Konfirmandenschule. Während der Schulzeit hat man hier so viel anderes zu tun; als Hausaufgabe muss man Stellen aus dem Katechismus auswendig lernen, wenn man nicht nachsitzen oder »Buße tun« will, man muss sich um seinen Proviant kümmern, man muss darauf achtgeben, dass man sich auch sonst nicht vor der Gruppe blamiert. Wenn der Herbergsvater zufällig einmal nicht da ist, geht man abends auf die Dorfstraßen, um Unfug anzustellen. Wenn niemandem etwas anderes einfällt, rempelt man einander an, das führt manchmal zu Ärger und schließlich zu einer richtigen Rauferei. Eines Abends ergibt es sich, dass der Tuorila-Jussi schmollend abseits der ausgelassenen Gruppe herumsteht, als der Probst selbst zufällig vorbeispaziert. Man kann deutlich erkennen, dass sich der Argwohn des Probstes gegen den richtet, der allein ist, auch wenn er wortlos weitergeht. Und als der Probst außer Sichtweite ist, wird es für Jussi erst richtig ungemütlich.

»War Penjami dein Vater? War Penjami dein Vater?«, lärmen die anderen. Und als der Probst Jussi am nächsten Tag dabei ertappt, dass er das Sakrament der Taufe nicht verstanden hat, sagt er: »Du, Johan Benjamins Sohn, wo verbringst du deine Abende? Du treibst dich auf der Straße herum, statt Antworten auf die heiligen Fragen des Herrn zu suchen. Ich sage dir eines: Merk dir diese Rüge gut!«

Die schadenfrohen Blicke der anderen Jungen folgten dabei dem Probst und Jussi.

Die Zeit des Konfirmandenunterrichts enthielt für Jussi von Anfang bis zum Ende kleinere und größere Enttäuschungen, und nichts von alldem, was das sehnsuchtsvolle Stubengesinge am Abend vor dem Aufbruch enthalten hatte. So einen Moment des Gesinges versuchte er auch hier zu erreichen, wenn er an manchen Abenden zufällig alleine in der Stube der Herberge war. Sein junges, schmächtiges Gemüt befand sich in einem Stadium, in dem es versuchte, aus der gesehenen Welt ein schwärmerisches Gesamtbild zu erschaffen. Aber in diesem Bild nahmen der Tuorila-Hof und das Dorf die Vormachtstellung ein, und gewissermaßen von ihnen unterstützt dieses verwirrende Schulleben. Das Lebensgefühl erweiterte sich, und der Junge musste gleichsam widerstrebend diese Erweiterung mitvollziehen; es war, als würde sich ein großer Raum auftun, den er ausfüllen musste. Die früheren Erinnerungen an die Zeit am Nikkilä-Hof mit ihren Vorstellungen über die Konfirmandenschule passten hier überhaupt nicht her, sie schrumpften gewissermaßen, obwohl sie sich doch hätten erweitern sollen. Hier fühlte er sich ein bisschen unwohl und hilflos, in dieser großen, ordentlichen Stube, aus deren Fenstern man die Dächer, Giebel und Bäume des Dorfes in der Abenddämmerung erblicken konnte. Das ganze Leben hier enthielt immer nur etwas, was zu tun war, kein Versäumnis fühlte sich hier harmlos an. Und zudem ängstigte er sich auch noch davor, dass er das, was zu tun war, nicht richtig tun konnte.

Dieses Gefühl der Hilflosigkeit erreichte seinen Höhepunkt, als er gerade dabei war, die Sakramente zu erhalten. Da wäre es notwendig gewesen, an Gott zu denken, aber Gott war nicht da; es war da nur diese leichte Verzückung, die der Wein und die Oblate, ungewohnt wie sie waren, verursacht hatten. Der Probst, der Pastor und die anderen Jungen sahen aus, als würde Gott nicht zu diesem Moment gehören. Es war nur die Tatsache vorherrschend, dass dies der feierliche Augenblick des »Weiterkommens« der diesjährigen Konfirmanden war.

An einem herbstlichen Sonntagabend wohnt der Atmosphäre des wohlhabenden Dorfes der Geist zufriedenen Ausruhens inne. Morgen beginnt auf dem Tuorila-Hof die Roggenernte.

Das gesamt Gesinde ist nicht zu Hause, alle außer Jussi, der nicht die gleichen Freiheiten wie einer vom Gesinde besitzt. Er ist zwar bereits ein konfirmierter Mann – wie viel dieser Begriff damals doch bedeutete, als er noch nicht erlebt worden war, und wie wenig hat er bei seiner Verwirklichung mit sich gebracht! Ihm wurde ja nichts verboten, mit ihm wird kaum anders gesprochen als in Befehlen oder Vorwürfen. Aber er ist Gefangener des in diesem Haus vorherrschenden Geistes. Dessen Druck hat verglichen mit dem der früheren Tage erheblich zugenommen, insbesondere nach der Konfirmation ist er noch deutlicher zu spüren als zuvor. Zwei Wochen sind vergangen, seit der Gutsbesitzer ihn das letzte Mal auf der Wiese geschlagen hat. Als er danach beinahe weinend vor den anderen Männern fluchte und damit drohte, dass er nach diesem Jahr nicht in diesem Haus bleiben würde, sagte ein Kätner: »Der Jussi will sich also nächstes Jahr nicht mehr verdingen?«

»Mit Sicherheit nicht, verdammt«, schluchzte Jussi.

»Wie es scheint, hast du auch für dieses Jahr den Lohn nicht bekommen«, fuhr der Kätner fort und Jussi ahnte, dass man sich über seine Drohungen eiskalt lustig machte und dass an seiner Position etwas Besonderes war, über das er sich noch nicht im Klaren war. An diesem Sonntag, in einem ruhigen Moment am Nachmittag, war er dann zufällig mit der Viehmagd allein in der Stube. Die Magd, die übrigens eine hoffnungslose Plaudertasche war, sprach da beim Haarekämmen ganz freundlich mit Jussi, obgleich sie sonst draußen unter den anderen Arbeitskollegen keine Lust hatte, Jussi, diesem unbedeutenden Bengel, andere Antworten zu geben als überhebliche leichtfertige Bemerkungen. Jetzt, gerührt von der zweisamen Sanftheit, wagte Jussi es, ihr nach und nach immer heiklere Fragen zu stellen; unter anderem fragte er, was die Männer draußen bei der Heuernte gemeint hatten. Konnte er denn nicht genauso aus dem Haus ausziehen, wie Manta es auch vorhatte?

»Du solltest doch wissen, dass du nirgends hingehen kannst«, entgegnete Manta und betrachtete den Kamm gegen das Tageslicht, ob etwas in ihm hängen geblieben war. »Der Gutsbesitzer hat dich in einem Elendsjahr aufgenommen, und du hast nichts zu melden, bis du volljährig bist.«

»Wann werde ich denn volljährig sein?«

»Na, wann wohl, mit einundzwanzig, so wie alle anderen auch.«

Die Konfirmation bedeutete also gar nichts, man musste auch noch volljährig werden. Jussis Stimmung verdüsterte sich. Er sagte zu Manta:

»Ziehen Sie auch nicht aus, Manta.«

»Oh, doch. Dieses Mädchen wird nämlich nicht mehr länger die Essensreste von Weihnachten vom Tuorila-Kalle verkosten«, sprach Manta, wurde wieder zu ihrem alten Selbst und stolzierte hocherhobenen Hauptes aus der Stube hinaus und ins Dorf, in die Sonntagsfreiheit. Jussi blieb in der Stube zurück und fühlte sich genau so, wie er sich in den ersten Wochen nach seiner Ankunft in diesem Haus gefühlt hatte. Die Freude über die Konfirmation war endgültig verdorben, und das bedrückende Gefühl, noch ein Kind zu sein, erfüllte ihn, er sehnte sich wieder zum Nikkilä-Hof zurück. Einundzwanzig … und er war erst sechzehn. Wie schnell waren doch die früheren wunderbaren Zeiten vergangen.

Jussi schreckte auf, als der Gutsbesitzer die Stubentür öffnete.

»Wo ist denn die Manta hin?«

»Weiß ich nicht.«

»Na, dann musst du wohl los, um den Leuten in Töllinperä Bescheid zu geben, dass es hier bald mit der Ernte losgeht.« Der Gutsbesitzer zählte ganz genau jede einzelne der abgelegenen Behausungen des kleinen Dorfes auf, die Jussi aufsuchen sollte. »Aber nicht trödeln!«

Der Geist des Tuorila-Hofes reicht nicht weit. Es gibt keine Spur mehr von ihm auf jenem sandigen Weg, den Jussi entlangwandert, während ein windstiller Sonntagabend hereinbricht. Das Gehen fällt ihm leicht, seine Lippen nähern sich an ein Pfeifen an und in seinen Gedanken wächst das trügerische Bild eines freien Lebens als Knecht heran. Er hätte Lust, ein bisschen zu grölen, aber der weithin sichtbare Anblick der Kiefernwipfel hält ihn davon ab. Erst als der Nebel aus den Sümpfen aufsteigt und der Nachtvogel knirscht …

So eine glückliche Reise hat Jussi nicht unternommen, seit er zum Tuorila-Hof kam. Die zahllosen Eindrücke des Abends im schön gepflegten Kiefernwald stimmen seinen befreiten Gemütszustand immer milder. Er ist doch ein ganzer Knecht – ein konfirmierter Mann! Was macht es schon, wenn er nicht woandershin ziehen kann, Tuorila gehört immerhin zu den besten Höfen des Ortes. »Ich schlafe immerhin schon in der Stube; wenn ich nur irgendwo einen eigenen Schrank herbekommen könnte … Aber der Besitzer des Hofes ist doch mein Onkel, der Bruder meiner verstorbenen Mutter; ich bin doch bei Verwandten auf dem Hof, ich bin besser als ein Knecht, ich muss nicht wegziehen. Wenn ein Knecht nicht mehr gebraucht wird, muss er wegziehen … Aber es ist gut, dass ich in der Stube schlafen darf, und einen Schrank werde ich auch noch bekommen, so-und-so bekomme ich ihn …«

Vom felsigen Hang des Hügels aus kann man plötzlich die Katen-Siedlung mit ihren Feldern, Zäunen und Behausungen sehen. Rechts, am äußersten Waldrand wirft die einsame rote Sonne ihr mattes Licht über den Ort, dessen Luft bis hinauf auf diesen Berg von Glück und Freiheit erfüllt ist. Es ist unmöglich, sich vorzustellen, dass dort einer den anderen anschnauzen könnte, jeder darf am Feierabend gehen, wohin er will, auch die Kinder. Hier gibt es auch Katen, die Knechte beschäftigen; wenn er doch hierher ziehen könnte! Heute bleibt er auf jeden Fall so lange wie möglich hier.

In Rouko ist man offenbar bei der Ernte, in drei Reihen steht man dort auf dem Feld. Immer wieder richtet sich einer aus seiner gebückten Haltung auf und schmeißt eine gehäufte Handvoll hinter sich. Ein Mann bietet den anderen Sahti an, einige sind offensichtlich betrunken. – Was, wenn sie sich prügeln, wenn sie mich schlagen …

Die meisten Leute, die er zur Ernte holen sollte, fand Jussi auf dem Feld von Rouko, auf dem sie gemeinsam arbeiteten. Er ging etwas unsicher zu jedem von ihnen hin und sagte, was er zu sagen hatte, als hätte er es auswendig gelernt. Manche dieser Kerle schielten bereits ziemlich, ihr Bart war nass und ihr Mund eigenartig in Falten gezogen, während sie Jussis Worten lauschten.

»Rieselt dem Kalle sein Roggen schon runter, oder was?«, fuhr ihn einer der Kerle an.

»Nein noch nicht, aber …«, entgegnete ihm Jussi schüchtern und etwas ängstlich. Doch niemand behelligte ihn. Er kehrte auf die Landstraße zurück und setzte seinen Weg fort zu denen, die er hier nicht angetroffen hatte.

Es ist spät am Abend und kalt, in Rouko wird ein Erntetanz veranstaltet und Jussi ist auch noch immer dort. Aus der letzten Kate, in die er die Nachricht von den Erntearbeiten gebracht hatte, schloss sich ihm ein Kamerad aus der Konfirmandenschule an und überredete ihn zu einem Abstecher nach Rouko. Die Stube ist erfüllt von dumpfem

Getöse und biergetrübten Gesprächen, da ist es in einer der Ecken herrlich für einen, der unverhofft zum ersten Mal in seinem Leben bei einer Tanzveranstaltung gelandet ist. In Rouko gibt es eine große Stube, dort kann man gut tanzen und die Geige klingt eindrucksvoll. Vieles gibt es immerhin auf der Welt, das höher ist und größer als der Geist des Tuorila-Hofes. Was wären der Gutsbesitzer oder seine Frau hier in dieser Tanzgesellschaft? Nichts als eine unpassende, beinahe schon komische Erscheinung. Aber für Jussi läuft es hier erstaunlich gut. Er ist bereits mehrere Male draußen im Hof gewesen, und keiner hat ihn geärgert, er wurde sogar gefragt, wer alles nach Tuorila zur Ernte kommt. Er hat Sahti bekommen, so wie alle anderen auch, er war mit einem Burschen zusammen auf dem Tanzboden und hat einen Polka versucht, und er will noch einmal gehen. Keiner wird merken, dass er auf seinem Botengang so lange wegbleibt. Es ist eine wunderschöne Nacht, schöner als irgendeine zuvor.

Dennoch muss Jussi immer wieder kurz nach draußen gehen und sich dort selbst versichern, dass er alle Befehle des Gutsbesitzers genau ausgerichtet hat. Als er da so steht, erblickt er durch die dunkle Nacht hindurch den Hügel, von dem aus er vor langer Zeit an einem Nachmittag hier herunter schaute. Auf dem Tuorila-Hof schläft man bereits, der Gutsbesitzer weiß nicht, wann er zurückkommt, und kann ihn nicht tadeln. Manta ist doch auch hier, er wird erst mit Manta gehen. Jetzt kehrt er zurück in die Stube und greift nach noch einem Sahtikrug. Er ist verdammt nochmal ein konfirmierter Mann, was geht ihn der Tuorila-Alte an?

Immerhin würde er jetzt auch schon gerne heimgehen, aber er kann doch nicht allein den langen Weg durch den

Wald antreten, und Manta tanzt noch ganz wild. Es sieht ganz so aus, als würde Manta doch nichts mit ihm zu tun haben wollen. Immer wenn er sich an sie herangeschlichen hat und mit ihr zu reden versuchte, tat sie so, als hörte sie ihn nicht. Sie sitzt bei den Burschen sogar auf dem Schoß. Wird sie die Frau von einem von denen?

*

Um Mitternacht herum wandert Jussi auf demselben sandigen Weg durch den Kiefernwald zurück zum Tuorila-Hof. Aber diesmal ist er nicht allein. Manta ist bei ihm, außerdem ein anderes Mädchen aus dem Dorf und fünf Männer. Er, Jussi, ist der sechste, merkt aber deutlich, dass er noch kein Mann ist. Wenn die Männer die Mädchen necken und Jussi sich ihnen anschließt, indem er Manta neckt, sagt diese unwirsch: »Spiel dich nicht so auf. Du bist zu groß, um noch gestillt zu werden, und zu klein, um aus einem anderen Grund neben einer Frau zu liegen.« Jussi fühlt, dass er der ganzen Gruppe schon ziemlich lästig ist und dass man ihm nur erlaubt, hier mitzulaufen, weil er so ahnungslos ist.

Aber ganz so ahnungslos ist Jussi dann auch wieder nicht. In dieser Tanznacht ist er vielen Dingen auf die Schliche gekommen, über die er oft vor dem Einschlafen nachgedacht hatte. Er begreift, dass die früheren Spiele am Sikomäki-Hügel unerträgliche Kindereien waren.

Schon sind sie im Dorf. Jussis Herz macht einen heftigen Satz, als er bemerkt, dass diese Gruppe irgendetwas gegen die Besitzer des Tuorila-Hofes hat. Der Geist des Hofes ist bereits spürbar, er steigt auf und macht ihm Angst, während gleichzeitig das Bild des Tanzabends von eben bedeutungslos wird und sich in weite Ferne zurückzieht, als ob es flüchten wollte. Jetzt bemerkt Jussi erst, dass er dort auch Sahti getrunken hat, die Wirkung verflüchtigt sich bereits. Wenn er es sich in diesem Moment aussuchen dürfte, würde er lieber in seinem Bett in der Stube schlafen, am Abend zeitig heimgekehrt. Die Kühle der Nacht, die Müdigkeit und auch der Hunger machen sich bemerkbar, und diese Gesellschaft ist ihm, dem Bengel, gegenüber beinahe feindselig. Er wird nicht wieder tanzen gehen.

Aber als die ganze Gruppe ihre Schritte in Richtung des Schuppens, auf dessen Dachboden die Mägde im Sommer schliefen, lenkt, kann sich auch Jussi nicht von ihr trennen; auch dann nicht, als Manta ihm ziemlich schroff befiehlt, zu verschwinden. Die Männer tollen mit den Mädchen herum, und als eine versucht, die an der Außenwand angelehnte, zum Dachboden führende Leiter zu verrücken, kracht sie derart zu Boden, dass es im ganzen Hof schallt. Die Männer laufen weg, planlos, denn in der Tür zur Backstube ist bereits die Gestalt des Hausherrn vom Tuorila-Hof aufgetaucht. Er stürzt mit einem Knüppel in der Hand auf den Dachboden zu. Nur Manta ist dort stehengeblieben, die Männer sind verschwunden, und Jussi ist unter den Futterspeicher entkommen. Der Gutsbesitzer schrie wütend seinen Namen, kroch ihm aber nicht hinterher. Jussi hört das Wortgefecht zwischen ihm und Manta.

»Des Hofes ist werktags die Arbeitskraft, und mein sind die freien Tage und die Nacht«, sagt Manta selbstbewusst.

Sobald Jussi in seinem Versteck hörte, wie der Hausherr wegging und Manta auf ihren Dachboden kletterte, wollte auch er sich in seine Stube schleichen. Aber plötzlich stand der Gutsbesitzer vor ihm, noch immer mit demselben Knüppel in der Hand.

»Ach, so ist das also …« Das waren seine einzigen Worte, als er Jussi am Nacken packte und ihn einige Male auf den Hintern schlug. Die Männer von eben hörten noch Jussis Aufschrei und spürten, wie sich ihr Innerstes unangenehm zusammenzog. Sie hatten zwar kein Mitleid mit Jussi, aber es widerte sie an, dass sie nicht Manns genug waren, es zu verhindern. Sie hatten jedoch vor, in Kürze ein weiteres Mal zu versuchen, auf Mantas Dachboden zu gelangen.

Jussi biss in der Stube die Zähne zusammen, um nicht mehr zu schluchzen. Die Scham fuhr jedes Mal wie ein schneidender Schmerz durch sein Wesen, wenn er die Spuren des Knüppels spürte. In seinen Gedanken wirbelten seine einstige Zeit am Nikkilä-Hof, das jetzige Leben am Tuorila-Hof, die Gedanken bei der Konfirmation und das Tanzen eben durcheinander. »Wo werde ich am Ende wohl landen?«

Zunächst landete er am nächsten Tag bei der Ernte, wo er Garben zusammenbinden musste, und er durfte sich den ganzen Tag lang unangenehme Andeutungen über die vergangene Nacht anhören. Nachdem die Ernte eingebracht war, landete er in der Darre und danach beim Pflügen, dann beim Einsammeln der Baumstämme und so weiter. Bald waren die Wintertage gekommen, und das Holz musste gehackt und der Mist getrocknet werden. – Wo wird er am Ende wohl landen? Diese grundlegende Frage in Jussis Leben kam immer wieder auf, wenn er mit seinem Wesen an irgendeinem Hindernis in seiner Umgebung angeeckt war und danach alleine schmollte.

Das Leben veränderte sich, auf dem Tuorila-Hof noch schneller als in den anderen Häusern. Das Leben auf dem Tuorila-Hof unterschied sich beispielsweise bereits sehr stark von dem Leben auf dem Nikkilä-Hof. Auf dem Tuorila-Hof gab es zwei Reihen von Wohnräumen; in der einen befanden sich die Gesindestube und daneben noch eine weitere Stube, eine Küche und zwei Schlafkammern, in denen die ehemalige Hausherrin mit ihrer unverheirateten Tochter wohnte; in der anderen befanden sich die Backstube, die Schlafkammer des Hausherren und seiner Frau und dahinter einige noch feinere Zimmer, in die der Pastor und seinesgleichen geführt wurden. Sowohl in der Stube als auch in der Backstube brannte abends bereits eine Öllampe und vertrieb mit ihrem gleichmäßigen Lichtschein die winzigen Geister der Vergangenheit selbst aus den entlegensten Winkeln. Ein Hausierer ist über Nacht auf dem Tuorila-Hof geblieben, ein seltsam durchtriebener Kerl, dem nicht einmal aus Versehen ein vollkommen aufrichtiges Wort entschlüpft. In seiner Tasche hat er Nadeln mit bunten Köpfen und Gesangbücher. Es gibt nichts, zu dem ihm nicht das letzte Wort einfällt, was ihn selbst betrifft, tut er hingegen ärgerlich geheimnisvoll. Der Knecht Taavetti, der wie alle anderen auch weiß, dass die Welt auf Intrigen gebaut ist, will die Überlegenheit des Kerls bezwingen, indem er beiläufig die ihm wohlbekannten Baustellen der St. Petersburger Eisenbahn erwähnt und einen »Vorarbeiter« von damals.

»Meinst du den Vänttinen?!«, fragt der Kerl sofort.

Und sogleich beginnt eine Art verhaltener Wettstreit zwischen Taavetti und dem Kerl, wer von beiden besser über all die Verschwörungen Bescheid weiß, die im Notwinter auf der Baustelle vorherrschten, und vor allem über Vänttinen, der auch Tote in den Lohnbüchern führte.

Aus den Reden von Taavetti und dem Kerl scheinen Eindrücke aus der weiten Welt hindurch. Wenn es zufällig still ist, ist es, als könnte man draußen vor der Stube das anschwellende Rauschen einer neuen Zeit vernehmen. Die Stubeninsassen gehen in die Backstube hinüber zum Abendbrot, und in ihrer Stimmung keimt so etwas wie eine Art Selbstbewusstsein. Taavetti tut größer als der Gutsbesitzer. Aber als sie in die Backstube treten, sehen sie, wie der Gutsbesitzer im Nebenzimmer die Zeitung aus der Hand legt; sie können auch die Buchstaben am oberen Zeitungsrand erkennen: SUOMETAR.

Der Gutsbesitzer tut noch geheimnisvoller als der Hausierer und ist Taavetti dann doch überlegen. Niemand kann begreifen, warum er seinen Wald nicht verkauft, obwohl sich die Kaufwilligen die Klinke in die Hand geben. Wenn Tavela doch auch verkauft hat und über tausend Mark bekam – über tausend … Und dennoch lässt Tuorila die Kätner die schwere Waldarbeit machen. Kann man denn für einen Wald noch mehr als über tausend Mark bekommen?

Der Gutsbesitzer behandelt Jussi neuerdings nicht mehr ganz so streng; er darf fast sein wie die anderen Knechte. Sein Körper wächst heran und wird zäher, aber im Geiste bleibt er der Alte. Mittlerweile hat er gelernt, die alltäglichen Arbeiten wie befohlen zu erledigen. Dennoch hat er stets das deutliche Gefühl, dass ihn der Hausherr meidet. Als sein erster selbstgemachter Kübel unfertig im Ofen landet, wird der Gutsbesitzer deswegen nicht böse, sondern lacht nur säuerlich. Und wenn jemand Jussi für eine schwierigere Aufgabe vorschlägt, schmunzelt er. In Jussi verachtet er die Schwäche seiner eigenen Familie. Und dieses Verhältnis macht Jussi noch trauriger als die einstige Strenge. Jeden Augenblick fühlt er, dass er auf dem Tuorila-Hof nicht willkommen ist. Aber wohin soll er gehen?

Die Gleichgültigkeit der Hofbesitzer lässt ihn noch vorsichtiger sein; er versucht sich so unauffällig wie möglich zu verhalten. Am schwersten fällt ihm das an den Feiertagen, weil er nie genau weiß, ob er die Erlaubnis hat, ins Dorf zu gehen, und zu Hause ist er auch nur allen im Weg. Nachdem das Frühstück gegessen und die Arbeitsstiefel geteert worden sind, machen sich alle anderen Männer auf ins Dorf, nur Jussi bleibt allein in der sonntäglich leeren großen Stube zurück; manchmal schläft auf der Ofenbank auch ein verkrüppelter Landstreicher. Jussi erinnert sich an irgendeine Beschäftigung aus seiner Kindheit, und halbherzig versucht er sich an ihr, obwohl er unter den Umständen, die hier herrschen, nicht die geringste Lust dazu hat. Die Frau des Gutsbesitzers kommt von der größeren Hausseite in die Stube herüber. Sie kommt nachsehen, ob die Stube geputzt und die Betten frisch bezogen sind. Beim Hinausgehen fordert sie Jussi matt auf, doch etwas zu lesen. Sie tut es, indem sie irgendwo anders hinschaut, nur um etwas zu sagen.

Da Weihnachten nicht mehr fern ist, weiß Jussi, dass man ihn in diesem Jahr nicht mehr fortjagen wird. Die Weihnachtsfeiertage sind endlos lang. An einem dieser Feiertage geben die Studenten im Dorf ein Laienspiel, auch der Gutsbesitzer des Tuorila-Hofes und seine Frau fahren dort mit klingelnden Glöckchen hin. Jussi singt in der Stube und tanzt unbeholfen ein paar Polkaschritte dazu. Dann bricht er kühn zum Nachbarhof auf, in seiner Tasche ein paar Pflaumenkerne, die er ununterbrochen lutscht. Das Nachbarhaus ist klein und altmodisch, ein bisschen so wie der ehemalige Nikkilä-Hof. In der Stube sind Wände und Decke noch nach altem Brauch über Weihnachten mit weißen Spänen ausgekleidet, auf dem

Tisch liegt ein Tischtuch, auf dem ein Schweinsschinken, ein Brotkorb und ein Sahtikrug stehen, und darüber hängt ein Himmeli. Der Hausherr ist ein sanfter und netter Mann, der Jussi Juha nennt und ihn wie jeden anderen aus dem Dorf behandelt. Draußen auf der Landstraße klingeln unentwegt fröhliche Weihnachtsglöckchen, und das warme Sahti schenkt Jussi seit langem wieder ein bisschen Lebensfreude und Sicherheit.

Jussi wurde auch nach Weihnachten noch nicht vom Tuorila-Hof hinausgeworfen, nicht während der Frühling verging und auch nicht, als der Sommer anbrach. Es geschah erst, als es Herbst wurde.

Tuorila verkaufte seinen Wald nicht unüberlegt, wie es viele Hofbesitzer damals taten. Er verglich den eben gefällten Wald des Tavela mit seinem eigenen Wald, untersuchte die Baumstämme auch noch auf dem zugefrorenen See, wo sie zu großen Haufen aufgestapelt auf die Eisschmelze warteten. Natürlich wird auch er seinen Wald verkaufen, aber er kann sich gedulden. Das hatte zur Folge, dass Tuorilas Wald erst verkauft wurde, als die Wälder in den meisten Ortschaften bereits zum ersten Mal gefällt worden waren. Der Preis, den Tuorila erzielte, überraschte alle und lenkte die Aufmerksamkeit der ganzen Gemeinde auf diesen klugen Mann. Man könnte sagen, dass der gesellschaftliche Aufstieg des Kalle also Karle-Tuorila auch zum Vertrauensmann mit diesem Waldverkauf seinen Anfang nahm.

Eine andere Folge des Waldverkaufs war gewissermaßen auch, dass Jussi den Tuorila-Hof verlassen musste.

Denn in dieser Zeit vollzog sich bei dem Gutsbesitzer und auch bei seiner Frau ein innerer Aufstieg. Ihr Vermögen hatte sich seit den Jahren der Armut rasch vermehrt und nun zuletzt aufgrund des geglückten Waldverkaufs sogar verdoppelt. Reich werden ist doch die eigenartigste Art irdischen Glücks, doch Glück bedeutet immer auch eine Prüfung. Es stellt sich dann die Frage, ob du Manns genug bist, das Glück zu ertragen. Das Ehepaar Tuorila wurde nun immer mehr in die besseren Kreise der Gemeinde hineingezogen, in denen gerade die Idee des finnischen Nationalismus aufkeimte. Die Tuorilas begriffen die ganze überwältigende Bedeutung dieser Idee, und das dadurch eröffnete Bild von der Zukunft steigerte unwillkürlich ihre Selbstachtung. Im Lichte dieser Idee bekam auch der Preis für die Wälder einen Sinn, sie wertete gewissermaßen das Mehren des Reichtums auf. Diese ganze Zeit war für das Ehepaar Tuorila eine Zeit der stillen und verhaltenen Freude.

So ein Gefühl muss sich irgendwie entladen, man muss nur aufpassen, dass auch das Entladen mit Würde vor sich geht. In vielen vertraulichen Stunden, die das Ehepaar miteinander verbrachte, wurde diese Angelegenheit vorbereitet, bis sie gegen Herbst dann beschlossen, auf Tuorila ein Fest zu geben, zu dem – von Gleichgestellten einmal abgesehen – auch diejenigen Herrschaften eingeladen werden sollten, die für so ein Fest noch in Frage kamen. In der Gemeinde wohnten nämlich auch ein paar grimmige, durch und durch schwedische Herrschaften mit schwer aussprechbaren Namen, die man nie bei Bauernfesten gesehen hatte. Unter den Festtauglichen gab es zwar auch einige Schwedischgesinnte, die aber soweit munter und freundlich waren, dass sie gerne zu Festen kamen, um Grog zu trinken und mit Fennomanen zu diskutieren.

An diesem verhängnisvollen Tag war man auf dem Tuorila-Hof bei der Darre, Jussi wurde nach dem Mittagessen jedoch befohlen, zu Hause zu bleiben und sich zurecht zu machen, um die Pferde der Gäste in Empfang zu nehmen und diese in weiterer Folge auch zu versorgen.

Das Wetter war halbbewölkt und etwas unbeständig. Jussi hielt sich in Hofnähe auf und wartete, seit langem wieder mit diesem für das Leben auf dem Tuorila-Hof typischen Gefühl des Unbehagens und der Unfähigkeit. Er hatte noch keine klare Vorstellung davon, was er an diesem Nachmittag eigentlich machen sollte. Er wusste nur, dass diese leicht unangenehme Lage, in die er geraten war, aus einem Einfall des Hausherrn vom Tuorila-Hof entstanden war. Jussi musste wieder daran denken, dass der Gutsbesitzer sein Onkel war, der Bruder seiner Mutter. Das war ihm in diesen Zeiten immer öfter durch den Kopf gegangen, da dieser Aufstieg der Tuorilas von morgens bis abends die Atmosphäre auf dem ganzen Hof beeinflusste. Es war, als ob der Gutsbesitzer seinen Aufstieg irgendwie unrechtmäßig vollziehen würde, ohne Jussi jemals in die Augen zu sehen, obwohl Jussi der Sohn seiner Schwester war. Jussi war diesen Sommer schon einmal so weit gegangen, dass er bei einer Gelegenheit von Mann zu Mann die guten Waldgeschäfte des Gutsbesitzer zur Sprache bringen wollte. Da richtete dieser einen sehr offenen, beinahe zärtlichen Blick auf ihn, der schlimmer als eine Ohrfeige war. Und jetzt wollte der Gutsbesitzer dieses Fest veranstalten und hatte auch Jussi mitten am Tag sich umziehen geschickt, während er selbst frisch rasiert und in seinem langen Sonntagsrock herumging, und als er Jussi begegnete, sah er so aus, als wolle er ihn schon im Vorhinein davon abhalten, über dieses Fest zu sprechen.

Als erster traf mit weißem Kragen und Seidenhut der Schatzmeister der Kirchengemeinde samt seiner Frau ein. Dem Rücksitz ihres Wagens entstieg auch Herr Konander, der herumstreunende Magister des Dorfes, der im Augenblick etwas nüchterner zu sein schien als sonst und sich in der Hoffnung auf Schnaps beinahe gewaltsam mit auf den Wagen des Schatzmeisters gezwängt hatte. Im selben Schwung traf auch der Pastor der Pfarrgemeinde ein, ein mürrischer Greis mit einem schäbigen schwarzen Hut und in uralter Kleidung. Er hatte sein Hausmädchen geheiratet und konnte deswegen seine Frau nicht zum Fest mitbringen. Auch der für die Wolfsjagd zuständige Vogt kam, ein Bauer, der schwedisch gelernt hatte und von den Armen gefürchtet und gehasst wurde. Allmählich trudelte der Großteil der Menschen ein, an die sich die älteren Einwohner der Gemeinde noch heute gut erinnern und deren besondere Eigenarten sie gerne beschreiben.

Jussi kümmerte sich um die Pferde, brachte ihnen ab und zu Heu und Wasser, besah sich die Fahrzeuge und verglich sie miteinander, immer mit dem Gefühl, dass diese seine Beschäftigung ziemlich langweilig war und sie nicht dem entsprach, was von ihm erwartet worden war. Erst als bei Anbruch der Dunkelheit die Festgeräusche zunahmen, wurde auch seine Stimmung etwas gelöster, insbesondere, als immer mehr Schaulustige in den Ecken herumschlichen. Es kamen bekannte Jungen aus Töllinperä, darunter auch Toivolas Sohn Kustaa aus der entlegenen Waldkate, einer von Jussis Kameraden aus der Konfirmandenschule. Vorsichtig kichernd verfolgten sie, wie Herr Konander mit Gewalt durch die große Eingangstür nach draußen befördert wurde, und wie er dann schluchzend am Rand einer Grube stehen blieb. Schließlich kam irgendein Herr zu ihm und wies Konander auf Schwedisch zurecht. Konander flennte und entgegnete auf Finnisch, dass keiner der Herren Snellman auch nur die Stiefel polieren könne. Die Jungen hörten zu und wunderten sich, denn in der Gemeinde kannten sie keinen Herrn namens »Nellman«.

Jussi hatte seit dem Mittagessen nichts mehr gegessen, der Hunger und die Schläfrigkeit hatten ihm schon übel zugesetzt, aber in dieser Gruppe auf dem Hinterhof waren sie schnell vergessen. Jussi war dort als ein Mann des Hauses mindestens gleich viel wert wie die anderen Jungen, und dieser Umstand brachte im Lauf des Abends einen neuen, nie zuvor erlebten Reiz mit sich. Hier im Getöse von Tuorilas Festnacht erlebte er mit seinen siebzehn Jahren zum ersten Mal in seinem Leben das Gefühl individueller Unabhängigkeit. Aus irgendeinem unerfindlichen Grund kam ihm, während seine Kameraden herumtollten, der Gedanke, dass er sich schon allein in der Welt zurechtfindet. Er hat so-und-so viele Jahre auf dem Tuorila-Hof verbracht, hat dann und dann dieses und dieses erlebt; jetzt gibt es so ein Fest, und er hat nichts mit diesen dort gemein, die dieses Fest feiern, aber mit diesen hier draußen sehr wohl. Leichte Boshaftigkeit und eine seltsame Furchtlosigkeit schwappten in seinen Sinn, als er auf dem Hinterhof mit den schaulustigen Jungen Schabernack trieb. Er war ausgelassener und redseliger denn je.

Hin und wieder ging er mit Kustaa-Toivola in die Stube hinein. Auch dort suchten ihre Augen zunächst nach einer Gelegenheit für schelmische Streiche, doch sie zuckten ein bisschen zusammen, als sie Herrn Konander erblickten, der in Jussis Bett eingeschlafen war. Sie schlichen näher, um einmal richtig ohne Scheu schauen zu können, wie ein

Herr so aussieht; denn Herr Konander war ein vollkommener Herr, auch wenn er manchmal etwas verwirrt wirkte, seitdem er sich um seine Magisterstelle gesoffen hatte. Aber er ist belesener als der Ortspolizeidirektor, und fast genauso gelehrt wie der Probst. Sieh mal, jetzt öffnet er gleich seine Augen! Die Jungen schlichen wieder aus der Stube nach draußen, schlüpften gleichzeitig auf den sicheren Hinterhof, von dem die anderen schaulustigen Jungs bereits abgezogen waren. Die beiden Jungs sind Freunde geworden. Die braunen Augen des Kustaa Toivola glitzern unter der Hutkrempe hervor, und der zukünftige Jussi Toivola fragt ihn im Vertrauen nach allem Möglichen. Bald soll ein Weg in den Tuorila-Wald gebahnt werden, für die Holzfuhren nächsten Winter. Kustaa wird dort auch anheuern. Jussi ist begeistert von dem Geist der Freiheit, der von Kustaa ausgeht, und er würde gerne noch mehr in Erfahrung bringen, aber Kustaa will instinktiv noch wichtiger erscheinen und sucht nach neuem Schabernack. Er betrachtet die Räder der Wagen, stiert unter seinem Hut hervor und fragt Jussi schließlich:

»Weißt du, wo es hier einen Schraubenzieher gibt?«

»Ja, weiß ich.«

Nachdem der Schraubenzieher herangeschafft war, ging Kustaa daran, die Muttern an den Rädern aufzudrehen. Er drehte sie jedoch nicht ganz auf, sondern ließ sie gerade noch an der Wagenachse hängen, und nur bei einem Rad an jedem Wagen, während er das andere Rad nicht anrührte. Jussi schaute ihm zu und sagte: »Lass das lieber sein, verdammt.« Aber Kustaa antwortete nicht, er drehte nur, und nachdem er alle aufgedreht hatte, schmiss er den Schraubenschlüssel weg und verschwand auch selbst schnell.

Jussi konnte Kustaas Streich nicht einfach so hinnehmen. Er begriff, was für Folgen das nach sich ziehen würde, bekam Angst und überlegte, ob er gleich hinter Kustaa her weglaufen sollte. Immerhin ging er dann doch den Schraubenschlüssel holen und begann hastig und zwischendurch immer wieder horchend die Muttern wieder festzudrehen. Er schaffte es auch, an den meisten ein bisschen herumzudrehen, aber zwei Räder waren noch locker, als er schnell davonlaufen musste, da bereits die ersten Festgäste zu hören waren, die auf ihre Pferde zukamen.

Er schaffte es, unbemerkt in die Stube zu gelangen, in der Konander immer noch in seinem Bett schlief. Er musste hinter den Ofen in das leere Mägdebett ausweichen. Dort kauerte er sich zusammen und hörte sein Herz pochen, während er auf das wartete, was bald geschehen würde, wie wenn man auf eine gewaltige Explosion wartet. Aber die Zeit verging, und es war nichts zu hören als das Ticken der Uhr und Konanders Atemzüge – Konander, der vor kurzem wegen irgendeines »Nellmans«, den niemand kannte, geflennt hatte.

Endlich vernimmt man die Schritte des Gutsbesitzers, die Tür öffnet sich und es wird gefragt:

»Ist Taavetti da?«

Es ist keine Antwort zu hören; Taavetti ist unterwegs. Der Gutsbesitzer kommt dennoch in die Stube so weit hinein, dass er Jussi sieht, dem er beherrscht aggressiv mit der Faust droht, und schluckt seinen Ärger dann hinunter. Danach verschwindet er, und Jussi bleibt weiter zusammengekauert und wartet. Ein Fluchtversuch kommt ihm nicht einmal in den Sinn.

Es verging eine halbe Stunde, bis der Gutsbesitzer wieder zurückkehrte. Er kam, packte Jussi an den Haaren und zog ihn aus dem Bett auf den Fußboden. Als Jussi versuchte, seinen Arm zu erwischen, sagte er:

»Ach, auch noch aufmucken?!«

Der Gutsbesitzer war so zornig, dass er fast weinte. Dieses unerfreuliche Ende verhieß nichts Gutes für seine geheimen Herzenswünsche, die von dem Festabend zu der bevorstehenden Wahl der Reichsständevertreter richtiggehend hinübergeglitten waren. In der Suorama-Kurve hatte sich das Wagenrad des Probstes gelöst, der sich dabei arg verletzt hatte. Das Rad des Pastors der Pfarrgemeinde hatte sich gelöst, bevor er auf seinen Wagen steigen konnte, und deswegen war man darauf gekommen, rechtzeitig das Rad des Jagdvogtes zu überprüfen. Die Festnacht von Tuorila war auf einmal einem äußerst unangenehmen Werktagsmorgen gewichen. Und das war alles die Schuld Jussis, dieses bösartigen Tölpels, den der Gutsbesitzer jahrelang beherbergt hatte, als Erinnerung an seine eigene niedere Herkunft, und dessen öde Gestalt sich schon immer wie ein unsichtbares verborgenes Hindernis ihm, dem erwachsenen Mann in Vollbesitz seiner Kräfte, in den Weg gestellt hatte.

Konander wachte von dem Kampf zwischen dem Gutsbesitzer und Jussi auf.

»Macht euch nichts draus, ich glaub' ich liege in dem Bett des Jungen«, flüsterte der verschlafene Konander wohlwollend.

»Der Herr Konander kann ruhig da liegen bleiben, das Bett wird nicht mehr benötigt«, erwiderte der Gutsbesitzer, und während er Jussi aus der Tür hinausschob fuhr er fort: »Pass mal auf, da auf dem Weg gehst du jetzt hin, wo du hergekommen bist.«

Der Morgen war bereits angebrochen, als Jussi sich Toivola näherte, dieser entlegenen Behausung im Einödwald. Die freiliegenden, hohen Kiefernwurzeln reichten hüfthoch über den aufgeweichten Weg, auf den die Sonne zwischen den Baumstämmen hindurch erste Morgenstrahlen schickte. Die eben bezogenen Prügel waren nicht annähernd so bitter wie die letzten Sommer, nach dem Tanzabend damals. Er wiederholte nur immer wieder in Gedanken, an Tuorila denkend: »Bestimmt werde ich es dir noch zeigen – ich zeig's dir schon noch!« So ein Wiederholen hielt den Geist rege, auch wenn er keine klare Vorstellung darüber hatte, was er Tuorila eigentlich »zeigen« wollte. Hunger und Erregung schwächten die Beharrlichkeit ab und ließen Tränen in die Augen des siebzehnjährigen fluchenden Mannes steigen. Die leicht neblige wilde Waldlandschaft zeigte an diesem frühen Morgen einige winzige Anflüge aus Kindheitstagen.

Er befand sich in der Phase seiner Entwicklung, dass jemand, der ihn als Kind sah, ihn hier noch erkannt hätte, und jemand, der ihn in den letzten Lebensjahren gesehen hatte, ihn vielleicht auch bei diesem morgendlichen Anblick erkannt hätte. Das waren gewissermaßen seine ersten eindeutigen Schritte auf ein ihn in weiter Ferne erwartendes Schicksal zu.

III
Dem Mannesalter entgegen

Jussi war kein besonders willkommener Gast in der Hütte der Toivolas. Es war so früh am Morgen, dass alle noch schliefen, und als sie den Tuorila-Jussi dann erkannt hatten, glaubten sie, dass irgendetwas Schlimmes passiert wäre. Jussi musste ihnen mehrmals versichern, dass nichts geschehen war. »Und warum bist du dann hier?« »Nur so«, entgegnete Jussi mit einem verlegenen Lächeln und wusste nicht, was er noch sagen sollte. Miina hatte sich bereits ihren Rock angezogen und war kurz davor, ärgerlich zu werden. Kustaa hatte sich am Abend zuvor beim Tuorila-Hof aufgehalten – Miina blickte argwöhnisch zum Bett hinüber, in dem der Junge in morgenschläfriger Haltung schlummerte. »Was habt ihr Bengel bloß wieder angestellt?«, fragte sie. Ihre Kate lag auf Tuorilas Land; das alles war also ziemlich heikel.

Der Hausherr, ein alter und schwacher Mann, sah bloß von seinem Bett aus zu und hatte offensichtlich nicht vor, sich darüber hinaus in diese Angelegenheit einzumischen. Miina hörte nicht auf, sich zu wundern, während Jussi sich wand und lächelte, aber es nicht genauer zu erklären vermochte. Ihn ärgerte Miinas lebhaftes Staunen. Wieso durfte er sich nicht wie zu Hause fühlen. So wäre diese Situation doch am besten zu lösen gewesen. Endlich sagte Miina:

»Leg dich halt neben den Alten, wo auch immer du gerade herkommst«, und dann kleidete sie sich weiter an.

Jussi legte Stiefel und Jacke ab und ging zu dem Platz, von dem Miina soeben aufgestanden war. Da lag er nun neben diesem wortlosen Alten in dieser verfallenen Hütte, bei der er bisher nur ab und zu vorbeigekommen war, um, gewissermaßen von oben herab, etwas vom Gutsbesitzer auszurichten. Nach der schlaflosen Nacht und den vielen intensiven Erlebnissen nahm er eine seltsam befremdliche Stimmung wahr, diese plötzliche notgedrungene Beziehung zu dieser Behausung fühlte sich unangenehm an, fast – ja, fast bereute er es. Beim Einschlafen flimmerte in seinem Kopf ganz lebendig und unverändert der heimische Nikkilä-Hof auf. Sein ermatteter Verstand entwarf dieses Trugbild, um sich zu erholen und um seine ohnmächtig ringende Seele aus den Zwangsbeziehungen der letzten Zeit und der letzten Jahre zu befreien, in denen sie ununterbrochen verstrickt gewesen war, seit eines Morgens im großen Todeswinter der Schlitten vor dem Nikkilä-Hof beladen worden war. So lange war das schon her. Jussi schläft, den tiefsten Schlaf seit sieben Jahren. Nach einer Weile »träumt« er nicht mehr, aber ganz tief unter seinem Schlafbewusstsein fließen sehnsuchtsvolle Ströme aus dem Heute in das Damals. Als würde sein innerstes Wesen rückwärts in die Zukunft schreiten.

Der Lebensweg dieses Mannes ist an einem schwierigen Wendepunkt angelangt; er muss wieder von vorn beginnen. Er hat lange fruchtlose Jahre vor sich, die ihn in kommende, unbekannte Zeiten führen; es sieht ganz so aus, als hätte Jussis Leben besser hier enden sollen … Er schläft in einem durch bis zum Abend. Als er allmählich wach wurde, bemerkte er zunächst, dass er noch halbangezogen war und dann, dass um ihn herum seltsame, ungewöhnliche Umstände vorherrschten; es war nicht

Morgen. Der geheimnisvolle Alte dieser Behausung saß auf der Ofenbank, und Miina wuselte herum und erzählte lang und breit irgendetwas. Die Jungen, der jüngere Kustaa und der ältere Iisakki, saßen beim Essen, sie waren offenbar gerade von irgendwoher heimgekommen. Sofort fühlte Jussi wieder, was für eine seltsame Beziehung er zu den Menschen und dem Leben in dieser Behausung hatte: dass er sogar dieses bescheidene Leben von unten her betrachten musste. Er war so leise aufgewacht, dass es niemand bemerkt hatte, deshalb machte er unwillkürlich eine schläfrige Bewegung und tat so, als würde er wieder einschlafen. Miina sprach sehr vertraulich mit ihren Leuten:

»… Da ist er jetzt, bei uns – sagte ich ihm – aber ich bin gekommen, um die Dinge zu klären – dann hab ich gemeint, dass ich nicht irgendjemandes Knecht einfach so bei mir aufnehmen kann –«

»Und was sagt der alte Tuorila dazu?«, fragte Iisakki, seinen Kopf tief im Buttermilchkrug.

»Nichts, außer dass er meinte, dass es ihm egal ist, wo so ein Halunke sich herumtreibt, aber ich hab gesagt, dass sie den eigenen Verwandten doch nicht einfach so auf die Straße setzen können, dass der nichts als ein paar Fetzen anhat – hab ich gesagt – und dass ich auch nicht ganz umsonst für ihn sorgen werde – hab ich gesagt – heute wird er wohl noch bei uns bleiben, also kann ich ihm was mitnehmen, wenn es etwas zum Mitnehmen gibt – hab ich gemeint …«

Dieses Geplapper fand Jussi sehr unterhaltsam, nachdem er verstanden hatte, dass Miina auf dem Tuorila-Hof gewesen war; und die Spannung war ja nun verflogen. Miina hatte ihm sogar einige seiner Kleidungsstücke mitgebracht. Aber über die losgeschraubten Muttern verlor Miina kein Wort. Kustaa aß nur.

Iisakki fragte:

»Hat der dir kein Geld mitgegeben?«

Jussi hielt seine Augen geschlossen, aber er spürte, wie Miina zuerst zu seinem Bett hinübersah und dann mit ein bisschen veränderter Stimme antwortete:

»Naja, ich hab dem Gutsbesitzer daraufhin gesagt, dass man dem doch wohl wenigstens auch ein paar Pfennige Geld geben sollte. Der Gutsbesitzer meinte dazu, dass sich Jussi seinen Lohn selbst abholen kommen kann, aber ich sagte darauf, dass dieser Junge bestimmt nicht kommen wird – hab ich gesagt – und die Frau des Gutsbesitzers holte dann diese zwanzig Mark, aber das braucht man dem ja nicht zu –«

Miina zeigte mit dem Kopf in Richtung Bett und schwieg kurz. Dann setzte sie wieder mit der vorherigen Stimme an:

»Aber ist das nicht allerhand, dass man losgeht und bei dutzenden Kutschen die Muttern aufschraubt – wie kommt man denn auf so was – der Mann ist doch sonst sowas von langsam, dass man kaum glauben kann, dass der das fertig bringt. Warst du gestern Abend nicht auch dort, mein Junge? Solltest du jemals so etwas anstellen, dann …«

»Ich hab niemandem die Muttern aufgeschraubt«, entgegnete Kustaa schroff.

Jussi tat jetzt so, als ob er aufwachen würde, er streckte sich, ächzte und schmatzte. Miina blickte zum Bett mit einem Ausdruck auf ihrem Gesicht, der überhaupt nicht zu dem gerade Gesprochenen passte.

»Aha, der Muttern-Meister hat auch schon gemerkt, dass es Tag ist.«

Was Miina eben gesagt hatte, hatte Jussi mithören können, und es tat ein Übriges dazu, dass das Gefühl anhielt, das er diesen Leuten gegenüber empfand. Trotz allem hatten die sieben Jahre, die er auf dem Tuorila-Hof verbracht hatte, ihre Spuren hinterlassen. Das hier waren arme, etwas hinterhältige Menschen. Auch um Kustaa machte Jussi nun einen Bogen, und es sah ganz so aus, als ob es auch Kustaa nicht recht war, dass Jussi hier wohnte. Wenn er doch nur irgendwohin gehen könnte, weg von hier. – Aber Miina hat noch immer die zwanzig Mark, die ihr Tuorila gegeben hatte.

Jussi bekam einen Kaffee und durfte dann allein zu Abend essen. Er hatte seit über vierundzwanzig Stunden nichts mehr gegessen, aber dennoch bekam er das Essen kaum herunter. Für ihn wurde nun auf der Bank unter dem Seitenfenster ein Schlafplatz eingerichtet. Die Bank war hart und schmal, es war auch jetzt nicht angebracht, sich auszuziehen. Dennoch war er von dem ganztägigen Schlafen so matt, dass er sofort wieder einschlief. Als er aber dann in der Nacht von der Bank auf den Boden fiel, lag er lange Zeit wach, betrachtete den dunklen herbstlichen Nachthimmel und lauschte dem Atmen der anderen. Auch in diesem Geräusch war eine fremde, ermüdende Note. In diesen Momenten des Wachseins war es jedoch leicht für ihn, sich endlich klar darüber zu werden, was eigentlich genau geschehen war.

Die Hütte der Toivolas war eine einsame Behausung, die inmitten jenes Waldgebietes lag, das Tuorila gerade so vorteilhaft verkauft hatte. Mit dem Abholzen sollte noch vor Weihnachten begonnen werden. In Toivola warteten alle des Verdienstes und der allgemeinen Belebung wegen bereits sehnsüchtig auf diesen Beginn. Nur Miina ärgerte sich heimlich darüber, dass sie zu alt war – wäre sie doch so-und-so viele Jahre jünger … Aber sie wird sich jetzt auch zu helfen wissen.

Jussi durfte auch weiterhin in der Behausung bleiben. Daneben wurde gerade eine neue Hütte gebaut, das Dach und der Ofen waren bereits fertig, Fenster und Fußboden fehlten noch. Jetzt im Herbst hatte Iisakki ohne Eile Maßnahmen ergriffen, um die Hütte fertigzustellen, und dabei durfte ihm auch Jussi zur Hand gehen. Die redegewandte Miina gab ihm jedoch zu verstehen, dass solche Basteleien keineswegs für seinen Unterhalt ausreichten, aber da bald Hoffnung auf ertragreichere Arbeit bestand, gab sie Jussi einen Vorschuss. Er dürfte dann von seinem Lohn nach und nach auch für diese Zeit aufkommen. Jussi hörte die Ansprachen und hatte Sehnsucht, nächtelang lag er auf der Bank und hatte Sehnsucht.

Am Totensonntag nach der Kirche veränderte sich das Leben auf Toivola dann abrupt. Binnen Stunden trafen beinahe fünfzig Männer in der Behausung ein, mit ihrem Proviant, ihren Sägen und ihren Äxten. Von draußen war gewaltiger Lärm zu hören, als ein Dutzend vollbeladene Pferde vorläufig in allen Ecken der Behausung Platz finden mussten. Irgendwo wurde im Weg liegender Krempel zur Seite geschmissen, fremdartiger Dialekt war zu hören. Herein trat der kleine und frischfröhliche Vorarbeiter der Holzfäller, der bereits bei der Tür so laut schrie, dass sogar der ewig schweigsame alte Toivola unhörbar einige Worte fallen ließ.

»Na, ist Muttis Kaffeekanne schon auf dem Ofen? Hier kommt Besuch.«

»Ich wüsste jedenfalls nicht, dass wir jemanden eingeladen hätten«, entgegnete Miina darauf, als ob sie wirklich zwanzig Jahre jünger wäre.

»Uneingeladene Gäste sind doch immer die besten.«

Noch vor dem Abend war aus Toivola der Geist, der der Behausung sonst innewohnte, vollkommen verschwunden. Auch dass Miina den Männern gegenüber gleich von Beginn an eine seltsam verdrießliche Haltung eingenommen hatte, machte keinen Unterschied. Miina ging in der Menge unter, und ihr Redeschwall, der unter normalen Umständen immer am lautesten alles andere überflutete, versiegte nun fast gänzlich. Diese Männer interessierten sich nicht für die Gepflogenheiten des Hauses. Es war befremdlich zu hören, wie jemand dem »Alten« des Hauses lautstark und lebhaft etwas zurief, diesem stillen Stubenhocker, den doch sonst nie jemand ansprach. Als Miina sich dann am Abend argwöhnisch im Raum umsah, sagten die Männer ihr geradeheraus, dass niemand von ihnen im Moment auch nur die geringsten Absichten hegte, und sollte jemand welche entwickeln, würde er bald zurechtgestutzt werden, wer auch immer er sei.

Die erste Nacht war anstrengend; sowohl die Stube als auch die Sauna waren übervoll.

»Ist doch ein bisschen eng hier«, sagte der Vorarbeiter, als er sich auf dem Stroh ausstreckte, »aber es ist durchaus eine gut gebaute Hütte.«

Am Morgen geschah dann auch als allererstes etwas Erstaunliches. Alle Männer wurden mit dem Bau der neuen Hütte beauftragt. Jemand wusste, dass die alten Kirchenfenster nach den Renovierungsarbeiten zum Verkauf standen, und so ging der Vorarbeiter – der offenbar Keinonen hieß – auf der Stelle los, um sie zu holen, und noch bevor es Abend wurde, wurde in Toivolas neuer Hütte zum ersten Mal geheizt, und in der darauffolgenden Nacht übernachtete ein Großteil der Männer dort.

Am Montagmorgen gingen die Männer geschlossen los, um zu begutachten, »was für Kiefern der alte Tuorila dem alten Rosenlöw denn da angedreht« hatte. In der Stube hatte Miina im Beisein des Vorarbeiters Jussi zornig angeschnauzt:

»Na, willst du dich nicht um Arbeit bemühen, oder wartest du, bis man dich bittet ... schließlich haben wir dich mittlerweile schon wochenlang durchgefüttert!«

»Es sollen ruhig alle zu den Bäumen, die nur irgendwie mithalten können«, sagte der Vorarbeiter daraufhin und klatschte seine Fausthandschuhe aneinander. Im Hof, bevor sie aufbrachen, fragte er Jussi noch:

»Wie heißt der junge Mann denn?«

Jussi verstand zuerst nicht, welchen jungen Mann der Vorarbeiter meinte und fragte: »Jaa, wer?« Der Vorarbeiter ergriff Jussis Arm und sagte: »Na, Sie.« Das war unangenehm feierlich: junger Mann, Sie – und er musste auch noch seinen Namen nennen, so richtig laut.

»Und wie noch?«

Das stellte Jussi erneut vor Schwierigkeiten. Er war sich nicht ganz sicher, ob sein zweiter Vorname gemeint war.

»Wie heißt denn dieses Haus hier?«, fragte der Vorarbeiter.

Jussi blickte sich schnell um und sagte: »Toivola.«

So wurde der frühere Nikkilä-Jussi, später Tuorila-Jussi, zu Johan Toivola. Unter diesem Namen ging er seinen ersten spannenden Tag des Geldverdienens an. Viele Hindernisse mussten noch überwunden werden. Jussi hatte keine Fausthandschuhe, er musste sich welche aus dem Vorrat des Vorarbeiters nehmen und von seinem Lohn abbezahlen. Er hatte kein Schäleisen und auch keine Axt. Der erste Tag war lang. Oft musste Jussi daran denken, dass er kein besseres Zuhause als Toivola hat.

Der Winter ging voran und auf Weihnachten zu und die Verhältnisse beim Holzeinschlag hatten sich eingebürgert. Der Großteil der Männer wohnte weiterhin in der neuen Hütte, die man wegen der Kirchenfenster begonnen hatte, »Tempel« zu nennen. Abends spielte man dort Karten und veranstaltete auch sonst einen ziemlichen Rummel. Manchmal kamen Hausierer vorbei, und man erzählte sich, dass auch schon Mädchen dort gewesen waren. Jussi wohnte mit den älteren Männern in der alten Hütte. Er wurde nach wie vor von einer unbeschreiblichen Hilflosigkeit geplagt. Die Toivola-Miina behielt ihre mürrische Art, die sie von Anfang an angenommen hatte, bei allen Männern bei, Jussi aber schien sie richtiggehend zu hassen. Jussi bildete beim Fällen mit Iisakki ein Paar, und Iisakki kassierte ihren gemeinsamen Wochenlohn, von dem Jussi in den ersten zwei Wochen keinen einzigen Pfennig zu sehen bekam. Er erhielt seine Verpflegung von den Toivolas, aber mit keinem Wort war jemals deren Bezahlung vereinbart worden. Jussi wusste, dass er dasselbe verdiente wie Iisakki, und Iisakki hatte viel Geld, ebenso Kustaa, der sich um die Pferde kümmerte. Einmal machte Jussi dann einen Versuch, seine Verwunderung darüber Kustaa gegenüber zu äußern.

»Iikka hat beim Kartenspiel gewonnen«, entgegnete Kustaa in sachkundigem Ton. Auch Kustaa hatte von Anfang an eine kühl überhebliche Haltung Jussi gegenüber eingenommen. Von der Festnacht auf dem Tuorila-Hof wollte er ebenfalls nichts mehr wissen, und wenn Jussi inmitten des gegenwärtigen Gefauches auf diese gemeinsame Erfahrung anspielte und sich ihm annähern wollte, wurde er ungehalten. Auch jetzt, da Jussi sich über seine Geldnot beschwerte, sagte Kustaa:

»Wofür brauchst du denn Geld? Und Mutter kriegt auch etwas dafür, dass du so lange bei uns gewohnt hast.«

»Ja, aber ihr habt vom Gutsbesitzer zwanzig Mark bekommen«, sagt Jussi darauf etwas aufgebracht.

Worauf ihn Kustaa unbegreiflich grob anfährt:

»Hör bloß auf mit deinem Gejammer!«

Es ist, als würde sich der ganze Holzeinschlag mitsamt den Männern und dem Vorarbeiter hinter Kustaa versammeln und Jussi vollkommen allein dastehen, kurz davor, eine Tracht Prügel zu beziehen.

Der Vorarbeiter ist ein Mann mit Humor. So gut wie nie hat man ihn etwas direkt oder ernsthaft sagen hören. Aber diese Eigenart ist für ihn nur ein Schleier, hinter dem sich andere Eigenarten verbergen, solche, die weniger sichtbar sind, die keiner seiner Untergebenen besitzt. Es lässt sich schwer sagen, was es ist – es ist einfach so, dass er der Vorarbeiter ist und die anderen die Männer. Die Männer stehen ihm zwar nah, aber wenn sie herauszufinden versuchten, wer ihm am nächsten steht, so könnten sie keine Klarheit darüber gewinnen. Vermutlich würden sie dann merken, dass ihm doch niemand nahesteht.

Am allernächsten glaubt ihm die Toivola-Miina zu stehen; sie hat mit Keinonen die zweideutigsten Witze ausgetauscht. Keinonen hat Miinas Intrigen durchschaut, und Miina glaubt wiederum, Keinonens Intrigen durchschaut zu haben. Aber es gibt eine bestimmte Intrige, die Miina gewissermaßen hinter Keinonens Rücken spinnt, und das deutet fast darauf hin, dass sie glaubt, besser als Keinonen zu sein. Und einen solchen Glauben wird Keinonen zu gegebener Zeit schon noch zerschlagen.

Bei irgendeiner Gelegenheit merkt Keinonen also, dass Jussi kein Geld hat, obwohl der Lohn eben erst ausgezahlt wurde und Jussi sein Geld für gar nichts hätte verprassen können.

»In unserem Wald darf gar niemand so vollkommen ohne Geld sein!«, sagt er scherzhaft streng zu Jussi. Aber vor der nächsten Lohnauszahlung verkündet er, dass er jetzt der Klarheit wegen jedem seinen Teil auszahlen wird und nicht paarweise wie bisher. So bekommt auch Jussi das Geld bar auf die Hand – über sieben Mark.

Als Jussi aber ein bisschen später am Zahlabend in die Stube kommt, liegt dort ein Gewitter in der Luft, denn Iisakki ist bereits vor ihm eingetroffen. Iisakki und Kustaa sitzen schon beim Essen, und Jussi will sich wie immer dazusetzen, ohne eine Einladung abzuwarten. Aber es liegt kein Löffel an seinem Platz und als Jussi danach fragt, sagt Miina, sich gerade noch beherrschend:

»Eigenes Geld, eigener Löffel.«

Jussi geht und will sich selbst einen Löffel aus dem Regal klauben, aber Miina, die unfassbar gereizt ist, haut ihm mit der Schöpfkelle auf die Finger und sagt:

»Das ist doch hundsgemein, sich dauernd alles einzusacken, dass kein Besitz mehr sicher ist, ich sage jetzt, dass –« Da brach ein Redeschwall los. Dessen Inhalt war hauptsächlich der, dass man Jussi hier viele lange Wochen durchgefüttert hat, nachdem er verstoßen und vertrieben worden war, und dass er für diese ganze Zeit keinen Pfennig bezahlt habe – und so weiter. Keinonen ist bestens gelaunt, als er im selben Augenblick in die Stube tritt und sich in seinem allerliebenswertesten Savo-Dialekt daran macht, Miina ordentlich die Stirn zu bieten.

»Was schimpft denn die Mutti so mit ihrem eigenen Söhnchen?«, lautet seine erste tückische Frage. Dann schafft er es mit seiner Art, dass Miinas Redeschwall in ein Ächzen übergeht, um danach herauszubekommen, wie lange Jussi hier schon gewohnt hat. Anschließend fragt er, wie viel »dieser junge Mann« pro Tag zu zahlen habe. – »Ich verlange so viel, wie ich will, da hat niemand etwas zu melden, und es braucht sich da auch niemand einzumischen und in unserer Hütte als Richter aufzuspielen …« Die anderen Männer schauen bereits lachend zu Keinonen, als wäre der gerade dabei, ins Hintertreffen zu geraten.

»Na, die Hausherrin spricht mal besser nicht von dieser Hüttensache; Sie werden bestimmt nicht vergessen haben, wie schnell wir Ihnen vor kurzem die Hütte fertiggebaut haben. So eine Bruchbude ist schnell hingestellt.« Dann beschließt Keinonen, dass Miina »von diesem jungen Mann« nicht mehr bekommen soll, als er selbst bezahlt, und fragt Jussi, welche Summe er bereits bezahlt hat. Jussi erklärt, dass seine beiden ersten Löhne draufgegangen sind, und außerdem bekam Miina vom Tuorila zwanzig … Da explodiert Miina, und diese Explosion ist stärker als alle vorherigen, sie schreit, zittert und weint. Sogar Keinonen errötet und fährt sie schließlich in einem Ton an, wie man ihn noch nie zuvor auf diesem Holzeinschlag gehört hat:

»Wenn Sie jetzt nicht den Mund halten, dann ist hier Schluss mit lustig!«

Es folgte wütendes Schweigen. Keinonen drehte sich langsam um und warf auch den anderen Anwesenden einen barschen, vagen Blick zu, obwohl sie keinen Mucks von sich gegeben hatten.

In Jussis Leben war es noch nie der Fall gewesen und würde es auch in Zukunft nicht sein, dass er so klar Recht bekam. Die Geschichte ging so aus, dass Jussi sein ganzes Geld behalten durfte, und Keinonen versprach, sich darum zu kümmern, dass Miina von nun an nur das bekam, was ihr zustand. Er versprach auch, sich auch über die zwanzig Mark zu informieren. Miina war entmutigt, ihre kraftlose Wut zeigte sich nur noch im Ächzen und in verhaltenem Schmeißen von Sachen und Türen. Seinen Schlafplatz durfte Jussi in den »Tempel« verlegen.

Jussi trat auf den Hof hinaus, befühlte seinen leichten Anflug eines Barts und lauschte dem Schnauben der Pferde und dem dahinfließenden Gespräch der Männer. Zum ersten Mal in seinem Leben hatte er eigenes Geld in der Tasche; es war in einem Lappen eingewickelt und er musste es immer wieder mit der Hand befühlen. Wie er da so alleine stand, fühlte er, wie überwältigend der große Holzeinschlag war. Holz, dieser Begriff reicht bis nach oben, dort gibt es mächtige und noch mächtigere Herren; und dort gibt es Geld, soviel Geld, dass es nie versiegen kann. Es ist angsteinflößend, mit diesem Geld jetzt zu tun zu haben, fast bedrückend ist das. Geld ist sonderbar, gewissermaßen fordert es etwas von ihm.

Er geht in den »Tempel«, wo er nun zum ersten Mal übernachten soll. Dort ist ein Kartenspiel im Gange, und es wird fröhlich Radau gemacht. Morgen ist Sonntag und da gehen alle Mann in die Kirche. Der bevorstehende Ruhetag stimmt die Männer angenehm gutmütig und entspannt verspielt. Die aus den verschiedenen Gegenden hier versammelten Männer erzählen einander Gespenstergeschichten und Wolfsabenteuer. Allmählich ermattet das Gespräch, bis ein Kerl aus Jämijärvi mit seiner allabendlichen Lügenlitanei loslegt, bei der ihn die anderen mit leicht unanständigen witzigen Bemerkungen gewissermaßen anfeuern. Jemand erinnert sich da auch an Jussis Auseinandersetzung, und für kurze Zeit wird er zum Gegenstand des Spottes. Jussi verhält sich den Späßen gegenüber steif und ein bisschen barsch, doch niemand hat Lust, ihn ernsthaft zu ärgern. In Wirklichkeit ist Jussi ein großgewachsenes Kind, das sich hier wegen nichts aufregt.

Schließlich legen sich die Männer auf das Stroh. Der allgemeine Gemütszustand ist an diesem Samstagabend ein besonders rührseliger. Die Älteren denken bei sich über ihren Verdienst nach und was sie damit tun werden, wenn sie sich wieder zu Hause niederlassen, die Jüngeren denken an den morgigen Kirchgang. Der auf dem Holzeinschlag vorherrschende Geist erlebt seine romantische Zeit.

Jussi denkt über seine veränderte Beziehung zur Toivola-Miina nach und darüber, dass er kein Zuhause hat. Er erinnert sich auch an seine Mutter, so wie sie damals war, als sie gemeinsam zum Tuorila-Hof wanderten. Er erinnert sich an ihre Todesnacht, die wie ein einsamer, von allen anderen Zeiten getrennter Punkt in seinem Weltbild steht. Steigen ihm etwa noch immer die Tränen in die Augen?

Jussis Vertrauen Keinonen gegenüber war voreilig und unverhältnismäßig. Als er unbedacht und unerfahren sein Geld beim Kartenspiel an die anderen Männer verloren hatte und es dann ganz im Ernst und beinahe schreiend zurückforderte, da setzte Keinonen seinen Einfluss nicht mehr zu seinen Gunsten ein, sondern verhöhnte ihn ebenfalls wegen seiner Niederlage. So war die Welt; in ihr blieb man am Ende immer allein. Allmählich vergaß Jussi die träumerischen abendlichen Phantasievorstellungen, die seine verstorbene Mutter betrafen, den früheren Sikomäki-Hügel und die Zeit auf dem Nikkilä-Hof. Der Winter neigte sich bereits seinem Ende zu, die Schlittenspuren glänzten und die gefällte Kiefer duftete leicht nach Frühling. Er hatte den Tuorila-Hof noch vor dem Schnee verlassen, der Winter, der damals vor ihm gelegen hatte, dessen Dauer er nicht einmal abzuschätzen versucht hatte, der war nun schon am Verschwinden. Was an dieser hinter ihm liegenden Zeit war eigentlich jener lange Winter gewesen?

Auf dem Eis wurden die Baumstämme schon zu Floßgelenken und Flößen eingebunden. Die Wochen verloren ihren früheren barschen Ton; die Flößereisaison rückte näher. Der Tuorila-Hof würde mitsamt seinem Hausherrn, dessen Frau und dem erhaltenen Geld hier bleiben. Von den prächtigen Bäumen waren im Wald nur Stümpfe übriggeblieben und Baumkronen, Äste und Rindenspäne, immer in derselben Reihenfolge, sodass sie auf dem Boden ein ungefähres Bild von dem Schicksal des verschwundenen Baumes darstellten. Nach immer heller werdenden Tagen war es eines Tages endlich soweit, dass in Toivolas »Tempel« nur noch die stickige lautlose Luft an die winterlichen Ereignisse erinnerte. An diesem Tag war auch Miina eher bedrückt.

Ein Großteil der Holzfäller arbeitete anschließend als Flößer, unter ihnen auch Jussi – Johan Toivola. Er durfte sich ganz frei und eigenständig neue Stiefel kaufen, und er durfte sich nun sein Essen selbst aus den Häusern der ufernahen Dörfer besorgen. Sein Sinn war erfüllt von dem zunehmenden Gefühl der Männlichkeit. Das war ein feierliches Gefühl, doch irgendwie war es auch bedrückend. Das Geld, das er besaß, ließ ihn nicht zur Ruhe kommen; es wollte immer für irgendetwas ausgegeben werden.

Langsam glitt das gewaltige Floß an den südwestlichen Seeständen entlang, um zum Kokemäki-Fluss zu gelangen. Auf dem Ponton brennt Feuer unter dem Kaffeekessel, und beim Leuchtturm spielen die Männer Karten. Das Pferd dreht immer weiter seine endlosen Runden im Gangspill, und Keinonen fettet seine Peitschen ein.

»Mach dich auf den Weg, Täufer!«, sagt zu Jussi der Mann, mit dem er an der Reihe ist, an Land zu rudern, um Proviant zu besorgen. Wegen irgendeines Missgeschickes hatte Jussi einmal den Spitznamen »Johannes der Täufer« bekommen, und seitdem nennen ihn alle nur kurz Täufer. Und wenn irgendeinem Neuankömmling Geschichten von der resoluten Miina Toivola erzählt werden, und der fragt, wer das war, dann sagen alle: »Das war die Mutter vom Täufer«.

Jussi geht an Land, heute wieder in ein neues Haus. Seine Erfahrung erweitert sich immer mehr. Das Verhältnis zwischen Mann und Frau, über das seine Kenntnisse seit den Sikomäki-Zeiten kaum vertieft worden waren, wird ihm in diesem Flößerei-Sommer restlos klar. Er erlebt auch seinen ersten Rausch, diesen für die Menschen so bezeichnenden, von Generation zu Generation erlebten Zustand, der immer zwei so unterschiedliche Seiten beinhaltet.

Das Leben ist reichhaltig und oberflächlich betrachtet unbeschwert, aber am Grund ist dennoch ein Gefühl leichter Unsicherheit. Wenn das hier zu Ende ist, wohin dann?

*

Auch nach Ende der Flößereisaison verkam Jussi nicht. Er blieb dauerhaft einer von Keinonens Männern. Jetzt mussten die Bäume in den zu verkaufenden Wäldern vor Geschäftsabschluss gezählt werden, denn der eine oder andere Hofbesitzer wagte es bereits, für seinen Wald so abenteuerliche Preise zu verlangen, dass man ihnen nicht einfach so eine Zusage machen konnte. Jussi wurde also »Baumzähler«, und als diese Arbeit beendet war, begann auch schon bald wieder die Abholzung; die Wälder von Satakuntas alten Männern wurden ein bisschen durchforstet. Der Durchbruch in eine neue Zeit, von der der halb verhungerte Mann beim Aussäen bereits im schönen Frühjahr 1868 geträumt hatte, war jetzt gekommen und sie sah – wie immer in solchen Fällen – vollkommen anders aus als in den Träumen.

Jussi wuchs zum Mann heran während der Jahre, in denen er für die Holzfirma arbeitete. Durch Zufall war er Wanderarbeiter geworden, und mit dieser Stellung fand er sich nie so richtig ab. Als das erste Jahr vergangen war und man wieder in der Nähe irgendeiner Waldhütte mit dem Fällen beschäftigt war, kannte er bereits das Flößerleben, und die darauffolgenden Jahre beeinflussten seine »Entwicklung« nicht mehr besonders. Er hätte sich gerne als Knecht verdingt, aber die Gegend war ihm überall fremd, und zurück in die Nähe des Tuorila-Hofes wollte er nicht. Auch wenn er ein bisschen verschlossen geworden war, sehnte er sich seit den Toivola-Zeiten nach einem vertrauten Kreis, in dem nie alle Beteiligten auf einmal ausgetauscht wurden. Wenn seine Gedanken nun abends in die Vergangenheit zurückschweiften, dann verfingen sie sich letztendlich immer bei seiner ersten Zeit in Toivola, als die Waldarbeit noch nicht begonnen hatte. Daran dachte er wie an eine Gefahr, der er unversehens entronnen war. Er musste sich selbst versichern, dass er dort nicht mehr hingehen musste, dass es wirklich keinen vergessenen Umstand gab, der ihn gezwungen hätte, in diese Verhältnisse zurückzukehren. War er dort niemandem etwas schuldig geblieben, hatte er nichts mehr mitgenommen? Nein – die dort konnten ihm nichts anhaben.

Seine Zeit auf dem Tuorila-Hof lag bereits in so weiter Ferne, dass seine Gedanken sie gar nicht mehr erfassen konnten. Das Bild von dem Hof kam ihm zwar manchmal zufällig in den Sinn, aber es erweckte in ihm nicht die geringste Gefühlsregung. Der Hausherr und die Hausherrin vom Tuorila-Hof waren für ihn am weitesten weg, fast so, als hätte es sie nie gegeben. Die Zeit damals und die Lebensumstände dort: das Herumstehen in der Backstube und das saubere Bett – all das war aus seinem Bewusstsein wie weggewischt. Sein Leben begann, als er nach Toivola kam, und der ganze Inhalt seines gegenwärtigen Lebens bestand darin, dass er genau dorthin nicht mehr zurückkehren musste.

Bis auch dieser Gemütszustand immer seltener wurde.

Mit seinen einundzwanzig Jahren war er ein mittelgroßer, ein bisschen krummbeiniger, kurzhaariger und fahlhäutiger Mann. In Gesellschaft war er ziemlich unauffällig; es hatte auch keiner Lust, ihn so richtig zu ärgern. So mancher erlebt in den Wanderjahren seiner Jugend die allergehaltvollste Zeit in seinem Leben, von dessen Abenteuern – nachdem die vergangene Zeit sie vergoldet hat – er später nicht müde wird zu erzählen. So erging es Jussi nicht. In seiner Ruhepause stellte er bloß fest, wie auch dieses Floß wieder an diesen weiten Gewässern entlangglitt, und was für Häuser in den Dörfern am Ufer standen. Er musste höchstens daran denken, wo sie im vergangenen Sommer um diese Zeit unterwegs gewesen waren, und dass er die Flößerei jetzt schon vollständig beherrscht. Um ihn herum gibt es unterschiedlichste Männer. Manche von ihnen gehen kurz verstohlen an Land, um eigene Erledigungen zu machen. Jussi könnte nicht allein gehen. An Land gibt es Mädchen, aber die sind alle gewissermaßen größer als er. Er kann mit Mädchen nicht woanders umgehen als in seinen Träumen. Er kann über sie nicht einmal so redegewandt unanständige Witze reißen wie die anderen Männer, geschweige denn, dass er nachts allein zu ihnen auf den Dachboden schleichen könnte, wie es die anderen seines Wissens taten.

Aber die Sommer vergingen trotzdem. Und in den Sommern damals gab es so schöne Momente, dass sie Jussi, obwohl er nicht sonderlich empfänglich für Schönheit war, dennoch auch beeindruckten. Am wunderschönen Morgen des Goldenen Sonntags fährt ein Dampfschiff – ein weißer Kahn – aus der Stadt aufs Land hinaus, mit an Bord ist eine Musikkapelle, die in voller Lautstärke eine alte, ihm noch aus Kindertagen bekannte Melodie bläst. Als leises Zittern durchfahren Rührung und Hingabe die Gemüter der Männer, der eine oder andere versucht die auf seltsame Weise verfälschten Worte leise mitzusingen, von denen er nichts versteht und auch nichts verstehen will:

»… und der Bahnhof nimmt und das Ufer bringt
Und der Kaiser aus der Donau das Wasser trinkt.«
»… die Splitter in Schutt und Asche und das Schwert in die Hand …«

Die feierliche Rührseligkeit hat nun alle erfasst. Keinonen sagt: »Jetzt, Männer, werft euch alle in Schale, lasst uns in die Kirche gehen.«

Die Kleidung der Holzfirma wurde im von Pferden getreidelten Boot aufbewahrt. Alle Männer bekamen eine rote Jacke, weiße Hosen, einen glänzenden Gürtel und eine Schirmmütze zum Anziehen; dann in die Boote und auf zum zartgrünen Kirchenufer. Nur der alte, kränkliche Floßknecht, der Fuhrmann, bleibt allein auf dem Floß zurück. Das Schiff ist bereits hinter den Inseln verschwunden, als die Boote der Männer auf halbem Weg angelangt sind. Jussi sitzt auch an einem Ruder. Der Moment ist von überreicher Harmonie, das Land und die Wälder verkünden, dass das Volk in ihrem Geiste seine schönsten Jahre erlebt. An tausend Ufern plätschern die Wellen ihre geheimen Botschaften, denen irgendwo in diesem Land ein großer, zartfühlender Dichter lauscht. Diese Männer in roten Jacken, die gerade aus ihren Booten an das grasbewachsene Ufer steigen, wissen nicht, was ein Dichter ist, aber in ihre unbewusste Wahrnehmung finden die Worte der Wellen kindisch leicht ihren Weg. Sie sind Männer, sie arbeiten für eine Holzfirma und können schon derbe Sprüche klopfen, aber sehr dünn ist noch die Schale, unter der sich die zartsaubere, unverfälschte Seele befindet, die der große Dichter bewundert hatte, wann immer er zufällig an einem wie ihnen vorübergegangen ist.

Auch Jussi schwankte zwischendurch schon in feierlicher Stimmung, während er mit den anderen mal aufstand und mal seine Stirn auf die Buchablage der Kirchenbank drückte. Das erhabene Gefühl in der Kirche löste diese unerklärliche Anspannung ein wenig auf, unter der sein starres Leben in jenen Jahren verlaufen war und die sein Verstand immer versucht hatte, als eine Art Unsicherheit zu begreifen. Was Jahre angesammelt haben, kann ein Augenblick befreien. Die Kirche war voller Menschen, die aus ihrem Zuhause dort eingetroffen waren, und die nach ihrer Rückkehr aus der Kirche den eigenen Hof und einen angenehmen Feiertagnachmittag vor sich hatten. An diese Menschen und ihre zu Hause zurückgelassenen Höfe schienen sich die weit in der sonnigen Kirche wogenden Kirchenlieder und das Wort Gottes anzunähern. Sogar Keinonen wirkte hier seltsam geschrumpft und seiner Macht beraubt. Sein bester Spruch wäre hier nichts im Vergleich zu dem Klang gewesen, der ertönte, als der Küster auf seiner schwarzen vergoldeten Tafel die Nummern auswechselte und die Tafel dann umdrehte, sodass die Kirchengemeinde sie sehen konnte. Diese roten Jacken waren typisch für Keinonen, und zumindest Jussi schämte sich für seine Jacke. Es war, als wäre man gezwungen, so wie Keinonen zu sprechen.

In diese Richtung gingen Jussis Gedanken während der gesamten Predigt. Er dachte an den kranken alten Kätner, der beim Floß geblieben war, er dachte daran, als dieser seinen Lohn in den Geldbeutel steckte, Papier- und Silbergeld zusammen. Obwohl es in der Kirche so feierlich war, fühlte sich Jussi dem Alten näher als Keinonen oder diesen anderen Flößern. Der alte Kätner gehörte nämlich zu denen, die von hier irgendwann in ein Zuhause gehen, die Gesangbücher und Taschentücher besitzen.

Die Predigt dauerte lange, und Jussi konnte ganz in Ruhe der Illusion nachhängen, dass auch er von hier nach Hause zu einem Sonntagsessen gehen würde, zu Brei und Kartoffelsuppe. Nirgendwo wird die Vorstellungskraft des Menschen, und sei sie noch so träge, dermaßen angeregt wie während der Predigt in einer sommerlichen Kirche. Es widerstrebte ihm, nach dem Kirchgang wieder zum Boot zurückzukehren. Dennoch musste er es tun, doch von diesem Kirchenbesuch an bekam der ganze Sommer in Jussis Bewusstsein eine neue Bedeutung.

Im Herbst brachte Keinonen seine Männer in Jussis Geburtsort, und auch noch, um im schönen und unberührten Wald seines Geburtshauses Nikkilä die Bäume zu zählen. In einer Vielzahl an Wäldern war Jussi schon mit Keinonen gestiefelt, seit den fernen Wäldern des Tuorila. Aber nun geschah es eines Morgens, dass Keinonen nicht mehr aufstand. Seinen Tod hatte niemand gesehen, etwas Geheimnisvolles lag in ihm, wie auch in seinem Leben. Die Arbeit war zu dieser Zeit schon fast getan, und als der neue Vorarbeiter ankam, waren die Männer bereit, woanders hinzugehen, denn mit dem Fällen konnte man hier noch nicht beginnen. Jussi blieb allein zurück; sagte, dass er auf die Winterarbeit warten wolle, aber auch er selbst ahnte, dass er von nun an keine Waldarbeit mehr verrichten würde. Das war kein genauer Plan, vielmehr bewirkten viele kleine Faktoren diese Ahnung. Er war bereits vierundzwanzig Jahre alt, fühlte sich aber in Gesellschaft von Männern immer irgendwie in der Rolle des kleinen Jungen. Diese Stimmung, die er am stärksten damals in der Kirche während der Predigt erlebt hatte, war im Lauf des Sommers des Öfteren in ihm aufgekommen, und als wäre es eine Folge davon, hatte er seither Geld zurücklegen können. Als Keinonen dann starb, war das für Jussi ein Zeichen, dass er sich jetzt von den anderen trennen musste. Irgendetwas bedeutete es auch, dass er sich zufällig in seiner Geburtsgegend aufhielt, wo es noch da und dort Menschen gab, die er vom Aussehen her kannte, obwohl ihnen, wie auch der Landschaft, der Geist der Zeit vor den Hungerjahren vollkommen abhanden gegangen war. Der alte Ollila war nicht mehr da, Penjami nicht, der alte Nikkilä-Hof und auch die Sikomäki-Hütte nicht. Aber irgendwo war noch eine alte Frau, die sich beim Umrühren des Kaffeekessels gerührt fragte, was für ein Ende die verstorbene Maija wohl gehabt hatte.

Fremd war es hier, und anfangs fühlte er sich noch unsicherer als zu seiner Zeit bei der Holzfirma; auch das Aufbrauchen des Ersparten ärgerte ihn hier. Dennoch konnte er nicht mit den anderen mitgehen. Was auch immer der ausschlaggebende Grund dafür gewesen sein mag, denn den Träumen von einem Zuhause am Goldenen Sonntag entsprachen die Umstände hier keinesfalls.

Der einstmals kleine Jussi vom Nikkilä-Hof ist jetzt erwachsen und verdingt sich als Knecht am Pirjola-Hof, nicht weit von seinem Geburtsort. Es ist der Beginn der Achtzigerjahre.

IV
In der Hitze des Lebens

Wenn ein Mann, der die Welt bereist hat, wieder in seine Heimat zurückkehrt, muss er es ein bisschen weiter gebracht haben als die anderen. Er muss gute Kleidung, Geld und einigermaßen tadellose Manieren haben. Er muss tanzen und die Mädchen zum Lachen bringen können. Erfüllt er alle diese Voraussetzungen, wird er erfolgreich sein; er kann Vogt auf einem Hof werden, die Tochter zur Frau bekommen und eine Kate zum Wohnen, und dann kann er sich gegen Ende seiner Tage ein Haus kaufen, in dem er schließlich mit einiger Anstrengung seine Schulden abarbeiten kann. So kann es gehen und so ist es auch oft gegangen; die bestehenden Verhältnisse verhindern das keineswegs. Aber wie unmöglich scheint ein solcher Gedankengang im Zusammenhang mit diesem Juha (aus Jussi ist in seiner Heimat Juha geworden).

Der Nikkilä-Hof, sein ehemaliges Zuhause, ist zum besten Haus des Dorfes geworden, oder zumindest vergleichbar mit dem Ollila-Hof. Da gibt es nun ein prächtiges neues Hauptgebäude, in dem der Sohn des verstorbenen alten Ollila mit seiner resoluten Frau wohnt. Sie kommt aus einer prachtvollen Familie und man erzählt sich, dass sie sich geweigert hatte, auch nur einen Fuß in den ehemaligen, muffigen Nikkilä-Hof zu setzen. Und sie brauchte es auch nicht zu tun, da zu der Zeit, als Anttoo den Hof übernahm, die Bauarbeiter gegen freie Verpflegung arbeiteten; ostbottnische Zimmermänner drängelten und drängten regelrecht auf die Baustelle, und es hätte nicht viel gefehlt, dass sie sich um die Arbeitsplätze geprügelt hätten. Denn in der Familie Ollila ging das Brot nie zu Ende. Der alte Ollila stand auf der Landstraße und sprach, mit Blick auf die Baustelle seines Sohnes: »Es geht alles, wenn nur genug Brot und Geld da ist.« Noch vor dem Herbst war das Hauptgebäude fertig und die Ställe repariert, man hatte sogar eine gewaltige Steinmauer errichtet, die den weitläufigen Baugrund auf der Seite des Feldes umgab. An Weihnachten zog die Hausherrin ein. Und wenn man danach an die ehemaligen Zustände auf dem Nikkilä-Hof zurückdachte, dann fühlte es sich so an, als ob der alte Penjami mit seinen Leuten damals aus irgendeinem beschämenden Grund von hier verjagt worden wäre, so als ob er einst hier zu Unrecht hätte herumstolzieren dürfen. Das Leben war jetzt großartig und tadellos. Kein einziger Knecht hatte jemals die jetzige Hausherrin im bloßen Hemd gesehen, so wie es bei Maija jeden Abend der Fall gewesen war. Der älteste Sohn besuchte die Volksschule bei der Kirche. Penjamis ehemaliger Wald wurde erst jetzt zum ersten Mal verkauft. Der früher so schäbige Nikkilä-Hof war zu einem der ertragreichsten Höfe der Ortschaft geworden.

Klein war die Welterfahrung von Juha verglichen mit solchen Dingen. Es versteht sich von selbst, dass aus ihm nicht mehr wurde als der Knecht Juha auf dem Pirjola-Hof. Dabei handelte es sich um einen kleinen altmodischen Hof; Jussi war der einzige Knecht. Und eine Magd gab es.

An einem Sonntagmittag geht Juha auf der Landstraße, er geht ganz instinktiv in Richtung Harjakangas und besieht sich diese neuen Verhältnisse. Er hat neue knarrende Stiefel an den Füßen und über zwanzig Mark in der Tasche. Er entsinnt sich seines Alters und bemerkt in diesem Zusammenhang, dass er ein erwachsener Mann ist. Der einstmals kleine Nikkilä-Jussi ein erwachsener Mann; so vergeht die Zeit. Wenn er auf den rundum erneuerten Nikkilä-Hof hinunterblickt, denkt er: »Du hast dich sehr verändert, aber ich habe mich auch verändert.« Der alte Penjami ist ihm in den letzten Jahren nicht mehr in den Sinn gekommen, aber jetzt tut er es, und es geschieht das Seltsame, dass Jussi Mitleid bei dem Gedenken an seinen verstorbenen Vater empfindet. Als er den Weg vom Nikkilä-Hof zum Ollila-Hof entlanggeht, bekommen sein Gang und seine Gesten unwillkürlich den herrischen Anstrich des alten Penjami. In ihm regt sich ein kleiner Anflug von Trotz gegen die jetzigen Besitzer des Nikkilä- und des Ollila-Hofes. Dass auch solche Männer hier großtun und Wald verkaufen, obwohl sie rein gar nichts von Waldarbeiten verstehen. Wälder hat er zur Genüge gesehen – und den damals noch unversehrten Nikkilä-Wald besaß einst Penjami, Juhas Vater. Und diese Leute hier verkauften ihn jetzt, als wäre es ihr eigener. Juha hat einen Gang, als hätte er selbst vor kurzem den Nikkilä-Wald verkauft. Es ist für ihn ein unbeschreiblicher Genuss, dass er immerhin ein bisschen Geld in der Tasche hat. Man kann einem Mann nicht ansehen, wie viel Geld er besitzt.

Juha bleibt bis spät am Abend auf seinem Ausflug und kehrt leicht angetrunken auf dem gleichen Weg wieder zurück. Zwischen dem Ollila- und dem Nikkilä-Hof ist er versucht, »Hungerleider von Ollila!« zu rufen. Er ist Penjami Nikkiläs Sohn, nur dass ihr's wisst! Aber er ruft nicht laut; nur sein eigenes Bewusstsein kann es hören, das vom Schnaps gewissermaßen gänzlich entkleidet ist; es tut so, als ob es ihn aus seinem Inneren heraus betrachtet, wie er da geht und tiefe Bewunderung für seinen Vater Penjami hegt. Es schaut nur und lässt sich nicht vertreiben. – Penjami hatte die Wälder zwar einmal besessen, aber er hat sie unwiderruflich verloren. Vielleicht ärgert es dich, aber es ist trotzdem ganz legal abgelaufen. Du erklärst hier, dass du der Sohn des Mannes bist, der diesen Hof und die Wälder einst besaß, und dass du angeblich … ach, nee … Schau mal, das ist jetzt ein anderer Hof, es hat nichts mehr mit deinem Vater zu tun, das ist der Hof vom Ollila-Anttoo, verstehst du? Anttoo ist der Sohn des verstorbenen Alten und der kam aus Kokemäki. So muss man die Sache betrachten; dann verstehst du sie besser. Du gehst jetzt in die Pirjola-Stube und legst dich hin, und denk dran! – in deiner Tasche hast du mehr als zwanzig Mark. Von da aus musst du weiterdenken. Schau dir andere Menschen an, wie sie in dieser Welt leben, die dich umgibt!

Das sagte sein Bewusstsein hinter dem Rausch, obwohl, Worte gebrauchte es dafür eigentlich keine.

Und Juha ging in die Pirjola-Stube, um sich an diesem Sonntagabend hinzulegen, so wie er es auch danach noch an vielen sowohl Sonn- als auch Werktagabenden tun würde. Er war ein friedlicher Knecht, über dessen Herkunft die älteren Leute noch gut Bescheid wussten; sie lächelte gewissermaßen sogar aus seinen kleinen Augen, in denen sich ganz deutlich der verstorbene Penjami zeigte, obwohl Juha sein Wesen eher von der verstorbenen Maija geerbt zu haben schien. Einige Eigentümlichkeiten hatte er schon an sich, aber die waren offenbar so unbedeutend, dass man um sie kein Aufhebens machte. Auch seine Beziehung zum Geld war eigentümlich. Er nahm es sehr genau, wenn er seinen Lohn vom Hofbesitzer abholte, und dieser hielt Juha deshalb für einen Verschwender. Aber er verschwendete sein Geld nicht mehr, er wollte es lediglich bei sich haben. Dabei handelte es sich nicht um Sparsamkeit, denn ein sparsamer Knecht hebt seinen Lohn so lange wie möglich nicht ab.

Ein Jahr verbrachte er auf dem Pirjola-Hof. Als Dienstbote an die Seite gestellt war ihm eine gewisse betagte Magd, die gegen Ende des Jahres heiratete. »Das hängt vom Grundstück ab, wo die Mägde hin heiraten«, sagte der Hausherr des Pirjola-Hofs, und wiederholte diesen Satz nach zwei Jahren noch einmal, als Juha – wieder zum Pirjola-Hof zurückgekehrt – mit der damaligen Magd Riina in Heiratsangelegenheiten hineingeriet.

*

Die intensivsten inneren Erlebnisse eines Knechtes und einer Magd ereignen sich immer zwischen Sonntagnachmittag und Montagmorgen. Das ist für diesen Stand eine schicksalhafte Zeit, da liegen viele Gefahren verborgen. Das flüchtige Freiheitsgefühl ist da am stärksten, abends wird es noch ein wenig stärker und kann im Laufe der Nacht dazu verleiten, dass man die alltäglichen Umstände und Beziehungen vergisst. Unzählige nicht verewigte Schicksale haben gerade in der Nacht auf Montag die entscheidende Wendung genommen; diese Nacht ist der trügerisch zärtliche Beginn vieler schwerer Lebensphasen gewesen: Oft war man gezwungen, zu heiraten, um dann von den scharfen Zähnen der »Lebenswirklichkeit« zerfressen zu werden. Und im Maul dieses Wolfes ist keine Spur mehr von der Zärtlichkeit der Nacht auf Montag. Da gibt es Arbeitstage, Nachtfrost, kranke Kinder und erschlaffte Weiber, bei deren Anblick es unmöglich ist, sich vorzustellen, wie sie als Mädchen ausgesehen haben – hat man jemanden mit so einem Aussehen überhaupt jemals als solches bezeichnen können? Da gibt es Kuh- und Kindersterben, undichte Hütten und dem Gutsbesitzer geschuldete Handdienste. Da gibt es alles andere als harmonische Momente; denn im Maul eines Wolfes liebt niemand mehr seinen Nächsten. Die kleinen Momente sonntagmorgens hemdsärmelig vor der Hütte, die sind so unbedeutend, dass sie nicht zählen. Selbst dann ist nichts so fern und fremd wie diese eine bestimmte Nacht auf den Montag, wo all das seinen Anfang nahm. Es ist immer eher traurig, eine Magd und einen Knecht mit ernsten Gesichtern etwas nachahmen zu sehen, das ganz anderer Voraussetzungen bedürfte, um irgendeinen Inhalt zu haben.

Auch Juha hätte einigermaßen genau wissen müssen, wie trügerisch dieses sonntagnachmittägliche Freiheitsgefühl war. Schließlich hatte es ihm seinerzeit auf dem Tuorila-Hof eine ordentliche Tracht Prügel mit dem Knüppel des Gutsbesitzers eingebracht. Aber allen Lastern ist es gemein, dass sie im entscheidenden Moment den Menschen dazu bringen, alle schon früher einmal erfahrenen Folgen vollkommen zu vergessen; genauso verhält es sich mit dem Laster des Freiheitsgenusses. Und bedenkt man Juhas Entwicklungsstand, konnte man von ihm nicht verlangen, dass er aufgrund so einer Tracht Prügel oder der montagmorgendlichen Müdigkeit begonnen hätte, nach den Wahrheiten des Lebens zu suchen und diese dann zum Maßstab seines Handelns zu nehmen. An jedem Sonn- und Feiertag spazierte er ins Dorf, besonders im Sommer. Er ging tanzen, obwohl er nicht einen Polkaschritt beherrschte. Manchmal geriet er auch in ein kleines Saufgelage. Diese hatten keine besonderen Folgen für ihn. Viele Male war er bei Raufereien anwesend, aber nie bekam er selbst Schläge ab. Auch was Hochprozentiges betraf, mäßigte er sich sehr, weil er aus irgendeinem Grund vermeiden wollte, sich finanziell am Schnapsbesorgen zu beteiligen. Dabei handelte es sich nicht um Sparsamkeit, er fürchtete sich einfach vor einer solchen Beteiligung. Da er aber niemandem Ärger machte, bot man ihm oft einfach so etwas zum Trinken an.

Für Juha hatten seine Ausflüge an den Abenden der Feiertage keine Folgen. Zumindest schien es so. Denn das Schicksal würde diese »Folgen« bei ihm listiger als sonst einbringen. Einer dieser Ausflüge hatte doch tatsächlich etwas Entscheidendes zur Folge, das, während die Jahrzehnte dann dahinsiechten, sein bis dahin ziemlich farbloses Leben in eine Richtung lenkte, in der es in seinen hintersten Winkeln gewaltig eine gewisse Seite des Menschenlebens widerspiegelt.

Obwohl Juha als einsamer Knecht so tat, als sei er sehr klug und erfahren, hatte er doch eine peinliche Wissenslücke: Er hatte noch immer keinerlei Erfahrung mit Frauen. In Gesellschaft zeigte er sich aber völlig anders; ließ manchmal ein paar unanständige Scherze los und gab den gutmütigen Frauen Anlass zu sagen: »Der Juha müsste schon verrückt sein, wenn er heiraten würde.« Eine solche Äußerung war für Juha ein unbeschreiblicher Genuss, und immer sicherer trat er als einer auf, der solche Sachen auf dieser Welt zur Genüge erlebt hatte. Als er jedoch in sein einsames Bett zurückkehrte und auf der anderen Seite des Ofens die Atemzüge der Magd Riina hörte, war alles anders. Er hatte noch nie eine Frau auch nur angerührt, das war es ja. Und auch wenn Riina so war, wie sie war, hätte

Juha alles dafür gegeben, den Mut aufzubringen, sich auf die andere Seite der Stube in Riinas Bett zu schleichen. Und eines Nachts, als es hinter dem Ofen sehr still war, sodass es den Eindruck erweckte, als würde Riina wach in ihrem Bett liegen, schlich Juha in die Richtung, räusperte sich und schlich sich weiter heran, merkte aber dann, dass Riina gar nicht in ihrem Bett war. Er legte sich in ihr leeres Bett und blieb dort einige Zeit liegen. Aber als Riina aus dem Dorf zurückkehrte, lag Juha bereits wieder in seinem eigenen Bett und tat so, als ob er schlafen würde.

Riina war zweiundzwanzig Jahre alt, eine etwas unbefangene und leichtsinnige Magd. Sie war nicht in dieser Gegend geboren; der Hofbesitzer hatte sie halb im Scherz auf dem Markt in Kauppala angestellt, weil sie zu ihm kam und ihm ihre Dienste anbot. Sie verrichtete ihre Arbeit freudlos und machte sich nachts, so oft es irgend möglich war, aus dem Staub. In die Stube des Pirjola-Hofs trauten sich nächtliche Besucher nicht hinein, aber Riina sorgte dafür, dass das auch gar nicht nötig war. Dass sie in der Ortschaft fremd war, stellte für Riina von Anfang an kein Hindernis dar. Bereits am ersten Feiertagabend sang sie in der Stube ihre Reigentanzlieder, verschwand später und kehrte erst nach Mitternacht aus dem Dorf wieder zurück. Gerade aufgrund dieser Umstände wurde sie zum Objekt von Juhas heimlichen Sehnsüchten. Juha schien ihr hingegen ziemlich gleichgültig zu sein. Sie trällerte nur ihre Lieder und beantwortete gleichgültig seine Fragen. Aber Juhas Phantasie verrichtete bereits ihr Werk.

Jener schicksalsschwere Sonntagabend ereignete sich dann zwischen der Heu- und der Erntezeit. Juhas Lebensgefühl stieg an jenem Abend auf seinen Höhepunkt, in ihm war gewissermaßen alles versammelt, das wiederholt die wortlose Frage aus Juhas Unterbewusstsein aufsteigen ließ: Bin das ich? Lebe ich jetzt eine vollkommene Männlichkeit? In jener Nacht trank er seinen eigenen Schnaps; sie hatten eine Kanne zu dritt bestellt. Dann gingen sie betrunken tanzen, und auch dort lief es nicht schlecht. Es ergab sich, dass irgendein Mann Juha beim Kragen packte, und Juha diesen Mann daraufhin mit dem Rücken auf den Fußboden drückte. Das geschah alles nur aus Spaß, aber dennoch hatte Juha den Mann geschultert. Beim Weggehen tastete er in der dunklen Diele nach den Mädchen, und als er dann allein in Richtung Pirjola abdampfte, wogte in seinem Gemüt das starke Gefühl, dass er schon lange den anderen Dorfbewohnern und überhaupt allen Menschen ebenbürtig sei.

Er betritt die dunkle Stube und geht gleich mutig nachschauen, ob Riina schon zu Hause ist. »Nein, noch nicht«, sagt das leere Bett. Juha geht vorsichtig zum Fenster und bleibt dort stehen. Sein Bewusstsein tut von sich aus nichts mehr, es betrachtet gewissermaßen nur alles, was ihm vorgesetzt wird. Es zeigt sich das innere Bild der Trunkenheit, und mit ihm das geheime Wesen des ganzen Lebens, aber in solch flüchtigen Blitzen, dass sie ein Juha unmöglich erfassen kann. Körperlich wird ihm ein wenig übel, aber die Seele rührt sich deswegen nicht.

In der Dämmerung sieht er Riina in Begleitung zweier Männer die Landstraße entlangkommen. In seiner Betrunkenheit freut sich Juha über die Gewissheit, dass diese Männer nicht in die Stube hineinkommen werden, Riina dagegen sehr wohl. Juha bleibt am Fenster stehen, bis Riina die Tür öffnet. Dann geht er los, auf sie zu.

Zum ersten Mal im Leben hält Johan Penjaminssohn, gerade siebenundzwanzig Jahre alt, ein Weibsbild in seinen Armen. Er tut dies im Schutze seiner Trunkenheit und der vorherigen Erlebnisse dieses Abends; auch dieser Körper tut es von selbst, das Bewusstsein stellt nur fest, was vor sich geht. Das ganze Wesen des Mannes löst sich gewissermaßen von der festen Vergangenheit und steigt in die Lüfte. Die Frau wehrt sich kaum, sie ist gleichgültig und träge. Schließlich sagt sie: »Was hat den alten Dickkopf denn auf einmal so munter gemacht?« Diese Worte bedeuten für Juha Glückseligkeit. Sie geben seinem Wesen Halt, da es nun einmal in der Luft schwebt.

Aber als er dann später in seinem eigenen Bett liegt, ist der Rausch völlig verflogen. Er erlebt eine der größten Enttäuschungen, die ein männliches Wesen, auch ein besseres, hier auf dieser Erde erfahren darf. Er wird von müder Leere befallen, aber ungeachtet dessen scheinen das Leben und die Welt ein völlig neues Gesicht zu bekommen. Eine kleine Begebenheit hat wieder einmal diese unzähligen kleinen Abenteuer und Ereignisse der vergangenen Knechtjahre gleichsam zu einer Ganzheit zusammengerafft; Juha ist bei der Klettertour seines Lebens auf eine neue Stufe gelangt, man vermag nicht zu sagen, ob auf eine höhere oder niedrigere. Bevor er einschläft, sieht er sich in seiner Phantasie vielleicht bereits selbst als zukünftiger Kätner. Auch solche Phantasien können auf dieser Stufe noch ziemlich verlockend sein.

Es war ein bedeutender Zufall, dass Juhas Annäherungen der Magd Riina sehr gelegen kamen. Im Leben kommen manchmal dermaßen köstlich harmonische Zufälle zustande. Riina war ein gänzlich einsames Wesen unter dem Himmelszelt, und sie hegte zudem den Verdacht, dass sie von einem Mann schwanger war, den sie auf keinen Fall heiraten konnte. Denn auch wenn es schon manchmal vorgekommen ist, dass der Erbe eines Hofes eine Magd geehelicht hat, so verstand Riina, dass sie nicht zu jenen Mägden gehörte, aus denen Frauen von Hofbesitzern gemacht werden, und schon gar nicht jetzt, da es so gelaufen war. Ihr Verhältnis zu Juha war bis zu diesem Zeitpunkt völlig neutral gewesen; hier gab es also keine solchen seelischen Widerstände, von denen man sagt, dass sie eine Frau in diesen Fällen bisweilen zur Märtyrerin gemacht haben. Riina ging nach wie vor tanzen, blieb ihrem Juha aber bedingungslos treu. Sie hatte jetzt einen leichten Anflug von Frechheit in ihrem Wesen, gewissermaßen für den Fall, dass sich jemand um sie bemühen könnte.

Nach diesem Vorfall war das Heiraten für Juha eine Selbstverständlichkeit, bei der es kein bisschen etwas zu zögern gab. Sein ganzes Innenleben und zum Teil auch das äußere baute sich von diesem Moment an auf diesem Fundament auf. Eine angenehme Nervosität bemächtigte sich seiner Gedanken, während er intensiv die Zukunft plante und berechnete. Seine mittlerweile allabendlichen Besuche bei Riina auf der anderen Ofenseite waren nur eine kleine Nebensache, um die man sich neben den wichtigen Dingen auch noch kümmern musste. Riina war für ihn nichts weiter als eine Frau, mit der er eine Verbindung eingehen musste. Er wusste nichts über Riinas Familie oder Herkunft (erst im darauffolgenden Sommer, als sie bereits verheiratet waren, erschien irgendeine alte Frau, die einer alten Amsel glich, und Juha begriff, dass sie Riinas Mutter war) – zudem sprachen sie, wenn sie beieinander im Bett lagen, nie über das Heiraten. Was gab es da auch zu bereden. Juha war irgendwie nicht bei der Sache und Riina war gleichgültig, und so spielten sich keine erschütternden Szenen zwischen ihnen ab. Juha verrichtete seine Arbeit noch sorgfältiger als sonst. Der Hofbesitzer, der ein feines Gespür hatte, bekam bald heraus, was vor sich ging, und da er ein Menschenkenner war und Schöffe, bewahrte er Ruhe. Dennoch brachte er geschickt das Gespräch mit Juha darauf, und da das Gespräch nun mal darauf gekommen war, besprachen sie es bis zum Ende. Der Hofbesitzer bekam alles über Juhas Vermögen und seine Pläne heraus: Juha hätte gerne einen Platz für eine Kate auf den Ländereien des Pirjola-Hofs bekommen. Der Hofbesitzer blickte gelassen woandershin, so als ob er über die Angelegenheit nachdenken würde. Er dachte darüber jedoch keinen einzigen Moment lang nach. Vor sich sah er Juha, Riina und das Geld, jene drei Dinge, die nun auf kindische Weise vorspiegelten, gemeinsam eine vermeintlich vielversprechende Lebensgrundlage zu bilden, aber deren Schwäche der alte Hofbesitzer untrüglich erahnte. Er empfand Wohlwollen, Mitleid und Unbehagen gegenüber dieser Sache, aber er wollte mit ihr nichts zu tun haben. So gab er Juha, was dessen Traum von einer Kate betraf, keinerlei eindeutige Antwort, aber für die Heiratsangelegenheit selbst zeigte er ein umso größeres Mitgefühl und Interesse. Er ließ Juha einige väterlich-männliche Ermutigungen zuteilwerden, und Juha war durch diese Unterhaltung keineswegs niedergeschlagen, seine Stimmung stieg im Gegenteil noch weiter. Der alte Besitzer des Pirjola-Hofes blieb Juha sein ganzes Leben lang in guter Erinnerung. Auch manches Mal später – als der Hofbesitzer bereits ein sehr alter Mann war – wandte sich Juha in schwierigen Zeiten an ihn, und es wurde ihm jedes Mal ein so überwältigendes Wohlwollen zuteil, dass die eigentliche Angelegenheit oftmals gänzlich unausgesprochen blieb. Juhas Leben war während der gesamten Zeit, die er am Pirjola-Hof verbrachte, ein einziger Aufstieg – bis zur Hochzeit, die der Hofbesitzer aus eigener Tasche bezahlte.

Riina brachte als Erste das Heiraten zur Sprache, sie tat das in freundschaftlich schroffen Worten und eröffnete Juha dabei ganz nebenbei, wie es um sie stand. Darin war nichts Unerwartetes, das musste Juha doch begreifen, aber dennoch trat ihm der Angstschweiß auf die Stirn. Meilenweit war Juha an diesem Abend von der ehemaligen Welt des Flößers entfernt. In seinem Kopf pochten Gedanken an alle möglichen und unmöglichen Sachen zur gleichen Zeit. Die Heiratssache bekam nun einen ganz anderen Inhalt; jetzt erst war sie u n w i d e r r u f l i c h, und außerdem musste sie innerhalb einer bestimmten Zeit verwirklicht werden. Wo sollten sie wohnen? Sich bei jemandem in einer Ecke einmieten – das war eine grauenhafte Vorstellung. Auch wenn ihm der Hofbesitzer ein Stückchen Land verpachten würde, würde er dort so schnell nicht einmal eine dreieckige Bude hinstellen können. Dafür reicht Juhas Geld nicht einmal annähernd aus. Und selbst kann er sowieso kein Gebäude zusammenhämmern. Juha ächzte und wälzte sich in Riinas Bett. Riina lag dagegen bloß da, ganz entspannt, als würde sie Juhas Unruhe genießen.

Tagsüber arbeitete Juha immer emsiger, als versuchte er auf diese Art, seinen Traum von einer eigenen Kate aufrechtzuerhalten, obwohl die Chance darauf immer weiter schwand, je mehr Zeit verging. Riinas Schwangerschaft war ihr bereits deutlich anzusehen und erweckte in Juha seltsam unangenehme Gemütszustände. Es war, als würde sich eine fremde Tatsache ankündigen, mit der er nichts zu tun zu haben schien, die aber dennoch an ihn appellierte. In Juhas Bewusstsein kam niemals auch nur der geringste Zweifel an seiner Vaterschaft auf, und auch unter den Weibern im Dorf kam das Gerede über diese Geschichte nicht über ein Flüstern hinaus in Gang und war bald ganz vergessen, als Juha und Riina sich als ganz gewöhnliche Kätner niederließen. Aber Juha blieb dieses erste Kind immer auf eine geheimnisvolle Weise fremd, und Riina neigte dazu, es ständig in Schutz zu nehmen, und machte Ärger, oft auch völlig grundlos.

Kätner wurden sie demnach wohl, allerdings nicht als Untergebene von Pirjola, sondern von Yrjölä. Im allerletzten Moment, als das Aufgebot schon bestellt war, gab der Hofbesitzer seine endgültige Antwort bekannt: dass er keinen geeigneten Platz für eine Kate besäße … und: »Du könntest jetzt doch sowieso keine neue Kate mehr bauen, aber rede doch mal mit dem alten Yrjölä, der hat doch die leerstehende Kräpsälä-Kate, eine große Behausung und gute Ländereien, man muss es nur bewohnen. Die Räume sind auch in Ordnung, und ich glaube, dass der dich bestimmt aufnimmt.« Juha nahm es dem alten Pirjola nicht übel; dieser hatte ohne Juhas Wissen bereits alles in die Wege geleitet.

So geschah es, dass Juha eines Sonntags stundenlang in der Kammer des alten Yrjölä saß. Der alte Yrjölä schwafelte nach Gutsherrenart, hustete und ging immer wieder zu seinem Pfeifenständer hinüber, um seine Pfeife zu stopfen. Juha bot er nichts an. Juha war errötet und rieb seine schwitzenden Handflächen gegeneinander. Irgendeine Art von Geschäft kam dann doch zustande. Da Juha jetzt noch nicht alle zur Kate gehörigen Ländereien übernehmen konnte, wurde noch kein Vertrag aufgesetzt. »Du darfst zumindest so lange bleiben, wie ich lebe, wenn du nur ein anständiges Leben führst und deine Arbeit ordentlich verrichtest«, sagte Yrjölä. Bis auf weiteres sollte Juha einen Tag in der Woche für ihn arbeiten, bei eigener Verpflegung.

In Juha rangen das Gefühl der Erleichterung und das Gefühl, sich in etwas zu verwickeln, miteinander, während er zum Pirjola-Hof zurückwanderte. Es kam ihm vor, als ob bereits zehn verschiedene Löcher dabei wären, sein weniges Geld aufzusaugen. Dennoch war es ein Schritt vorwärts.

Zufällig ergab es sich, dass der Hofbesitzer, Riina und Juha zu dritt zusammensaßen, nachdem Juha mit den Neuigkeiten vom Yrjölä-Hof zurückgekehrt war. Es kam zu einem etwas feierlichen Moment, in dem der Hofbesitzer seinen unerschütterlichen Optimismus verbreitete, indem er verkündete, dass er die Kosten für die Hochzeit übernehmen werde, weil nun einmal die Magd seines Hofes heirate. »Du, Juha, bist mir immer ein treuer Diener gewesen, bleib auf deinem eigenen Feld genauso, dann wird der Herr dich segnen«, sprach der Hofbesitzer und beendete diese Situation, indem er scherzend sagte:

»Wie eine Krähe von einem Feld auf das andere zieht, ziehen jetzt also auch Juha und Riina vom Pirjola- zum Yrjölä-Hof.«

Dabei strahlte sein ganzes Wesen innere Zufriedenheit aus.

Die Hochzeit wurde dann ziemlich bald am Pirjola-Hof gefeiert. In ihrem Rauschen ging fast alles Bisherige völlig unter; das einzige, das nicht unterging, waren Riinas gesegnete Umstände. Sie machten sich von Stunde zu Stunde bemerkbar, auch als das Rauschen bereits nachgelassen hatte. Auf dem Hof prügelten sich die Zaungäste tüchtig, aber der Bräutigam bekam nichts davon mit; er war betrunken auf dem Bett in der Backstube eingeschlafen. Er schlief, aber seine Ohren waren offen, und durch sie gelangten berauschende Geigenmelodien in sein Schlafbewusstsein und sorgten dort für einen außergewöhnlichen Glückszustand. Ein solcher Zustand hatte sich diesem Lebenswandler noch niemals in wachem Zustand und auch im Schlaf kein zweites Mal eröffnet, sodass er ihn hätte begreifen können.

Aber Riina sammelte im Laufe der Nacht über dreißig Mark Hochzeitsgeschenke, um die Hälfte mehr, als sie als Magd am Pirjola-Hof verdient hatte. Sie ging auch immer wieder auf den Hof hinaus, um die Prügelnden zu mäßigen, und die aufgewecktesten unter ihnen folgten ihr in die Stube, um mit ihr zu tanzen, und gaben ihr auch viele Mark.

Die Kate lag weit entfernt in der Einöde inmitten eines Waldstücks. Sie stand seit langer Zeit leer, und war dermaßen verfallen, dass man sich im Allgemeinen nicht einmal mehr an ihren richtigen Namen erinnerte. Sie wurde zwar »Kräpsälä« genannt, aber sogar ein Fremder hörte, dass das kein richtiger Name war. Die verschwundenen Bewohner waren ein bisschen chaotisch gewesen und hatten sich selbst diesen Schimpfnamen eingehandelt. Nachdem Juha und Riina dort eingezogen waren, begann man die Behausung nach Juhas Familiennamen Toivola zu nennen. Nur der Gutsbesitzer nannte Juha, wenn er ihn wegen einer Verspätung oder anderer solcher Dinge ärgern wollte, manchmal noch den »Hausherrn von Kräpsälä«.

Das junge Paar zog in der Woche um Allerheiligen in sein neues, eigenes Zuhause. Das Wetter und der Zustand der Straße waren geradezu ideal, um Juha von seinen falschen Illusionen zu befreien; er erlebte den künftigen Weg zur Verrichtung seines »Tagewerks« in seinem üblichen Zustand. Die Räder versanken an einigen Stellen bis zu den Naben, und das Pferd strengte sich nach Kräften an, mit langgestrecktem Hals und nervös, als ob es befürchtete, von der Erdoberfläche zu verschwinden. Das gesamte bewegliche Gut des Ehepaares befand sich auf dem Getreidewagen. Da war Juhas Schrank – sein Schatz aus der Zeit auf dem Tuorila-Hof – und Riinas ostbottnisch anmutende, mit prächtigen Blumen verzierte Truhe. Es gab außerdem ein Bett, dessen Rahmen zehn Jahre lang im Keller des Pirjola-Hofes gelegen hatte, aber die Bodenbretter waren dafür hell und neu. Das Bett hatte sie eine silberne Mark gekostet, dazu hatten sie auch noch eine Garbe Stroh bekommen. Dann war da noch eine Art Bottich, ein Eimer, und auch ein Kübel, eine eherne Pfanne mit Füßen, eine Steinschale und vier Löffel; an Ausstattung gab es also sogar etwas über den Bedarf hinaus. All das war mit leichter Aufregung geholt und besorgt worden. Auch all die Lebensmittel hatten sie mitgenommen, die beginnende Kätner auf ihrem Esstisch brauchen: es gab fünf Pfund Heringe, acht Kilo Brot, ein halbes Kilo Kartoffeln und zwei Pfund Salz. Das alles war mit ihrem Geld gekauft worden, und dennoch war davon noch so viel übrig, dass sie den Fuhrmann sicher würden zahlen können. Der Anfang war also einigermaßen vielversprechend, denn in etliche Behausungen war man in Finnland schon unter weit schlechteren Voraussetzungen eingezogen und war dennoch ziemlich erfolgreich vorangekommen.

Und diesen beiden fehlte es offensichtlich auch nicht an dem inneren Eifer, der bei einer solchen Unternehmung die Hauptsache ist. In ihrer Stimme schwang eine kaum zu bändigende Geschäftigkeit mit, während sie ununterbrochen auf den Fuhrmann einredeten. Vor allem Riina ließ die Mätzchen aus ihrer Zeit als Magd sein, bemühte sich mitzuhalten und sprang über die breitesten Gräben, dass ihr hoher Hügel bedenklich ins Wanken geriet. Schließlich konnte man schon das Ziel der Reise sehen, eine graue Behausung mit einem Strohdach inmitten einer einsamen, trostlosen Waldgegend. Sie kamen näher und näher, bis sie vor der ungeschützten Türöffnung standen. Da hieß es erst einmal Klinken und Riegel einbauen. Und schon kam die erste Gedankenlosigkeit ans Licht: Juha hatte zwar Holz im Wald aufgeschichtet, hatte aber nicht daran gedacht, auch nur einen Armvoll mit »nach Hause« zu bringen; sie würden dem Fuhrmann keinen Kaffee anbieten können. Zufällig gab es in der Nähe wenigstens ein paar Latten von einem alten Zaun. Mit großer Mühe gelang es ihnen schließlich, sie im Ofen anzuzünden. Der matte Tag zeigte bereits Anzeichen der Dämmerung.

Nachdem der Fuhrmann gegangen war, wurde ihnen mit einem Schlag die unbarmherzige Einsamkeit ihrer abgelegenen Behausung bewusst. Riina musste fast schon weinen, als ihr die eben zu Ende gegangene glückliche Zeit als Magd in den Sinn kam. Hierher hat sie ihr Weg also geführt! Juha wiederum ging umher und sah sich um, bei jedem Schritt eine beträchtliche Anzahl an Mängeln erblickend. Er erschrak jedes Mal, wenn er an ihren Essensvorrat dachte. Sie würden bis da und dahin reichen – und was dann? Jetzt mitten im Winter bekommt man nicht einmal bei den Hofbesitzern Arbeit.

So begann das Ehepaar sein Kätner-Leben und wies schon bald all die dazugehörigen selbstverständlichen kleinen

Besonderheiten auf. Dieses Leben nahm von ihrem Inneren und Äußeren Besitz, man sah es der Kleidung an und der Art, wie sie am Körper hing, man sah es ihrem starren Gesichtsausdruck an, dem Bart des Mannes und dem Haar der Frau, und man sah es der Körperhaltung der beiden an. Schon vor Weihnachten war Riina, als Juha einmal nicht zu Hause war, ins Dorf gegangen, um Brot gegen Kaffee einzutauschen. Kein Tag verging ohne eine Unstimmigkeit, manchmal stritten sie sich; das gehörte zum sogenannten Lebensinhalt, der jedem Tag einen kleinen Unterschied verlieh, vor allem aber eine starke und stabile Gleichförmigkeit. Manchmal arbeitete Juha auf den Höfen im Dorf, und als er von dort zurückkehrte, mit sechzig Pfennig Tageslohn in der Tasche, war er ganz besonders reizbar. Er hatte bereits auf dem Hof zu Abend gegessen, und durfte folglich zu Hause nichts mehr essen, obwohl er noch Hunger hatte. Kaffee trank er aber und empörte sich dabei über Riinas Versäumnisse. Riina hatte ihre gesegneten Umstände als ausgezeichneten Vorwand; und so gab sie sich jetzt in der Anfangszeit einer gewissen Trägheit hin, die sich von da an als dauerhafte Eigenschaft bei ihr festigte. Denn als das Kind geboren war, musste es gepflegt werden, und als es etwas größer wurde, war schon das nächste unterwegs und die Mutter hatte wieder das gleiche Recht zu Trägheit und Versäumnissen.

In der ersten Zeit sah es so aus, als überlegte das Leben, in welche Richtung es dieses Paar schicken sollte. Bis Weihnachten überlegte es und beschloss dann: Sollen sie doch ein bisschen aufsteigen, weil sie so am Anfang stehen und sich einbilden, aufzusteigen. Das Geschäft mit dem Holz, das allen Ständen in Finnland soviel Segen gebracht hatte, kam auch Juha-Toivola noch einmal zur Hilfe. Der

Holzeinschlag fand in diesem Winter etwa vier Kilometer weit weg statt, und Juha ging dort über drei Monate lang regelmäßig hin. Er war auch dort, als Riina mutterseelenallein ihr erstes Kind zur Welt brachte, einen Jungen, dem sie später den Namen Kalle Johannes gaben.

Als Juha an diesem Abend nach Hause kam, erschrak er so, dass er gar nicht an die ungewöhnlich frühe Geburt des Jungen dachte. Nachdem er sich davon überzeugt hatte, dass alles in Ordnung war, erholte er sich zwar von seinem Schreck, es blieb allerdings ein komisches Gefühl der Leere in ihm zurück, dessen Grund er sich nicht erklären konnte. Es war, als wäre eine unsichtbare Tatsache vor ihm stehen geblieben und hätte ihn gefragt: »Wer bist du?« – »Jetzt habe ich auch noch ein Kind zu ernähren.« Wieder wurde Juha kurz von großer Angst überwältigt. Wieder musste er an das Geld denken – von dem er auch in diesem Moment wohl ein bisschen hatte, das aber trotzdem für nichts reichen würde.

Der unbedeutende Wintertag ging in flimmernde Dämmerung und dann in Dunkelheit über. In Toivolas Hütte lagen drei Geschöpfe, die einander in dieser Nacht unbewusst mieden. Das Baby wollte auch nicht lernen, an der Brust zu trinken; es weinte andauernd.

Dennoch war jener Februarabend nur ein einsamer Punkt im Leben, da auch eine unentwickelte Seele sich in ihren Tiefen rührt. Das Leben blieb bei seiner Entscheidung und ließ das Ehepaar einen Aufstieg erleben. Die Kunde über diesen Aufschwung kam auch dem alten Yrjölä zu Ohren, obwohl Juha ihm nur ausweichend Andeutungen über seine Verhältnisse gemacht hatte. Der Gutsbesitzer wusste bereits, dass es auf Toivola eine Kuh gab, keine eigene, sondern eine geliehene. Das Pferd, ein vom Ostermarkt mitgebrachter Klepper, war dafür ihr eigenes. Der Gutsbesitzer selbst hatte der Kuh sogar ein Weiderecht erteilt, gegen fünfzehn Handdienste, aber eine Weide für das Pferd hatte Juha, wie er verlauten ließ, woanders gepachtet. Diese Nachrichten erweckten jedoch eher das Misstrauen des Gutsbesitzers, und als der Sommer am schönsten blühte, sah man ihn seinen Hof in Richtung Einöde verlassen. Obwohl er etwas schwach auf der Brust war, beschloss er, selbst nachzusehen, was sein neuer Kätner da so trieb.

Der Gutsbesitzer ging nicht direkt zur Behausung, sondern bog kurz vor dem Tor nach links ab und trat erst weiter weg, an einer Stelle wo man ihn nicht leicht entdecken konnte, aus dem Wald an den Rand des Feldes. »Zum Teufel aber auch«, entfuhr es dem alten schnaufenden Mann recht jugendlich, als er erblickte, was seinem neuen Kätner da eingefallen war. »So haust man hier also, wie bei den Vandalen!« Er war nicht nur wütend, in seinem Gemütszustand schwang auch noch etwas anderes mit, das merkwürdig an seiner alten Seele rüttelte. Als würde Juha bereits heimlich versuchen, ihm ebenbürtig zu sein. »So ist das also – das werden wir ja noch sehen!«

Juha hatte weit über einen halben Hektar Land bestellt, obwohl bisher von weniger als der Hälfte die Rede gewesen war. Die Gerste schien erstaunlich gut zu wachsen, obwohl das Land lange brachgelegen war. Doch Juha hatte einen vermoderten Misthaufen entdeckt, den der alte Kräpsälä seinerzeit angelegt hatte, und er hatte ihn nach und nach auf den Acker geschleppt und stellenweise hatte er noch etwas beigemengt, das offensichtlich Pferdeäpfel beinhaltete. Soweit so gut – aber als der Gutsbesitzer Juhas neuen Zaun sah, wusste er nicht, ob er lachen oder fluchen sollte. Ein neuer, flacher Zaun quer durch das Feld, um das bebaute Feld vom unbebauten Acker zu trennen! Und die Zaunpfähle, Bretter und die Zweige stammten aus dem nächstbesten Fichtenwald! Und hinter dem Zaun, auf dem alten Feld stand ein Pferd ganz ruhig neben einer liegenden Kuh. Das war also die anderswo gepachtete Pferdeweide! Von der Verärgerung aufgebracht ging der Gutsbesitzer langsam auf die Hütte zu.

In der Behausung erschrak man furchtbar. Juhas Augen sahen wie graue Knöpfe aus und Riina versuchte unbemerkt noch ein bisschen die Stube aufzuräumen, als der Gutsbesitzer schon vor der Hütte stand. Dieser bemerkte die Erschrockenheit, und das machte ihn um einiges versöhnlicher. Trotzdem hielt er eine strenge Predigt und ließ Juha und Riina zunächst in dem Glauben, dass sie die Kate auf der Stelle verlassen müssten. Der Gutsbesitzer hatte es allerdings nicht eilig, und das war ein gutes Zeichen. Schließlich saß er auf den Stufen und sprach mit milderer Stimme von etwas ganz anderem. Da Juha nun einmal ein Pferd besaß und beinahe auch eine Kuh, könnte er durchaus alle Ländereien der Kate übernehmen und dafür zum Beispiel so-und-so viele Spanndienste, so-und-so viele Botendienste und so-und-so viele Handdienste leisten, und ihm so-und-so viele Beeren, so-und-so viele Kübel, Eimer und Bottiche liefern, und Riina könnte so-und-so viel Leinen spinnen …

Dieser Tag, der schon gedroht hatte traurig zu enden, wurde beinahe noch ein Festtag. Bevor er aufbrach, kam der Gutsbesitzer sogar noch hinein und trank einen Kaffee. Nachdem er gegangen war, herrschte in der Hütte eine stille, erhebende Stimmung. Juha würde ein »leistungsstarker« Kätner werden, der es vielleicht sogar mit einem schwachen Gutshof aufnehmen könnte.

Juha kam es nicht im Entferntesten in den Sinn, das Angebot des Gutsbesitzers durchzurechnen. Nachdem er sich doch so sehr über den drohenden Rausschmiss erschrocken hatte! Jetzt also nichts wie an die Arbeit und den Zaun an einen anderen Ort umsetzen. Völlig sinnlos war es gewesen, ihn hier aufzustellen. Darüber hatte sich der Gutsbesitzer nicht zu Unrecht beschwert.

Juha war ein großer Kätner geworden; nach und nach fing man auch an, ihn Janne zu nennen.

Es ist ein sommerlicher Sonntag. Janne sitzt in Hemdsärmeln vor der Kate und träumt von einer Verbesserung im Allgemeinen und in seinem Leben. Das war bei ihm wie irgendeine Krankheit. Er betrachtete die morsche Ecke der Kate, die sich nach außen wölbte, und dachte angestrengt nach. Er muss sich selbst gegenüber eingestehen, dass er zu Lebzeiten sicherlich nicht mehr in einer neuen Hütte wohnen wird. Die Haare sind ihm schon ausgefallen, und seine Zähne nutzen sich unversehens ab. In der Hütte sind Weib und Kinder, und von letzteren werden noch mehr kommen. Aber diese Hütte ist in einem schlechten Zustand, und es ist vollkommen aussichtslos, vorzuschlagen, eine neue von dem Holz aus dem Wald des Gutsbesitzers zu bauen. »Und womit soll ich sie bauen lassen?« Jeder einzelne Handgriff müsste von Fremden gemacht werden. Das war eine der empfindlichsten Stellen in Jannes Bewusstsein, dass er nicht in der Lage dazu war, ein Haus zu bauen; das war ein leises grundsätzliches Unglück in seinem Leben.

Aber wenn man diese alte Trümmerhütte abreißen würde und dann versuchte, aus dem Holz eine neue, ein bisschen kleinere zusammenzuzimmern? Dagegen könnte auch der Gutsbesitzer nichts einzuwenden haben, da man dafür seinen Wald nicht anrühren müsste. Gleichzeitig würde es ein bisschen wie ein weiterer Schritt vorwärts sein, und er würde sich hinsichtlich des Gutsbesitzers sicherer fühlen. »Ich werde im Winter Geld mit den Papierfuhren verdienen … zum Glück habe ich mein Pferd nicht verkauft, das Geld wäre weg und ich damit verloren gewesen. Ab jetzt muss es besser laufen, und das Weib muss auch ein bisschen in die Schranken verwiesen werden. Tut nichts, als mit den Gören spielen, und wenn man nach Hause kommt, ist alles wie Kraut und Rüben.«

Janne geht zur Koppel. Die Zuversicht, die erwacht ist, verlangt danach, dieses Pferd zu sehen, mit dem nächsten Winter das Papier gefahren wird. Da am Tor steht es, dünn und mürrisch sieht es aus, die Fliegen verscheuchend. Es lässt kurz und hinterhältig seine Augen aufblitzen, als ob es sagen wollte: Da bin ich, verwirkliche du nur deine Träume.

Da ist das Pferd, und dort ist die Kate, und in der Kate das Leben vieler Menschen, das von Tag zu Tag seinen Gang geht, ob die Dinge nun gut oder schlecht stehen. Diesen Gang kann man nicht unterbrechen, von ihm kann man sich nicht befreien. Wenn wieder ein neues Kind auf die Welt kommt, weitet sich dieser Gang nur noch mehr aus und er, Janne, muss dabei mitmachen. Der Yrjölä-Hof gehört auch dazu, und der Gutsbesitzer, und dass es auch nicht einen Fetzen Papier als Vertrag gibt. Es gibt eine ganze Reihe von Kräften, die auf den ersten Blick widersprüchlich scheinen, und dennoch von einem Moment zum nächsten etwas irgendwohin ziehen.

Der Roggen wird reif. Man hätte ihn eigentlich diesen Sonntagabend schneiden müssen, da Janne morgen und übermorgen am Hof arbeiten muss, aber in Jannes Sinn regt sich eine seltsame Lustlosigkeit. Und die Ähren werden doch bis zum Mittwoch noch nicht hinabrieseln, dann kann er die Arbeit gleich am Mittwochmorgen angehen. Alles sollte man besser gleich am Morgen angehen.

Es ist halb drei, im Nordosten rötet sich der Morgenhimmel, aber der lässt sich noch eine Stunde lang Zeit. In der Toivola-Hütte liegt das Weib und schnarcht mit leicht geöffnetem Mund, und da und dort liegen paarweise einige Kinder, die sie geboren hat; man sieht nackte Hinterbacken und Arme. Janne ist alleine auf. Er bewegt sich vorsichtig, damit er niemanden aufweckt. Er flucht auch nur leise zischend, als er an seinem Milchlägel riecht. Der wurde nach dem letzten Gebrauch nicht gespült und verströmt jetzt einen schmutzigen, Übelkeit erregenden Geruch. Er wirft erneut einen Blick auf das schlafende Weib. Er hat schon wieder nicht daran gedacht, ihr am Abend zu sagen, dass sie das Lägel ausspülen soll, und unaufgefordert denkt sie nie daran. Janne lächelt kurz gequält und geht los, um das Lägel zu füllen. Er findet keinen Trichter, und ohne Trichter kann man in das Lägel nichts gießen. Nun ist er schon aus der Hütte raus und kann laut fluchen. Mit einer schmutzigen Kaffeetasse befüllt er schließlich mühsam das Lägel.

Dann ein paar Brote in den Rucksack. Widerwillig muss Janne jetzt auch noch feststellen, dass der Brotvorrat viel zu schnell aufgebraucht worden ist: Da sind Brote auch woanders hingewandert als nur in den Mund! Alles rinnt einem hier durch die Finger, und wenn man noch so viel Aufhebens darum macht. Da schnarcht das Weib, mit ihren Gören in der Hütte, und hier bin ich und bereite mich vor, um für den Gutsbesitzer zur Heuernte zu gehen. Wo ist bloß meine Sichel? Die ist auch nicht geschliffen, ich muss sie beim Gutsbesitzer schleifen. Als Janne dann beim Weggehen den Trichter, den er gesucht hatte, an der Hüttenecke erblickt, wo seine Kinder immer spielen, ist es immerhin das letzte häusliche Ärgernis an diesem Morgen. Er geht bereits den morgennassen Waldweg entlang und genießt bei sich, dass das Werkzeug, das er trägt, diesmal nicht schwerer ist. Auch der zurückbleibenden noch schlafenden Hütte schenkt er von hier aus der Ferne bereits einen beinahe mitfühlenden Gedanken. Nun beginnen die Wunschvorstellungen; dieser morgendliche Gang zum Gutsbesitzer bringt immer irgendeinen guten Gedanken mit sich.

Die Arbeit beginnt um vier, und für den Weg braucht er eine Stunde. Jetzt muss er sich aber ein bisschen beeilen, denn die Sichel muss ja noch geschliffen werden. Doch an diesem wichtigen Tag hat der Besitzer des Yrjölä-Hofs die Morgenglocke bereits eine Viertelstunde früher geläutet und alle sind gerade am Losgehen, als Janne eintrifft. Der Gutsbesitzer steht mit einem zuckersüßen Lächeln auf den Lippen im Hof.

»Seine Frau liegt dem Hausherrn von Kräpsälä wohl immer auf dem Hemdzipfel drauf, dass er nicht rechtzeitig aufkommt«, sagt er, hustet und wendet sich ab. Janne legt seinen Proviant auf den Stufen vor dem Haus ab und beeilt sich, mitzukommen; die Sichel ist und bleibt ungeschliffen, beim Gehen versucht er sie ein bisschen mit dem Schleifstein zu reiben.

Zweifelsohne gab es auch zu dieser Zeit schon den einen oder anderen Missstand im Kätnerwesen Finnlands. Der

Toivola-Janne kannte allerdings noch nicht einmal das Wort Missstand und auch den Begriff nicht; er schuftete weiter und ärgerte sich. Auch an diesem Tag hatten sie kaum fünf Stunden Heu geschnitten, als es so um zehn Uhr herum zu regnen begann, und zwar dermaßen, dass der Gutsbesitzer die Ernte abbrechen ließ. »Kommt dann morgen früh, wenn das Wetter passt«, sagte er. Verdrossen packten die Kätner und die anderen Tagelöhner ihren Proviant wieder ein und gingen im Regen jeder seiner Wege, in Richtung Zuhause, wo sie den Rest des Tages schlecht gelaunt mit ihren Weibern und Kindern stritten. Und siehe da, am nächsten Tag war es tatsächlich so, dass das »Wetter passte«. Wieder mussten sie kilometerweit gehen, mit ihren Lägeln, Rucksäcken und Sicheln und – konnten nur vier Stunden schneiden, bis der Regen schon wieder einsetzte, und dieselbe Wanderung wieder begann, den glitschigen Weg entlang zurück. Die Dauer eines Arbeitstages betrug damals fünfzehn Stunden, von denen somit in zwei Tagen erst neun abgearbeitet worden waren. Gegen Ende der Woche gab es dann Schönwetter, und in diesen Tagen rieselte der Roggen der Kätner leise zu Boden, da die Männer unbedingt beim Gutsbesitzer ernten mussten. Am Sonntag mussten sie dann versuchen, ihre eigene Roggenernte zu retten. Die Beichte musste notfalls in den Herbst aufgeschoben werden, so ärgerlich das dann bei diesen schlechten Landstraßen auch sein mochte.

Die schlechten Landstraßen konnte man so richtig kennenlernen, wenn man im Herbst auf den Hof zum Pflügen ging. Dann brauchte Janne zwar nicht vor drei Uhr aufzustehen, aber dafür war guter Rat gefragt, wie er sein braunes Pferd finden sollte: mit einem weißen wäre es leichter gewesen. Aber wenn der Braune zufällig so ruhig dastand, dass die Glocke nicht klingelte, erkannte man es in der Dunkelheit nur an einem Schnauben. Dann lag da noch diese schlechte Straße vor ihm, auf der die Räder bis zu den Naben versanken. Auf dem Karren stapelten sich der Pflug, die feste Deichsel und die Verpflegung des Tages. Das war eine schwierige Last, die bei jeder Unwegsamkeit herunterzukullern drohte.

Der Tag, an dem gepflügt wurde, war übrigens einer der schwersten, besonders für das Pferd. Der Gutsbesitzer stand dann fast den ganzen Tag selbst mit auf dem Acker; er war im Laufe seines Lebens hinsichtlich der Kätner klüger geworden, sie rührten nämlich kaum einen Finger, wenn der Gutsbesitzer nicht selbst auf dem Feld war. Im Beisein der Kätner arbeiteten sogar die hauseigenen Männer langsamer. Der Gutsbesitzer ging mit einem Stock in der Hand auf dem Acker auf und ab und hustete immer wieder wegen der feuchten Luft. Er blieb stehen und verfolgte, wie der Toivola-Jussi fluchend und kreischend sein Pferd vorwärts zerrte. Der Gutsbesitzer konnte ihm aber anmerken, dass es sich lediglich um ein vorgetäuschtes Antreiben handelte, und als das Pferd auf seiner Höhe wieder stehen blieb, keuchte und das Maul verzog, verpasste er ihm ohne ein Wort zu sagen einen ordentlichen Schlag mit dem Stock. Und da konnte es plötzlich sehr wohl weitergehen. Je weiter der Tag voranschritt, desto öfter musste der Gutsbesitzer dem Pferd mit dem Stock drohen, und trotzdem blieb es im Laufe des Tages ziemlich weit hinter den Pferden des Gutshofes zurück. Das Tagewerk war leidig, insbesondere die Spanndiensttage, sowohl für den Gutsherrn als auch für die Kätner.

Einige Kätner versuchten um das frühe Aufstehen an diesen Morgen herumzukommen, indem sie bereits am Abend mit ihrem Werkzeug auf den Yrjölä-Hof kamen. Aber dem Toivola Janne half das nichts. Einmal hatte er es versucht, als die Arbeit in der Flachssauna schon um zwei Uhr beginnen sollte, aber da hatte er kein bisschen schlafen können, er war bereits um halb eins aufgestanden und hatte in seinem Ärger die Uhr um eineinhalb Stunden vorgestellt und dann die anderen geweckt. Gegen Naturgewalten kommen nämlich auch Stärkere nicht an und in Janne wirkte nun eine Naturgewalt, die bewirkte, dass er nirgendwo sonst einschlafen konnte als zu Hause neben Riina. Trotz aller Schwierigkeiten des Zusammenlebens, trotz der Streitigkeiten und des Schmollens, geschah nämlich jeden Abend noch immer diese eine kleine Sache, dass Janne seine Hand auf Riinas Hals legte. Er legte sie dorthin und tätschelte ihr ein paar Mal die Schulter, drückte und tätschelte wieder – ja doch, das ist wahr, das tat er, und dann erst schlief er ein. Und er übernachtete nicht noch einmal auf dem Yrjölä-Hof, sondern stand selbst an den Morgen, an denen der Flachs in der Sauna getrocknet werden musste, lieber um ein Uhr auf, hob die schwere Breche auf seine Schultern und legte die schlammige Wegstrecke unter großen Anstrengungen in stockfinsterer Herbstnacht zurück.

So ein Flachstag war übrigens einer der mühsamsten Arbeitstage des Jahres. Beim Flachsbrechen entstand immer ein Wettkampf, und dieser dauerte von zwei Uhr bis zum Tagesanbruch; einen Schnaps bekamen sie zwischendurch. Dann wurde gefrühstückt und anschließend ging es mit dem Proviant in den Wald, um Scheite zu sammeln. Dort blieben sie, bis es dämmerte.

Auf diese Weise wurde in jenen glücklichsten Jahrzehnten unseres Volkes gearbeitet, als der materielle und geistige Fortschritt auch hier im hintersten hohen Norden mit Riesenschritten vorankam, beim Wacholdervolk, das Gott fürchtete und seinen großen sanften Herrscher aufrichtig liebte.

Mit Toivola-Jannes Papierfuhren wurde es im nächsten Winter Ernst. Dafür bekam man Geld, über zehn Mark konnten es in seinem Beutel sein, wenn er nach einer zweitägigen Reise heimkehrte. Das war nicht alles mit Papier verdient, auch Buttergeld war dabei. Und dieses Geld hatte es so an sich, dass man nicht wusste, wohin es verschwand. Man konnte auch nicht behaupten, dass man nun besonders viel besser gelebt hätte als zuvor. Die Schattenseiten der Papierfuhren waren dagegen offensichtlich, obwohl der Toivola-Janne sie nicht wahrhaben wollte. Das Pferd wurde immer magerer und fauler, sodass, wenn es sein Tagewerk beim Yrjölä-Hof verrichtete, der Stock des Gutsbesitzers nicht mehr nur beim Pflügen auf seine Flanken knallte. Häufig blieb auch der Mist im Stall liegen und die Kuh wurde mit Stroh trockengerieben, weil niemand Zeit fand, mit der Axt Reisig zu schlagen.

So war das, aber die Aussicht auf einen Zehn-Mark-Schein nach dem anderen verführte Janne immer wieder aufs Neue zu den Papierfuhren. Immer häufiger wurden die frühen Morgen, an denen er nach Tampere losfuhr, und auch die späten Abende, an denen er von dort wieder zurückkehrte. Jemand hatte ihm schon den Beinamen Papier-Janne gegeben, da man ihn mindestens zweimal in der Woche beim Papierspeicher der Fabrik in Kuuskoski antraf. Und wenn man in Jannes Nachbarschaft etwas brauchte, sagte man:

»Ich geh einfach zum Toivola. Janne bringt es bestimmt aus Tampere mit, wenn er wieder eine Papierfuhre macht.«

Aber dann kam es zu dieser einen verhängnisvollen Papierfahrt.

Janne hatte zweieinhalb Liter Schnaps gekauft, und der halbe Liter gehörte ihm selbst. Es war kalt, er fror an den Füßen und im Gesicht, sein Pferd war bereits mit Reif überzogen. Auf halbem Weg nahm Janne den ersten Schluck, und von da an bewahrheitete sich das Sprichwort darüber, was passiert, wenn man jemandem den kleinen Finger reicht. Janne hatte einen ordentlichen Rausch, als er wieder zu Hause ankam und noch einen Abstecher zu den Anstiftern machte, um ihnen ihren Anteil vom Schnaps zu bringen. Da Janne schon so gut in Fahrt war, tranken sie gleich weiter, und Janne hatte es nicht eilig. Er blieb bis kurz vor Mitternacht bei seinem Nachbarn, stritt sich ein bisschen und versöhnte sich wieder. Aber im Laufe des Streits stichelte ihn das Weib des Hauses wegen Riinas heimlichen Brotverkäufen. Janne hatte zwar bereits Wind davon bekommen, aber er ging trotzdem an die Decke, und da er nicht so richtig wusste, womit er dieses hochnäsige Weib zurechtstutzen konnte, verlangte er, die Taschenuhr des Nachbarn zu kaufen, die er dort am Fenster hängend entdeckt hatte. Der Nachbar hatte nichts einzuwenden, wenn man sich nur über den Preis einigte. Das tat man, und Janne machte sich mit einer Uhr und etwas über einer Mark Geld in der Tasche auf den Weg. Aber in seinem Inneren tobte der frühere Nikkilä-Penjami.

Ächzend fuhr er vor seiner Kate vor, nahm seinem wankenden Pferd das Zaumzeug ab und dann – dann ging er in die Hütte hinein. Dort hatte man sich bereits hingelegt. Janne zündete die Lampe am Ofen an und sagte leise, aber mit drohender Stimme: »So liegt man hier also herum.« Er zieht sich seine Jacke aus, niemand wacht auf. Er zieht sich seine Weste aus, schleudert sie mit Schwung auf den Fußboden und kreischt: »Aufstehen, ihr Nichtsnutze!« Riina, Kalle und Hiltu schrecken hoch, als hätte man ihnen einen Hieb versetzt, und es fehlt nicht viel, dass sie auch tatsächlich einen abbekommen, weil Janne bereits einen Holzscheit vor dem Ofen aufgehoben hat und schreiend und fluchend in der Hütte herumrennt. Das Weib und die Kinder können sich halbangezogen durch die Tür in die winterliche Nacht retten. Etwas Vergleichbares ist in dieser Familie noch nie vorgekommen.

Janne ächzt alleine in der Hütte. Doch er ist nicht ganz allein: Im Bett liegt wach und regungslos der kleine Ville, der früher der Flinkste von allen war. Seine Regungslosigkeit ist merkwürdig; Janne nähert sich ihm, der Rausch verfliegt langsam. Der Junge schreit auf, richtet sich jedoch nicht auf. »Habe ich dir vorhin wehgetan?« Keine Antwort, nur ein zitternder Blick. Janne ist unglücklich und ratlos, er schaut sich um, erblickt seine Weste auf dem Fußboden und Scherben von der Uhr. Er bückt sich, um nachzuschauen: zerstört ist der Anker des Topias. Janne erinnert sich an alles und bricht zusammen. Er ist doch gerade erst von einer Papierfuhre aus Tampere zurückgekehrt.

Die Wut hat sich gelegt und an ihre Stelle ist ein bedrückendes Schweigen getreten. Riina schleicht mit den Kindern steif gefroren und schluchzend zurück in die Hütte. Kalle fürchtet sich besonders. Aber der Vater bemerkt davon nichts, er sitzt bloß stumm da und starrt in eine Richtung. Dann beginnt er einzudösen; er schafft es aus eigener Kraft noch ins Bett, wo er halb angezogen einschläft.

Das sind Zeiten! Riina entweicht ein zitternder, weinerlicher Seufzer. Janne hat noch nicht erfahren, was hier während seiner Abwesenheit geschehen ist, er wütete aus anderen Gründen. Riina zieht sich ihren Rock an, um nach dem Schlitten und dem Pferd zu sehen. Sie bemerkt Kalles boshaften Blick. Gestern hat er Ville mit einem Stock gegen die Wirbelsäule geschlagen, sodass Ville wahrscheinlich verkrüppelt bleiben wird. Eine Sturzflut an Leid bricht über Riina herein: Gerade eben hat sie deutlicher als jemals zuvor in Kalles Gestalt Züge seines Vaters, seines w i r k l i c h e n Vaters erkannt. Riina wird von der widerlichen unverhohlenen Bitterkeit beinahe erdrückt.

Wieder ist das Leben auf eine neue Stufe gerückt worden. Morgen hätte Janne mit seinem Pferd zum Spanndienst auf den Yrjölä-Hof fahren sollen, aber dazu ist das Pferd nicht in der Lage, und der Mann auch nicht wirklich. Den Tag musste man dem Gutsbesitzer schuldig bleiben. Janne mistete den Stall aus, da die Kuh mit dem Rücken beinahe schon an der Decke stand. Diesen Winter hatte er wegen der Papierfuhren keine Zeit gehabt, den Mist auf den Acker zu fahren. Und die bisherigen Papierfuhren hatten in Summe etwas mehr als eine Mark eingebracht – sowie die Scherben von der Taschenuhr auf dem Stubenboden. Und Ville lag noch immer mit Rückenschmerzen im Bett.

Dieser Tag war unbeschreiblich bedrückend. Diese Unglücklichen konnten sich nicht einmal gegenseitig beschuldigen, weil sie alle schuld waren. Das Leben des Sohnes Kalle wurde von diesem Zeitpunkt an jedoch dermaßen ungemütlich, dass ihm Riina heimlich eine Dienststelle weit weg im Dorf verschaffte. Auf diesem Wege verschwand

Kalle von zu Hause. Als ältestes Kind blieb Hiltu zurück, ein blasses und schweigsames Mädchen. Aber Riina war gerade schwanger und daraus wurde auch ein Mädchen geboren, Lempi. Danach kam noch ein Junge, Martti. So kamen sie und kamen sie.

Unter solchen Umständen kommt es zu keinen großen, völligen Zusammenbrüchen, wie in besser entwickelten Verhältnissen. Es kommt nur zu leichten Schubsern, die den Gang des Lebens gewissermaßen von einer Stufe auf die nächste verschieben. Wenn der Schubser vorüber ist, erinnert man sich nicht einmal mehr daran, sondern macht auf der neuen Stufe weiter. Denn es ist ja das gleiche Leben in all seinen Ausformungen, und in dieser Hinsicht gibt es nichts Unbedingtes, außer, dass man es leben muss.

Ville erholte sich zunächst ganz gut von den Schmerzen, er ging schon herum, aß und schlief. Aber dann begann der Rücken wieder Ärger zu machen, und schließlich fing er an zu eitern. Da hatte man schon die vielen erschütternden Dinge vergessen, die sich zu der Zeit ereigneten, als auch Villes Schmerzen ihren Anfang nahmen. Es wurde nur gelebt und die dahinsiechende Behausung bewohnt. Man ließ alles schleifen: Es konnte sogar passieren, dass einem eine solche Unbedachtheit unterlief, dass man das Pferd verkaufte.

So vergingen die Jahre und wurden zu Jahrzehnten.

Der Lebenszyklus vom Toivola-Juha – es ist schon wieder angebracht, ihn Juha zu nennen – beginnt sanft abzufallen, der fest zupackende Lebensgriff des mittleren Alters ist erschlafft. Wenn man sein jetziges Leben ganz unvoreingenommen betrachtet, kann man da schon so eine Stimmung erkennen, wie bei einem langen, tiefen

Seufzer, der einem gut verdienten Schlaf vorangeht. Aber wenn alles weh tut, kann man nicht einschlafen; dann muss man viele solcher Seufzer loslassen, bis sich der Kopf zum Schlaf neigt. Noch bleibt Zeit, viele Male verbittert zu sein und sich wieder zu versöhnen, bis der große, befreiende Schlaf endlich kommt.

Juha hat sein Pferd verkauft, und das Geld ist aufgebraucht. Das letzte ging in der Apotheke für Villes Medizin drauf, als Wechselgeld bekam er nur ein paar Pfennige zurück. Dem Gutsbesitzer schuldet er bereits viele Wochen Spanndienste, auch Handdienste hat er zu wenige verrichtet. Erst zwölf und es ist bereits Mitte des Sommers. Er hat versucht, dem Gutsbesitzer zu erklären, dass er noch kein geeignetes Pferd zum Kauf gefunden hat. Der Gutsbesitzer schweigt dazu.

Der alte Yrjölä ist bereits verstorben. Sein Sohn Taavetti ist jetzt Gutsbesitzer. Er hat sogar die Schule für Landwirtschaft absolviert. Und er hat verkündet, dass er, der Sohn, nicht an die Pachtverträge aus der Zeit seines Vaters gebunden sei; er müsse sie nicht anerkennen, wenn er nicht wolle. Er hat den Yrjölä-Hof gekauft, und im Grundbuch ist keine Rede von irgendwelchen Katen. Das sagte er, als er den Hof übernahm, doch bisher hat er wenigstens alle seine Kätner »anerkannt«.

Aber was sollte er mit dem alten Toivola wegen der vielen ausstehenden Spanntage machen?

Es ist ein windstiller, warmer Sonntagnachmittag, gegen drei Uhr. Der Toivola-Juha sitzt hemdsärmelig, barhäuptig und barfuß auf den Stufen vor seiner Hütte. Äußerlich ist ihm warm und angenehm zumute, und beinahe auch innerlich. Er kann nicht mehr, kann nicht mehr andauernd über die Pferdesache nachdenken, aber er will sich auch noch nicht ganz eingestehen, dass er womöglich kein eigenes Pferd mehr bekommen wird. Alles kommt kurz zum Stillstand, wie wenn der Wind sich dreht. Es ist der milde gewordene Gemütszustand eines alten Mannes, immer den Tränen nah.

Aus der offenen Stubentür dringt hin und wieder das schwache Wimmern des kranken Ville. Riina geht zu ihm, um ihn zu fragen, ob er nicht etwas trinken will. Etwas anderes können sie nicht mehr für ihn tun, als seinen Mund zu befeuchten. Seine Versuche, Essen zu sich zu nehmen, sind schon seit ewigen Zeiten erfolglos geblieben. Die Medikamente sind aufgebraucht. Auch wenn sie kein bisschen helfen, wünscht man sie sich jetzt dennoch herbei, jetzt, da das Ende naht. Es ist so bedrückend, wenn man nicht einmal mehr Medikamente hat. Nichts anderes als Wasser, um den Mund zu befeuchten, was das Kind jedes Mal demütig annimmt.

Je länger Juha da sitzt, desto öfter hört er das Wimmern und wie etwas zum Trinken angeboten wird. Der in der weiten Welt lebende Kalle, die Ursache für diese Schmerzen, kommt Juha nicht einmal zufällig in den Sinn. Und er ist in diesem Moment nicht einmal Riina böse. Riina ist zwar schlaff und schlampig, aber dieses Kreuz trägt sie ohne zu murren.

Dieser weich gewordene Kummer erzeugt in Juha ein eigenartiges Gefühl der Harmonie. Die ermüdende Schönheit des Tages bekommt in seinen Augen denselben harmonischen Anstrich, und als ihm wieder die Pferdefrage in den Sinn kommt, fällt es ihm nun leichter. Villes Wimmern ist wie die Segnung dieser Sache, als würde Ville auch ein Pferd haben wollen. Als würde Ville mit seinen Qualen genau das verdient haben.

Juha steht auf, diese Sache will er jetzt nicht gerade in Angriff nehmen, er zieht sich einfach so die Stiefel und die Jacke an und geht los. Und doch geht er immer weiter auf das Dorf zu und weiß, dass er bis zum Pirjola-Hof gehen wird. Dort wird er dann erst entscheiden, ob er mit dem alten Pirjola über diese Angelegenheit sprechen wird. Vielleicht trifft er ihn irgendwo draußen an, sodass es auch am Platz ist, über andere Dinge zu sprechen, wenn er dann doch nicht die ganz großen Dinge ansprechen will.

Und der alte Pirjola ist tatsächlich auf seinem Tabakfeld, und sie reden ziemlich ungezwungen über andere Dinge. Der Alte fragt ihn auch mit seiner sanften Stimme, wie es dem Jungen geht, ob es mit ihm noch immer nicht zu Ende gegangen ist. Nein, noch nicht. »Hmm, lang wird dieses arme Kind geprüft.« Der Alte will hineingehen und sagt: »Willst du kurz mit reinkommen, eine rauchen?« »Nein, diesmal nicht, ich muss eigentlich noch weiter«, antwortet Juha und schluckt.

Er geht weiter, ohne irgendetwas entschieden zu haben. Sein Körper mit all seinen Sinnen geht immer weiter, die kurvenreiche Landstraße entlang, aber sein Bewusstsein nimmt keinen Anteil an diesem Vorankommen. Und so spaziert er am Sonntagabend zu der Tür eines Hauses hinein, das ihm in der ganzen Ortschaft am fremdesten ist. Er betritt die neuen Räume des Nikkilä-Hofes in Harjakangas. Und wenn er schon mal bei fremden Menschen ins Haus gekommen ist, muss er seine Anliegen vorbringen, sonst würde man ihn für verrückt halten. Und er spricht über sein Anliegen mit dem Hausherrn, der früher einmal Ollila-Anttoo hieß und der jetzt ein Mann in mittleren Jahren ist. Und das ist Anttoo überhaupt nicht unangenehm. Seine Stimme ist genau so laut, wie wenn er dem

Knecht in den Stall hinüberrufen würde, welches Zaumzeug dieser nehmen soll. Juha spricht mit seiner herzlichsten Stimme über Villes langwierige Leiden, wie teuer die Medikamente sind und über alles. Darauf sagt Anttoo:

»Aber ich weiß es so genau, dass ich nie im Leben auch nur einen Pfennig zurückbekommen würde, und ich bin kein Mann, der sein Geld zum Fenster rausschmeißt.«

Er geht mit jugendlichem Eifer im Zimmer hin und her, sucht nach etwas und geht dann hinaus. Juha steht auch auf und geht, ohne im Geringsten entmutigt zu sein. Aber durch die Küche traut er sich nicht mehr hinauszugehen; er schleicht zu der großen Veranda, deren vielen kleinen Fenster jedes Mal, wenn eine Tür geht, zornig klirren. Als er über den Hof nach draußen auf den Pfad gelangt ist, fühlt er sich frei und sicher. – Da ist er jetzt aber weit weg von zu Hause gelandet, an diesem Sonntagabend. Die Luft wird bereits kühler, und sie ist erfüllt von einem feinen rötlichen Flimmern nach einem langen glücklichen Tag.

Das Korn im Dorf trägt bereits Ähren, und im Wald duftet die rasenbedeckte Erde feucht. Während einer solchen Wanderung denkt nicht einmal der elendste Mensch nur an Alltägliches. Auch Juha denkt nicht an die Arbeit der beginnenden Woche, er denkt nicht einmal an seine Pferdesache. Es liegt das wehmütige Gefühl einer windstillen Sommernacht in der Luft, das unbewusst unbedeutende Erinnerungen an weit zurückliegende Ereignisse eines langen Lebens beinhaltet. Eine übernatürliche Ahnung von Glück hält ihn in trügerischer Weise aufrecht. Zu Hause in der Hütte haben sich alle bereits hingelegt; sogar Ville konnte auf seinem zerschlissenen Bett Schlaf finden. Riina wacht kurz auf, als Juha sich neben sie legt, schläft aber gleich wieder ein; sie will diese Zeit in Gänze ausnutzen, in der Ville auch schläft.

Glücklich ist Finnlands Sommernacht. Nachdem die Natur in ihrer alltäglichen Gestalt einen Mann im Lauf der Jahrzehnte völlig ausgelaugt hat, ihn vorwärtsgestoßen und -gezogen hat auf dem von Glück und Unglück gesäumten irreführenden Weg, befreit sie in einer beliebigen Sommernacht das Bewusstsein des alten Mannes von all den täglichen Prüfsteinen und lässt es in den Frieden seiner verträumten Landschaften hinübergleiten ... Der Besuch auf dem Nikkilä-Hof hatte Juhas seltsamen Gemütszustand nur noch anschwellen lassen. Nichts wäre jetzt unmöglicher gewesen, als an Arbeit und Mühsal zu denken. Das Glück muss nun auf anderem Wege kommen. Villes Atemzüge sind von seinem Bett her zu hören. Juha wünscht nicht seinen Tod, aber er glaubt auch keineswegs, dass Ville noch mal gesund wird; darum geht es nicht ... Juha kann stundenlang nicht einschlafen, er versucht es nicht einmal. Schließlich finden seine Gedanken die richtige Richtung. Er wird nicht mehr zum Pirjola-Hof gehen und auch zum Nikkilä-Hof nicht, er wird vielmehr zum Tuorila-Hof gehen, dort, hinter Tampere. Dort hat er doch Verwandte. Er denkt nicht an das Geld für ein Pferd und an nichts Genaues, es ist nur so, dass er einfach diesen Sommer dort hingehen muss. Nachdem seine Gedanken zu diesem Ergebnis gekommen sind, beruhigen sie sich. Er steht vom Bett auf, geht kurz im Hemd zur Treppe und kehrt bald wieder zurück, als ob er befürchten würde, dass der nächtliche Himmel seinen herangereiften Gedanken zerstören könnte. Dann schläft er.

Am nächsten Morgen steht er aber auf und macht sich tatsächlich auf den langen Weg. Er schildert Riina Tuorilas Verhältnisse und macht geheimnisvolle Andeutungen darüber, dass er von dieser Reise nicht mit leeren Händen wiederkehren werde. Riina murmelt etwas von Handdiensten, dem kranken Jungen und dergleichen, aber dann gibt sie nach und verfällt wieder in Gleichgültigkeit, und Juha darf diesen schlafwandlerischen Ausflug antreten, von dem er erst am Tuorila-Hof aufwacht.

Eine so merkwürdige Phase ging der neuen Zeit voraus, und die musste dieser unverwüstliche Juha noch durchleben.

Juhas Onkel K. Tuorila war als angesehener Gutsbesitzer gestorben und hatte einen gebildeten, hohen Geist im Haus hinterlassen, in das der Besuch des zwielichtigen Juha ganz und gar nicht hineinpasste. Die jungen Erben hatten den Hof übernommen. Der junge Gutsbesitzer erkannte Juha bald und führte ihn aus der Küche durch das Vorzeigevorzimmer in die Kammer. Genau in diesem Moment läutete im Flur der Telefonapparat, ein Gerät, das Juha noch nie im Leben aus der Nähe gesehen hatte. Ein stämmiger junger Herr eilte herbei und hob ab, es war der jüngere Bruder des Gutsbesitzers. Er sprach zwar Finnisch, aber Juha verstand kein Wort, obwohl er jedes einzelne hörte, da die Türen offen standen: »... Volksdichtung ... die Wepsen ...« »Lade ihn auch mal zu uns ein«, rief ihm der Gutsbesitzer aus der Kammer zu.

Mit demselben Herrn musste Juha in erster Linie dann auch vorlieb nehmen, und dieser Herr war ihm äußerst gewogen. Er bedrängte Juha geradezu, wollte von ihm »Volksdichtung« hören, von der Juha nicht wusste, was das sein sollte. Bei »Märchen« konnte er erahnen, was damit gemeint war, und er kramte in seinem Gedächtnis, und konnte sich beim besten Willen an kein einziges

»Märchen« erinnern, nicht einmal wenn der Teufel hinter ihm her gewesen wäre. Stattdessen lenkte er das Gespräch auf die Verhältnisse in seinem Zuhause, und auch dabei hörte der Herr zu und sagte oft: Soso. Zum Schluss gab er ihm z e h n M a r k und führte ihn dann in ein Zimmer, wo ein Schlafplatz für ihn vorbereitet worden war. Dann entfernte er sich und sagte: »Gute Nacht!« »Ebenfalls«, entgegnete Juha.

Juha blieb allein in dem Zimmer zurück, in dem die Luft berauschend frisch war, und es außerordentlich sauber roch. Seine ganze Reise hierher erschien ihm inmitten dieser Sauberkeit wie irgendeine wundersame Begebenheit, an der er selbst keinen Anteil gehabt hatte. Er untersuchte die sonderbare Anordnung der Leintücher seines Bettes. Sie waren aus dünnem, sehr weißem Stoff, und es waren zwei, und eines davon war unbegreiflicherweise an der Bettdecke festgezurrt. Juha machte es los und breitete es unter sich aus, dachte noch an seinen Zehn-Mark-Schein und legte sich dann auf das Bett.

Von sehr weit her glaubte er Villes Wimmern zu hören, so, dass er erst einen Moment später merkte, dass es tatsächlich so gewesen war. Sein ganzes Wesen wurde von einer wehmütigen Sehnsucht erfasst. Seine Sinne erwachten aus dem langen Wahn, aber sein erschöpfter Körper schlief überwältigt von dem Duft nach Sauberkeit ein.

V

Der Tod gibt sein Bestes

Die Hundstage sind drückend heiß und lang. Das Wesen eines solchen Tages ist am ehesten auf einer etwa zwanzig Kilometer großen Heide erfahrbar, die sich zwischen zwei fruchtbaren Gemeinden ausbreitet und durch die hindurch sich die seit Menschengedenken bekannte Landstraße, die Straße nach Ostbottnien schlängelt. Allein unterwegs auf dieser Landstraße, haben Männer von Generation zu Generation gespürt, wie die Angst vor der Einöde in ihrem Blut vibriert, während sie auf ihren Karren aus der Stadt zurückkehrten. Sie haben, den trüben Blick nach innen gewandt, im Laufe dieser langen Kilometer ihren vom Schnaps entblößten kindischen Wesenskern betrachtet, haben sich ihrer Vergangenheit erinnert und ihre Zukunft geplant, um dann endlich, wenn das erste Dorf in Sicht kam, vor Erleichterung loszubrüllen. Dort, mitten auf der Heide, haben auch die kleinsten Bodenerhebungen eigene Namen, die man in zwei, drei Gemeinden sehr gut kennt; mit Hilfe dieser Bodenerhebungen hat man bereits unzählige Male die Fahrtdauer geschätzt, während man sie herauf fuhr, hat man darüber nachgedacht, wie die Dinge zu Hause stehen, hat insgeheim unter dem großen unbekannten Druck demütig nachgegeben. Auf beiden Seiten des Weges entfaltet sich ein ebenmäßig gleichförmiger Kiefernwald, den unmöglich jemand sein eigen nennen kann. Dort singt kein Vogel, dort schlägt kein Hase seine

Haken. An einer Stelle hat man irgendwann einmal versucht, eine Hütte zu errichten, sie vielleicht auch schon bewohnt, aber nicht lang durchgehalten. Die Bretter, mit denen die Fenster zugenagelt wurden, sind auch schon grau geworden.

Nur die Bremsen folgen den Reisenden im Sommer von einem Dorf zum nächsten, sie kreisen den ganzen Weg lang um das zunehmend erhitzte Pferd.

Es ist Mittag. An einer geschützten Stelle neben der Landstraße sitzt von der Hitze ermattet der Toivola-Juha. Zuvor war er am Tuorila-Hof gewesen, es sind bereits mehr als zwei Tage und zwei Nächte vergangen, seit er von dort aufgebrochen ist, und jetzt ist er erst hier. Langsam ist die Reise vorangegangen. Übernachtet hat er in der ihm schon bekannten Unterkunft beim Kaufmann, am Morgen hat er sich ein Brot gekauft und es gegessen. Er hat auch ein halbes Kilo Kaffee gekauft und ebenso viel Zucker, und in seinem Geldbeutel hat er acht Mark und eine Fünf-Pfennig- und eine Drei-Pfennig-Münze. So viel ist ihm noch von den zehn Mark übrig geblieben, die der junge Tuorila ihm gegeben hat. Es ist schwierig zu entscheiden, wofür man das Geld ausgeben soll. Nach Hochprozentigem hätte es ihn schon ein bisschen gelüstet, aber er konnte sich doch nicht dazu entschließen, den Schnapsladen zu betreten. Diese paar Mark waren der Ertrag dieser feierlichen Reise und deswegen dreimal so wertvoll. Sie peinigten und ärgerten ihn. Zu Hause warteten zwanzig Stellen, an denen sie unbedingt gebraucht wurden, und für die meisten reichten sie nicht. Ein Pferd kann man davon jedenfalls nicht kaufen – und außerdem: ein Pferd, hm. Dieser Gedanke mündete immer in einem kurzen, bitteren Lächeln.

Im tiefen Frieden der Heide kann Juha seiner Niedergeschlagenheit freien Lauf lassen. Hier braucht man sich über niemanden zu ärgern und auch nicht gewitzt zu tun. Nach der langen Reise nähert er sich nun seiner Heimatgemeinde – übermorgen früh ist es eine Woche seit seiner Abreise –, und das Gefühl einer solchen Rückkehr ist immer gelinde traurig, und wenn die Reise noch so peinlich verlaufen ist. Und besonders wenn die Reise wirklich peinlich verlaufen ist, muss ein alter Mann beinahe weinen, sobald er sich wieder seinem vertrauten, elenden Zuhause nähert. Und der Toivola-Juha ist jetzt schon alt. Er ahnt, dass diese Reise, seine längste Reise seit Jahrzehnten, gewissermaßen eine tückische Schwelle darstellt, hinter der es so tief hinuntergeht, dass ein Unbedarfter bei ihrer Überschreitung bedenklich ins Wanken gerät. Der Toivola-Jussi ist ins Alter hinein gewankt. Das fühlt er jetzt, während er so dasitzt, zurückkehrt aus jener Gegend, in der er einmal, zum Ende seiner Kindheit, seine Mutter sterben sah.

Das Alter ist jetzt da und einer seiner Verbündeten, der Teufel der Selbstprüfung, hat sich zum ersten Mal richtig mit eiserner Hand an dem wehrlosen Jussi festgeklammert. Diese fünftägige Reise ist wie eine kurze Zusammenfassung der Gedanken und Mühen seines gesamten Lebens; das Leben rückt gewissermaßen weiter weg, sodass er es richtig sehen kann, und all die tausend und abertausend kleinen Dinge des Lebens, die niemals von Grund auf bejahend gewesen sind, werden auch sichtbar. Von denen gibt es so, so, so viele, dass, wenn sie alle gleichzeitig in das Gehirn drängen, damit über sie nachgedacht wird, der Körper sich unweigerlich zusammenkrampft und los will, um die Reise fortzusetzen, wie schon oft zuvor. Aber diesmal gibt der Teufel nicht auf. »Du bist müde, der Tag ist heiß, der Weg ist noch weit, und was dich zu Hause erwartet, weißt du allzu genau; bleib du nur sitzen, du Verwandtenbesucher.«

Bei dem Gedanken an die kindischen Hoffnungen, die er bei Antritt dieser Reise hegte, spuckt er auf den Boden. Den Handdienst hat er diese Woche auch nicht verrichtet, wie viele Tage schuldet er dem Gutsbesitzer wohl schon? Spanndienste hat er schon seit dem Frühjahr nicht mehr geleistet; ich habe mein Pferd verkauft, ich habe es tatsächlich verkauft, und jetzt muss ich mit einem Schlag die Wahrheit anerkennen, dass ich kein neues mehr bekommen werde. Von dem Geld sind die drei Pfennig aus der Apotheke übrig, die noch immer ganz unten in seinem Geldbeutel liegen. Damit hängt unmittelbar eine neue, noch bitterere Abfolge von Gedanken zusammen: Riina – die habe ich damals geheiratet – sie ist noch immer derselbe Mensch – mit der bin ich durch alle diese Jahre gegangen und neben ihr habe ich meine Nächte verbracht … Der ganze Riina-Begriff kommt in sein Bewusstsein gerauscht, als würde es sich dabei um etwas vollkommen Neues und Überwältigendes handeln … er sieht alle widerwärtigen Eigenschaften Riinas als ungeheure und endgültige Tatsache, die er unfassbar liebgewonnen hat. Riina ist nicht von ihm abhängig und er nicht von Riina; sie hängen Seite an Seite vom Leben ab. Durch unsichtbare Kanäle haben sie während der jahrzehntelangen Unannehmlichkeiten unversehens gegenseitig ihr säuerliches Wesen in sich aufgesogen; wenn sie miteinander streiten, streiten sie mit sich selbst. Jeden Sommer besuchen sie zusammen die Konfirmationsmesse, und sie können die Nacht nirgendwo anders mehr verbringen, außer unter einer gemeinsamen Decke, ohne auch nur ein Wort miteinander zu wechseln, hustend, sich herumwälzend und seufzend.

In dem vertrockneten Bewusstsein des alt gewordenen Juha versucht jetzt dieses Naturphänomen, dieser Prozess, den man die Bildung der Lebensanschauung nennt, zaghaft in Gang zu kommen. Diesem glatzköpfigen, mageren Jussi würde es natürlich viel, viel leichter fallen, fliegen zu lernen, als die eben erwähnten Worte und deren Bedeutung zu verstehen, aber dennoch wird dieses Phänomen zu gegebener Zeit auch in ihm wirken, wie das Blatt im Herbst vom Baum fällt, obwohl der Baum von dem dazugehörigen biologischen Prozess nichts versteht. Juha glaubt nun ganz deutlich erkennen zu können, wie das Leben beschaffen ist. Es ist wie aus irgendeinem bitteren und langweiligen Stoff, von dem man dem Menschen weit mehr aufbürdet, als er verträgt, sodass er deswegen immer halb ausgelaugt ist, daran immer fast zu ersticken droht; es ist, als ob man ganz allein in einer riesengroßen Scheune ausladen soll, in die zehn Pferdepaare ununterbrochen im Laufschritt Heu fahren. Bis man endlich stirbt …

Der Gedanke an den Tod lässt Juha vom Straßenrand aufspringen und einigermaßen rasch weitergehen. Er ist betagt, fünfzig Jahre alt; wie und wann wird er sterben? Er wehrte sich gegen den Gedanken, dass auf irgendeine Weise dieser breite Zusammenschluss auseinanderbrechen könnte, aus ihm und seiner Familie und all den dazugehörigen kleinen und großen Umständen, der seit uralten Zeiten – seit wann? – seit der Entstehung der Welt besteht; anders kann man es nicht ausdrücken, so allumfassend ist diese Sache. Diesen Zusammenschluss kann man doch mit der Welt gleichsetzen. Die anderen

Menschen, die um einen herum leben und sterben, das sind die zu diesem Zusammenschluss gehörigen Umstände. »Aber sterben werde ich trotzdem.« Wie ist es wohl, das Lebensende? Gott? Hier ist nun also die Lücke, in die Gott hineingehört. Jetzt begreife ich Gott erst richtig. Er sorgt dafür, dass mein Tod reibungslos verläuft, er gleicht alles irgendwie aus, damit diese unbegreifliche, langweilige, große und unverzichtbare Welt, also das Leben, nicht zusammenbricht, wenn ich sterbe.

Juhas ursprünglichen Gedankengang kann man unmöglich in Worte fassen. Er kehrt soeben allein von dieser dummen und für die Leute am Tuorila-Hof so vollkommen unerklärlichen Reise zurück, an deren Ziel seinen geheimen und klugen Absichten so restlos die Flügel abbrannten. Und während er da alleine in Gedanken versunken wandert, fühlt er, dass er unumstößlich der Mittelpunkt dieses ihm bewussten Lebens ist, ganz so, als befände er sich ständig im Mittelpunkt des Himmelszeltes. Er ist allein und die Welt ist um ihn herum; dieser Tag ist wie eine Mischung aus einem Werk- und einem Feiertag, da er sich völlig erschöpft und auch sonst hoffnungslos durch die ihm bereits vertraute heimische Gegend schleppt. Sogar seine eigene Hütte wirkt verändert, als hätte auch sie sich in der Zwischenzeit Gedanken gemacht. Vielleicht gibt es dort ein bisschen Brot, jedenfalls kann man jetzt mit den acht Mark eine ganze Menge davon kaufen. Ich bin tatsächlich zu Hause angekommen. Seltsam fremd fühlt es sich aber noch immer an.

Mit letzter Kraft steigt Juha die beiden Stufen zur Veranda hinauf, gelangt ins Vorzimmer und hat gleich den bekannten, stickigen Geruch nach verfaulendem Holz in der Nase. Riina sitzt auf der Bank hinten im Raum, näht an einem seltsamen weißen Kleid und fragt nichts (Grußworte verwendet man unter den Familienmitgliedern ohnehin nicht). Ville ist nicht zu sehen.

Das seltsame Äußere der Stube verstärkt noch den bereits von der Straße gewonnen Eindruck. Ville ist in der Zwischenzeit verstorben. Sie warten, wer zuerst zu sprechen beginnt. Auch die Kinder schweigen. Über Fragen, die eine Art verhaltener Verärgerung spüren lassen, nahern sie sich langsam der Hauptsache an, wobei Juha zum alleinigen Fragensteller wird.

Juha hat Stiefel und Jacke ausgezogen und sitzt, als der Abend kühler wird, auf der Veranda seiner Hütte. Die vom Feiertag geprägte Stimmung hält zwar noch an, aber seine Weltanschauung, die gerade erst im Entstehen begriffen ist, hat einen Schlag abbekommen und droht erschüttert zu werden. Villes Tod ist eine so große Erleichterung, dass man es so schnell nicht begreifen kann. Wird dieser bittere und langweilige Stoff um ihn herum einen Riss bekommen und wird es aufklaren, sodass er noch aus diesem Meer des Lebens an die Oberfläche aufsteigen kann, um zu atmen?

Sogar die Reise zum Tuorila-Hof gewann langsam immer mehr Farbe. Zehn Mark in sechs Tagen, das war doch gar nicht so übel, und die sonstige Peinlichkeit war jetzt auch gar nicht spürbar. Den Jungen werden wir begraben können – aber was dann? Das Leben hatte fürwahr noch etwas von den altbekannten Ärgernissen, lange hatte die Erleichterung nicht gehalten.

Aber auf alle Fälle hatte der Tod bewirkt, dass Juha, als er da so auf der Treppe saß, viel munterer war als zuvor. Das merkte man auch daran, dass er die vor der Hütte tobenden jüngeren Kinder immer wieder so energisch anbrüllte.

*

Aber die Natur neigt sich langsam wieder dem Herbst zu. Mitten im Sommer bereits schleicht der Herbst in das dichte Blattwerk der Wälder und auf die trostlosen Getreidefelder. Es ist noch warm genug, um in Hemdsärmeln draußen zu sein, und aus dem Loch im Hemd atmet auch die alte Haut noch warme Bräune. Warm ist der Rechenstiel, den die sehnige Hand umgreift, und warm duften die hinten in der Stube lagernden Wiesengräser. Die eben zusammengebundenen Birkenzweige duften irgendwie erfrischender und frischer. Mit Wärme, Licht und Duft spült die großartige Natur einsamer Waldgegenden das winzige Elend aus dem in ihr verborgenen menschlichen Nest, damit s e i n Duft nicht überwiege. Aber sie hat trotzdem immer diesen ewigen leicht traurigen Beigeschmack. Zuerst schleicht sie bis zum Mittsommer in Gestalt von Hoffnungen an erdigen Wänden entlang, aber noch bevor sie diese Hoffnungen erfüllt hat, wohnt ihr schon ein Hauch von Erinnerung inne. Im August ist die Mittagszeit noch ermüdend üppig, in ihrem Licht kann man aber bereits unverhohlen die Niedergeschlagenheit sehen, wenn es dem kleinen neben der Hütte stehenden Mädchen auf den Nacken und den braunen, spärlichen Zopf scheint.

In der Gegend um die Waldkate herum durchläuft das Leben im Sommer äußerlich die gleichen Phasen wie in den Dörfern. Auch hier wiederholt sich gewissermaßen als kaum vernehmbares Echo das kraftvolle Pflügen, die Aussaat und das Mähen der großen Bebauungsflächen. Es ist das Schicksal der Menschenkinder, all das, auch wenn sie sich schwach fühlen, bewerkstelligen zu müssen. Und auch der Kraftloseste kann diese Arbeiten nicht andauernd vernachlässigen. Während der harten Arbeitsphase wird er von Abend zu Abend müder, und im Verlauf der Jahre ermüdet er auch von Sommer zu Sommer immer mehr.

Ein Todesfall belebt. Auch in Toivola ist das Leben nach Villes Tod noch für lange Zeit beinahe wie ein Fest. Es scheint, als hätten sie bereits während der Arbeitsqualen unentwegt hinter sich geblickt, auf die Jahre und Jahrzehnte, die sie bereits durchgestanden hatten – und vergangene Zeiten haben unter allen Umständen ein bisschen einen feierlichen Glanz an sich. Juha selbst schien mürrischer, weil er noch schweigsamer geworden war. Die verbliebenen Nackenhaare schienen noch mehr abzustehen, und seine kleinen Augen hatten einen seltsamen, spröde strengen Ausdruck angenommen. Er versuchte wieder regelmäßig seinen Handdienst auf dem Yrjölä-Hof zu verrichten. Der Gutsbesitzer ließ ihn gewähren und bedrängte ihn auch nicht weiter wegen der Spanndienste. Als die Männer dann einmal während der Mittagspause auf dem Hof faul herumlagen und das Gespräch über eine Sache hitziger wurde, kam der alte Toivola auf Gott zu sprechen und hielt einen langen Vortrag, in dem sich diese »bittere« Weltanschauung durchaus zeigte, aber gleichzeitig auch eine Art belehrender Strenge, die auf den Gutsbesitzer und die Männer befremdlich wirkte. Man konnte leicht erkennen, dass der Toivola-Juha in dieser Zeit, genau in diesem Sommer, sehr gealtert war.

Aber es war nur diese stille Festtagsstimmung. Juha war überzeugt davon, dass der Todesfall seine Würde hatte anwachsen lassen – nicht vor den anderen, sondern vor ihm selbst und gewissermaßen auch vor Gott. Er gehörte nun auch zu den Männern, die Gott sozusagen näher kannten, genau wie es bei einem Arbeiter mit einem Patron sein konnte, sodass er sich bei ihm nicht einschmeicheln oder sich hastig spurten musste, wenn der Patriarch hinsah. Der größte Teil jener gewöhnlichen, nutzlosen Menschen hat über Gott nie über den Namen hinaus nachgedacht, und deshalb muss Juha sie, wenn die Rede darauf kam, manchmal richtig anfahren.

Als Juha auf dem wohlbekannten Weg am Zaun entlang vom Yrjölä-Hof nach Toivola zurückkehrt, zerren in diesem Spätsommer keine aufregenden Pläne mehr an seinem Sinn und quälen ihn auch nicht mehr die enttäuschten vorherigen Pläne. Seit seiner Rückkehr vom Tuorila-Hof ist alles wie ein Pausieren gewesen, wie verhaltenes Warten. Villes Tod war zwar eine ärgerliche Sache, aber Juha fühlt ganz deutlich, dass das Leben immer noch nach irgendeiner neuen Richtung sucht. Es gibt doch viele unerledigte Dinge; er müsste sich zum Beispiel hinsichtlich der Behausung etwas vornehmen, wenn er schon kein Pferd mehr hat. Sein Verstand ist bloß merkwürdig unwillig, diese Frage in Erwägung zu ziehen. Er ist jedes Mal von neuem dankbar, wenn Juha es nicht anspricht. Hier müsste, so fühlt er, zuerst etwas anderes erledigt werden, aber was das sein könnte, kann sein Verstand nicht herausfinden. Er wartet nur still von einem Tag auf den nächsten ab.

Müdigkeit ist im Laufe der Jahre in Toivola ein äußerst alltäglicher Zustand gewesen. Riina, seine Frau hat von Geburt an einen kraftlosen und schlaffen Charakter, der sich nicht einmal in ihren fruchtbarsten Jahren mit Salzwasser, Kartoffeln und Buttermilch festigen ließ. Während sie mit einem der Kinder auf dem Schoß dasaß, hatte sie schon oft über das Wesen dieses dummen Verlangens gegrübelt, das sogar eine Magd zum Heiraten zwingt, sie versuchte, ganz aufrichtig in sich zu gehen und sich an ihre eigenen damaligen Beweggründe zu erinnern. Das Leben als Magd ist in der Hinsicht ausgesprochen herrlich, dass man am Abend beim Schlafengehen nicht darüber nachdenken muss, was morgen zu tun ist und was heute noch nicht getan worden ist. Für eine Magd sind das unwesentliche Fragen, aber für die Frau eines Kätners stellen sie eine unaufhörliche Qual dar. Beim Kinderkriegen dagegen liegen die Dinge genau umgekehrt. Das Kinderkriegen ist an sich schon so eine Sache wie sie eben ist, doch für eine Magd bedeutet es, dass ihre Zügellosigkeit ans Licht kommt, während es für das Weib des Kätners lediglich den allgemeinen grauen Lebensalltag des Lebens bedeutet, dem man als Außenstehender beinahe mitleidig begegnet. Und weil das alltägliche Grau im Leben an dieser Stelle sowieso den Frauen aufgebürdet wird und immer schon wurde, trachtet also auch die Magd stets danach, zu heiraten. Die Beschimpfungen der Hausherrin spornen vielleicht zusätzlich an – in die vermeintliche Freiheit –, aber über diesen Gedankengang hat auch die Toivola-Riina bitter geschmunzelt, wenn sie an die lockeren Tage ihrer Zeit als Magd dachte. Die ruft sie sich gerne in Erinnerung, wenn ihr Mann nicht zu Hause ist und sie vor dem Herd darauf wartet, dass der Kaffee im Kessel kocht.

Riina war erschöpft. Nach der letzten Geburt war in ihren weiblichen Abläufen ein Problem aufgetreten, über das sie auch mit den anderen Frauen nicht reden wollte und konnte, und noch weniger mit Juha. In diesem Sommer war dieses Problem ganz besonders spürbar, es erschöpfte und entmutigte sie, beim Heutragen wurde ihr manchmal schwindlig. Da sie darüber nicht sprechen konnte, bereitete es ihr auch noch zahlreiche weitere Schwierigkeiten. Sie musste ihren Mann dazu bringen, im anderen Bett zu schlafen. Riina brachte die Sache wie eine klare Vorentscheidung vor, ein bisschen gereizt und ohne weitere Erklärungen. Der Alte sah sie lange an und gab dann nach, er machte sich einen eigenen Reim auf die Sache; er selbst hatte sich in letzter Zeit auch verändert.

Die Erschöpfung und die allgemeine Entkräftung wogen immer schwerer. Nun war man schon gezwungen, andauernd kleine Versäumnisse zu begehen. Immer öfter kam es während der Abwesenheit des Alten vor, dass Riina sich aufs Bett fallen ließ und dort einfach liegen blieb. Hiltu war zwar ein einzigartiges Kind, wenn es darum ging, sich Mühe zu geben, sie war wie von völlig fremdem Blut, doch auch sie konnte die Arbeiten nicht am Laufen halten, obwohl sie schon konfirmiert war. Und man konnte sie auch nicht immer tadeln, denn sie war wie der Schatten eines Engels und ebenfalls geschwächt. Nie hatte man sie wegen irgendeiner Missetat verprügeln müssen. Wenn man ihr auch nur damit drohte, brach sie schon in Tränen aus, selbst noch in einem Alter, in dem die meisten bereits den Bengeln nachstellten. Hiltu war dermaßen schmächtig und für dieses Leben ungeeignet, dass Riina, wenn sie gestorben wäre, wohl nicht eine Träne darüber vergossen hätte. Riina wollte ihr nicht andauernd Arbeitsaufträge erteilen; sie erledigte alles auch bei Krankheit selbst oder verschob es auf später.

Die Arbeiten im Sommer verlangten zu ihrer Zeit nach jemandem, der sie leistete. Sie zwangen auch die Müden dazu, sich anzustrengen. Juha strengte sich an und Riina gab sich ebenfalls alle Mühe. Juha versuchte auch, noch mehr für den Gutsbesitzer zu arbeiten, damit diesem bloß keine Gedanken an einen Rausschmiss in den Sinn kämen. Zu Hause übernahm er sich bei dem Versuch, das reife Getreide mit dem Handkarren in die Scheune zu ziehen, und erlitt dabei auch einen peinlichen Bruch, den er verheimlichen musste. Das Leben ist hart. Die Sommer mit ihren schweren Arbeiten sind wie eine Abfolge von Wegen, auf die man sich immer wieder von neuem machen muss, ohne ausgeruht zu haben, auch wenn man von dem vorherigen noch so erschöpft sein sollte. Das Ende dieser Abfolge kann man nicht erkennen, und dort hinstarren will auch gar niemand, denn dort wartet einfach nur der Tod. Sonst nichts.

Eines Samstagabends war der Aufguss in der Sauna herrlicher als gewöhnlich. Herrlicher war er und reichlich gab es davon, aber er dürfte doch verborgene Kohlensäure enthalten haben, denn als Riina aus der Sauna zurückkehrte, musste sie sich sofort hinlegen, sie konnte sich kaum im Bett aufrichten, um sich das Nachthemd anzuziehen. Ohne ein Wort zu sagen, lag sie dann schwer atmend da; auch am Sonntagmorgen konnte sie noch nicht aufstehen. Die Toivola-Riina war jetzt also tatsächlich krank. Am nächsten Tag fand bereits das folgende Gespräch an einer Hüttenecke im Dorf statt:

»Die Toivola-Riina ist auch krank geworden, wie man hört.«

»Ach so? Seit wann?«

»Na, sie war am Samstagabend in der Sauna und da hat sie auf einmal so einen stechenden Schmerz verspürt, dass sie es kaum noch in die Stube geschafft hat. Juha war heute bei uns, zum Medizin holen.«

»Hat er welche bekommen?«

»Ich hatte ein paar Tropfen und auch was fürs Herz; aber gegen dieses innere Stechen hilft so gut wie nichts.«

Von da ging das Gespräch weiter zu all den Krankheiten, die verschiedene Weiber in der Gegend gehabt hatten.

Riinas Schmerzen verschlimmerten sich sehr bald, und ihr Leid wurde noch durch die extreme Empfindlichkeit verstärkt – die bis ins Blut geprägte Auffassung, dass so eine Krankheit schmutzig und beschämend sei. Von dieser erfuhren aber die eigenen Familienmitglieder notgedrungen schon bald. Juha verstand, warum Riina ihn in das andere Bett gezwungen hatte. Auch Hiltu gewann Klarheit über die Art der Schmerzen ihrer Mutter, aber es blieb bei ihr lediglich die Erinnerung an einen bestimmten Saunaabend zurück, der die Mutter ins Bett gezwungen hatte. Bis auf diesen Abend zurück rechnete sie immer, wie viele Wochen und Tage die Schmerzen der Mutter bereits andauerten, und versuchte zugleich abzuschätzen, wann es ihr wieder besser gehen würde. An den möglichen Tod ihrer Mutter dachten die Kinder noch nicht. Für die Jüngeren – den zweijährigen Martti und die vierjährige Lempi – war die Krankheit der Mutter ein feierlicher Ausnahmezustand, wie es auch die Zeit um Villes Tod gewesen war. Martti dachte wahrscheinlich noch gar nichts. Tagsüber hielten sie sich vorwiegend draußen auf, und nachts wachten sie von Riinas Wehklagen nicht auf.

Für Juha war Riinas Krankheit wie irgendetwas Zukünftiges. Einigen ausgewählten Menschen gegenüber hielt er bei seinen Dorfgängen gern moralisierende Vorträge darüber, und zu Hause war er sachlich und betriebsam. Nachdem er für Riina die gesamten Medizinvorräte aus dem Bekanntenkreis herbeigeschafft hatte und die alle nichts geholfen hatten, begann Juha eine Reise zur Apotheke zu planen. Die Kuh gab so viel Milch, dass sie daraus mit Mühe und Not zwei Kilo Butter machen konnten, um es dem Stadtbesucher mitzugeben. Das Geld, das Juha für die Butter bekam, reichte zwar nicht für alle erforderlichen Medikamente, aber der Apotheker war im Grunde ein guter Mann und erklärte sich bereit, auf den Rest des Geldes zu warten. Ein leichter Anflug von Feierlichkeit war sogar zu verspüren, als Juha von seiner ganztägigen Apothekenreise zurückkehrte. Lempi und Martti stritten sich um das schöne Papierhütchen auf der Flasche, und ihre Mutter wurde so munter, dass sie die Kinder zwischen ihren keuchenden Atemzügen ganz besonders liebevoll zurechtwies.

Schmerzen waren natürlich, der sonstige Lebensverlauf war ebenso natürlich. Das begriff Juha sehr wohl, und deswegen fiel es ihm auch nicht schwer, Riina tagelang von den Kindern pflegen zu lassen, während er im Dorf herumging und Erledigungen machte. Dieses Herumgehen war nun immer häufiger geworden, seit er selbst kein Pferd mehr besaß. Die wenigen Körner, die sein Feld hergegeben hatte, mussten gemahlen werden. Sie mussten nun über weite Strecken auf dem Handkarren zur dorfeigenen Mühle gezerrt werden, und dort war es derzeit auch ungewiss, wann man an der Reihe war, denn es war die geschäftigste Zeit für das Mahlen, und auch die Hofbesitzer stritten sich darum, wer als erster an der Reihe war. Es war bereits kurz vor Mitternacht, als Juha sich auf der Mühlenreise endlich zu seinem langen Waldweg entlang nach Hause aufmachte, völlig ausgehungert und unentwegt seinen kahlen Schädel abtupfend. Dieses Mehl sollte jetzt wohl immerhin mehr wert sein als zuvor, denn ihm fiel unweigerlich der tröstliche Umstand ein, dass es ohne sein Wissen nirgendwo mehr verschwinden konnte. Zu Hause erwartete ihn das wohlbekannte Gefühl – und der Gestank, der nun aus der Nachtluft kommend noch scheußlicher in die Nase stach. Die Kinder wachten nicht auf, nur das alte Ehepaar sah einander erschöpft und resigniert an, ohne auch nur ein Wort zu sagen.

Der unsichtbare Krebs verrichtete weiter seine Arbeit, und der widerliche Eitergeruch in der Hütte verdichtete sich zusehends. Die Nasen der Kleinkinder gewöhnten sich irgendwie an ihn, da sie sich wegen des langanhaltenden Herbstregens andauernd in der Stube aufhalten mussten. Hiltu bekam ihn stärker zu spüren. Schmächtig wie sie war, verrichtete sie ernst wie ein Bild alle vormals von ihrer Mutter getätigten Arbeiten. Mit ihrer Mutter sprach sie nie, sondern erledigte nur alles, was sie ihr auftrug. Der Mutter fiel es schwer zu sprechen, und deswegen fragte sie auch nicht viel danach, wie es mit den Arbeiten voranging. Hiltu konnte ihr keuchendes Gemurmel nicht immer richtig verstehen; manchmal konnte sie etwas heraushören wie: »Was – kümmern – mich – die – Jesus – hilf –.« Die letzten Worte hatten auf Hiltu eine furchtbare Wirkung. Sie blieb stehen und schaute ihre Mutter mit großen Augen an. »Kommt der Tod schon?« Die Mutter keuchte wieder bewegungslos und mit geschlossenen Augen. Hiltu ging mit einem seltsamen Gefühl der Fremdheit ihrer Mutter gegenüber zum Melken. Hiltu war mit dem Gemüt eines Kindes in die Rolle eines Erwachsenen geraten.

Einmal, als Juha wieder einmal lange wegblieb und die jüngeren Kinder bereits eingeschlafen waren, schlief auch Hiltu in der Abenddämmerung auf Vaters Bett ein. Sie hatte einen empfindsamen Traum und hörte ihre Mutter ganz deutlich ihren Namen rufen. Ihr Herz blieb fast stehen, als sie aufwachte und bemerkte, dass die Mutter tatsächlich nach ihr rief. In der Hütte war es fast dunkel: Was war geschehen? Sie wagt nicht zu antworten; die Mutter ruft noch einmal. »Was gibt's?«, kann man Hiltu ängstlich fragen hören. »Zünde die Lampe an.« Hiltu gehorcht, während sie andauernd an die fürchterliche Tatsache denken muss, dass Vater nicht zu Hause ist. Mutter stirbt jetzt, und was wird aus ihr hier im Wald werden! Sollte sie Lempi und Martti schon aufwecken? Sie kann gerade noch ihre mageren Gesichter nebeneinander im Bett erblicken, bevor sie sich wieder Mutter zuwendet. Mutters schmerzverzerrter Gesichtsausdruck zeigt, dass Hiltu zu ihr kommen soll. Hiltu geht zu ihr mit einem solchen Gefühl, als wäre sie bereits allein inmitten des Waldes. Die Mutter lebt aber noch und bittet sie um etwas. Bittet um Hilfe, zum ersten Mal seit sie krank ist … Hiltu sieht alle verborgenen Dinge der Kranken, nimmt den feuchten, warmen Gestank wahr. Übelkeit steigt in ihr auf, aber gleichzeitig fühlt sie etwas, das sie noch nie erlebt hat, Nähe zu ihrer Mutter, als wären sie und die Mutter gleichaltrig. Sie bemerkt erst jetzt Mutters vergilbte Haut und wie sehr sie abgemagert ist, was ihren Ausdruck vollkommen anders gemacht hat, irgendwie sauberer. In diesem Moment würde sie sich auch dann nicht fürchten, wenn Mutter auf der Stelle sterben würde.

Riina starb jedoch noch nicht in dieser Nacht. Juha war deswegen so lange weg gewesen, weil er noch zum Pirjola-Hof abgebogen war, um sich mit dem alten Hofbesitzer zu unterhalten. Er hatte die Absicht gehabt, sich von dem Alten Geld zu leihen, aber der hatte das Gespräch so geschickt in andere Bahnen gelenkt, dass es Juha auf keine Weise gelang, sein Anliegen vorzubringen. Stattdessen hatte der Alte mit großer Anteilnahme seinen Schilderungen von Riinas Krankheit gelauscht und war nicht einmal solchen Gesprächsthemen ausgewichen, in denen auch Gott vorkam. Zum Schluss hatte er noch ausführlich über das Mittel gesprochen, das er seiner Erfahrung nach gegen

Riinas Krankheit für geeignet hielt. Juha brachte darüber eine solche Freude zum Ausdruck, dass er fast schon selbst glaubte, nur wegen dieser Auskunft vorbeigekommen zu sein. Er traf genau in dem Moment zu Hause ein, als Hiltu ihrer Mutter behilflich war. Die Merkwürdigkeit dieser Situation und Riinas neuer Ausdruck ließen durchaus in Juhas tiefstem Inneren eine Gewissheit darüber aufsteigen, dass Riina keine Behandlung mehr braucht, doch umso mehr musste er es von sich aus versuchen. Er überlegte, ob er jetzt sofort in der Nacht losgehen sollte, um die nötigen Mittel zu besorgen, oder ob er das auf den Morgen verschieben sollte. Riina schien sich ein wenig zu beruhigen, schloss ihre Augen und lag ganz ruhig da. Juha und Hiltu legten sich ebenfalls hin, die Lampe ließen sie in dieser Nacht aber brennen.

Bis zum Morgen ging alles gut. Gleich nach Tagesanbruch machte sich Juha auf den Weg, um seine Heilmittel zu suchen, die aus nichts weiter bestanden als Traubenkirschbaum-Rinden. Daraus musste eine kräftige Brühe gekocht und der Kranken lauwarm verabreicht werden. Da die Substanz ziemlich herb schmeckte, war es ratsam, zwischen den Schlucken ein Stückchen Zucker zu verabreichen.

Am Morgen ging es Riina dann so schlecht, dass Juha sie aufrichten musste, damit sie die Medizin einnehmen konnte. Die Kranke wollte sie keinesfalls haben, aber mit dringlichem Locken bekam Juha sie wenigstens dazu, drei Mundvoll zu schlucken. Da erbrach die Kranke alles wieder, und zwar mit einer solchen Heftigkeit, dass es ein Wunder war, dass ihr Leben nicht schon daran erlosch. Ein zärtliches Gefühl plagte Juha ganz tief in seinen Gedanken, beinahe so, als hätte er irgendein kleines wehrloses Tier gequält. Dann fanden seine Behandlungsbemühungen ein Ende. Die Kranke tastete mit der Hand in die Gegend, wo der Schmerz wohnte, Juha hob die Decke ein bisschen und sah, dass sie einen furchtbar starken Blutsturz erlitten hatte. Juha unternahm den Versuch, etwas zu tun, aber die Kranke sprach mit bittender, leiser Stimme: »Lass es sein.« Da legte Juha die Decke wieder zurück.

Das waren Riinas letzte Worte. Danach war sie nicht mehr bei Bewusstsein, obwohl sie noch bis zum Abend am Leben blieb. In der heruntergekommenen Behausung wartete der Vater mit seinen drei Kindern stundenlang auf das Ableben der Mutter. Von Zeit zu Zeit regte sich einer von ihnen, setzte sich kurz hin und trat aber bald wieder ans Bett. Dann war endlich die Zeit für den letzten Atemzug gekommen. Die Toivola-Riina schlief nun den Todesschlaf, diese Frau, die in ihrem Leben eine schlechte Magd und vielleicht eine noch schlechtere Kätnersfrau gewesen war, aber die dennoch an dieser anspruchsvollen Stelle gelandet war und die Aufgabe auferlegt bekommen hatte, viele Menschenkinder auf die Welt zu bringen. Sie war Zeit ihres Lebens ein unnützes Wesen gewesen, aber als sie starb, weinten ihre Kinder schluchzend um sie.

Auch Juha war gerührt. Dieses Ereignis erinnerte ihn irgendwie an den Tod seiner Mutter, irgendwo weit weg, in der Fremde. Dieses Gefühl, in der Fremde zu sein, durchfuhr ihn schmerzhaft in seiner Erinnerung an sein gesamtes früheres Leben, und er spürte, während er neben seinen schluchzenden Kindern stand, dass das sein Zuhause war. Tränen stiegen ihm unweigerlich in die Augen, und an seiner Nasenspitze bildete sich ein glitzernder Tropfen.

Der Tod der eigenen Frau, insbesondere nach einer langen Ehe, fühlt sich für einen Mann an, als würde man aus seinem Wesen unsichtbare, weit in ihn hineinverwachsene Wurzeln herausreißen. Das hat eine gewaltige Wirkung, unabhängig davon, wie diese Wurzeln beschaffen sind. In sehr vielen Fällen bedeutet das Eheleben für beide eine schwere Wanderung, oft eine unbewusst schwere. Dann bedeutet der Tod des Ehepartners also eine Befreiung von einer Last, und wenn der am Leben Verbliebene ein rohes Wesen besitzt, dann verbirgt er das nicht einmal. Aber viele fühlen neben der Befreiung auch eine wehmütige Sehnsucht, ihre Stimmung ist eher traurig und doch auch glücklich. So ein Mensch neigt dann dazu, an die offenen Stellen, die die herausgerissenen Wurzeln hinterlassen haben, ganz unweigerlich seine Kinder zu binden; ihre Verwurzelung bringt nicht das Gefühl der Last mit sich, sondern das eines leichten und reinen Ersatzes. So erging es bald auch dem Toivola-Juha.

An Riinas Todestag und den darauffolgenden Tagen fühlte sich Juha in seinem Dasein so angenehm in harmonischem Einklang, wie er es seit jener Nacht nicht mehr erlebt hatte, in der er Gewissheit darüber erhielt, dass er Riina zur Frau bekommt. Er brüllte die Kinder nicht an, sondern wuselte mit ihnen herum wie eine alte Vogelmutter. Was war das Leben jetzt doch für ein Fest! Alle verworrenen Angelegenheiten der Kate und alles andere derartige waren gänzlich fortgewischt. Jetzt hätte man ihn sogar rausschmeißen können, das wäre für ihn ein ebenso bedeutsames Ereignis gewesen, wie das, dass damals eine Krähe über den Acker flog, während für den Leichnam ein Kirchenlied gesungen wurde. Sollte aus einer Kate auch ein Mann verschwinden, dem seine Frau gestorben und dem kleine Kinder geblieben waren, dann war das doch eher so etwas wie feierlich, eine weichere Art des Schicksals, die bei den Angehörigen nicht das Verlangen weckt, diesen Mann zu zerfleischen, wie es ein härterer Schicksalsschlag oft zu tun pflegt. Die natürliche Scheu, die Juha wegen der vernachlässigten Handdienste dem Gutsbesitzer gegenüber empfand, war auch schon dermaßen in Vergessenheit geraten, dass er wie ein vollkommen freier Mann zu ihm ging, um ihm von seinen Sorgen zu berichten: Es gab kein Geld, um den Leichnam zu beerdigen. Und der junge Yrjölä half ihm aus – daran hatte Juha auch nie gezweifelt –, selbstverständlich half er einem Mann, dem gerade seine Frau verstorben war. Es lief doch jetzt alles bestens. Was hätte er denn in dieser Situation auch mit einem Pferd anfangen sollen? Die Kuh war genau richtig: Sie gab genug Milch, und Brot gab es jetzt auch genug, da ein Esser – und Verkäufer – fortgegangen war. Und sicher wird Hiltu auch bald woanders hingehen. Juha bleibt dann mit Lempi und Martti allein. Alles wird bestimmt gut. Fern war Juha jetzt die Beklemmung, die ihn damals, im Sommer auf der Landstraße, geplagt hatte. Dann und wann war ihm sogar danach, einen Kirchenliedvers vor sich hinzusummen.

Auch bei kleinen Dingen war die Veränderung spürbar. Wenn früher Weiber aus der ferneren Nachbarschaft zu Besuch kamen, zeigte sich Juha ihnen gegenüber mürrisch, denn er befürchtete, sie würden ihn ruinieren: Was taten sie auch anderes als Kaffee trinken und ihre heimlichen Säckchen mit sich herumtragen. Jetzt musste er dieselben Weiber darum bitten, den Körper der verstorbenen Riina für die Beerdigung vorzubereiten, und es war wirklich schön, dass sie kamen. Zuerst waren sie sehr ernst, aber als alles vorüber war und den Leichnam in der Scheune, lösten sich die Zungen der Weiber zwangsläufig und es fehlte nicht viel, und sie wären Juhas Brautwerber geworden. Nachdem die Weiber gegangen waren, war die Leere eine Zeit lang irgendwie deutlicher zu spüren. Wenn er nur den Leichnam bald unter die Erde brachte, das wäre im Augenblick alles …

Juha fiel es zunehmend leichter, seine Worte so zu wählen, dass sie Gottes Wort immer wieder streiften. Wenn das, was man sagt, sich auf Gottes Wort stützt, haben nur wenige Menschen etwas dagegen einzuwenden. Nachdem Juha die Versteigerung abgehalten, altes Pferdezubehör und anderes mehr verkauft hatte, erschien er am Sonntagmorgen in der Küche des Yrjölä-Hofes. Und nachdem er dort dann einige Zeit mit der Hausherrin geplaudert hatte, kam der Gutsbesitzer dazu und bat ihn in die Kammer, was Juha seit der Zeit des verstorbenen Alten nicht widerfahren war, als er damals in die Kate einzog. Juha beglich nun von dem Erlös aus der Versteigerung seine Schulden beim Gutsbesitzer. Und wie von selbst kamen da die Katen-Angelegenheiten zur Sprache. Yrjölä merkte zuerst steif an, dass Juha ihm noch eine ganze Menge Arbeitstage schuldig war, was Juha auch mit sanfter Stimme zugab, seinerseits aber hinzufügte, dass sein Leben in diesem Sommer in jeder Hinsicht schlecht verlaufen war. Der Gutsbesitzer hatte dafür durchaus Verständnis, und wollte ihm auch nicht weiter zusetzen, aber jetzt mussten die Dinge dennoch geklärt werden. Juha konnte doch schließlich ohne Pferd nicht die zur Kate gehörenden Ländereien behalten. – An dieser Stelle zuckte Juha ein bisschen zusammen und versuchte zu entgegnen, dass er vielleicht doch noch …

»Sie werden sicher auch keines mehr bekommen«, sagte der Gutsbesitzer wieder in seiner steifen Art. »Und auch sonst seid ihr dort völlig nutzlos; ihr laugt den Boden aus und vergreift euch am Wald.«

»Ich habe noch nie ohne Erlaubnis …«, versuchte es Juha.

»Und wann habt ihr die Erlaubnis für den Wald neben der Kinnas-Wiese bekommen?«, unterbrach Yrjölä Juha und starrte ihm wütend in die Augen.

»Ich habe nicht …«

»Ach, ich weiß es doch!«

Juhas Laune verdüsterte sich. Der Gedanke daran, aus der Kate rausgeworfen zu werden – wenn er auf diese Weise daherkam –, war ein fürchterlicher Gedanke. Offensichtlich will der Gutsbesitzer ihn jetzt rausschmeißen, wenn er schon so ansetzte. Juha hatte den jungen Yrjölä noch nie so erlebt, noch nie hatte er über so etwas auch nur ein Wort verloren.

Yrjölä hatte nicht vor, Juha rauszuwerfen, das hätte ihn auch zu sehr beschämt. Aber Juha hatte ihn immer schon ein bisschen geärgert, und diesem Ärgernis wollte er jetzt ein Ende setzen. Juha war ihm irgendwie zu vertraut geworden, als hätte er unbemerkt versucht, über ihm zu stehen. Von daher rührte die seltsame Strenge des Gutsbesitzers.

Der Sonntagvormittag verging, die Uhr tickte. Juha saß in der Kammer des Gutsbesitzers ein bisschen wie auf glühenden Kohlen. Als die Dinge sich nach und nach zum Besseren zu wenden begannen, wurde Juhas Nervosität zu verhaltenem Eifer und zu warmer Zustimmung. Schlussendlich wurde vereinbart, dass Juha das ganze zu Toivola gehörige Land wieder an den Yrjölä-Hof übergeben sollte, bis auf ein kleines Fleckchen von einem halben Hektar. Er durfte in der Kate bleiben, die Kuh durfte weiterhin im Wald weiden, und vom herumliegenden Holz durfte er dreieinhalb Meter im Jahr für sich verwenden. Dafür musste er dreißig Tage Handdienste mit eigener Verpflegung und zehn Tagen mit Verpflegung vom Yrjölä-Hof leisten. Und sollte er sich eines Tages ohne Erlaubnis am Wald vergreifen, wusste er ja jetzt, was ihn erwartete.

Die Knechte saßen bereits in der Küche beim Mittagessen, als Juha mit geröteten Wangen an ihnen vorbei nach draußen ging. – Na, also. Jetzt war der Leichnam unter der Erde und die Sache mit der Kate geregelt. Juha konnte es kaum erwarten, nach Hause zu kommen, um mit seinen Kindern zu essen.

*

Die Preiselbeerernte ist gerade in vollem Gange.

Juha sammelt mit Hiltu an den guten alten Stellen Beeren, mit denen man in Toivola immer schon Geld verdient hat. Das bisher mit den Beeren verdiente Geld ließ dennoch zu wünschen übrig, denn Juha musste zur Zeit der Beerenernte Herbstarbeit leisten und konnte deshalb weder das Einnehmen noch das Ausgeben des Geldes im Auge behalten. Jetzt hinderten ihn die Herbstarbeiten nicht mehr, jetzt genoss es auch Juha, sich mit vollem Eifer diesem angenehmen Verdienst hinzugeben. Das Beerenpflücken ist eine völlig andere Arbeit, als zum Beispiel das Bewirtschaften einer Kate. Wenn man seinen Behälter mit den gepflückten Beeren in einen größeren Korb ausleert, sieht man immer schön, wie sie mehr werden. Und es ist so vollkommen alles reiner Verdienst, da hängt kein Vertrag und kein Tagewerk mit dran, es gibt keine Verzögerungen durch Schnee und Regen. Eine Kate zu bewohnen und andere solche Rennereien sind in Wirklichkeit gar kein Verdienst, das ist nur eine Art Füllung, die das Leben beinhalten muss und die untrennbar mit einem Weib, Gören, Mühsal und andere Schwierigkeiten verbunden ist. Da hat sich auch Juha eine Zeit lang befunden, aber jetzt scheint er endlich etwas verdienen zu können. Solche Verdienstmöglichkeiten gibt es immer. Mit dem Glätten von gegerbtem Leder wird es dieses Jahr nicht mehr klappen, aber warte nur, bis der nächste Sommer kommt, dann wird er auch von dort noch schönes Geld nach Hause bringen.

Sein Wirkungskreis ist enger geworden und zugleich dichter und liebenswürdiger. Die Kinder bleiben zu dritt zu Hause, als Juha aufbricht, um die Preiselbeeren zu verkaufen. Lempi und Martti bleiben manchmal sogar zu zweit zurück, wenn Hiltu in den Wald geht, um noch mehr Beeren zu pflücken. Ville ist fort und Mutter ist fort, der heiße Sommer ist fort; es ist Herbst – »Hebt«, wie Martti Lempi nachplappert. Und es ist eine entspannte Ruhe spürbar, in unzähligen Hütten gleitet der Tag ohne einen Sonnenstrahl vom Morgen bis zum Abend vorüber.

Der wohlbekannte Toivola-Juha wiegt nun die Preiselbeeren an der Eingangspforte eines Landhauses ab. Über den Preis hat man sich bereits geeinigt, und Juha sieht selbstbewusst drein, denn er weiß bereits ungefähr, wie viel Geld er bekommen wird. Das stämmige Fräulein des Hauses kontrolliert das Abmessen, und nachdem es beendet ist, gibt sie ihm einen Geldschein und fragt beim Geben:

»Hat Juha da nicht so ein konfirmiertes Mädchen zu Hause?«

Juha unterbricht sein mühsames Kopfrechnen und antwortet, dass er eines hat, Hiltu.

»So so. Meine Tante, die Witwe des Rektors, bräuchte nämlich ein Dienstmädchen und würde lieber eines vom Land nehmen, weil sie alt und gesetzt ist. Ist Ihre Tochter nicht so ein ernsthaftes Mädchen?«

Juha ist noch immer dabei, den Preiselbeerpreis nachzurechnen. Er antwortet geistesabwesend und murmelt nervös vor sich hin. Endlich bekommt er die Summe heraus und entgegnet, während er gleichzeitig in seinem Sack wühlt:

»Ja, Hiltu ist so eine, unverbesserlich. Und wie heißt sie denn, die Tante des Fräuleins?«

Der Tag ist trüb, aber so still, dass man von dem weit entfernten Yrjölä-Hof den Hahnenschrei hört. Durch die Dörfer wandert Juha, die Landstraße entlang in Richtung seines Waldes, mit dem leeren Tornister auf dem Rücken und dem Geld in der Tasche. Hiltu darf Hausmädchen bei der Witwe des Rektors werden. Noch immer halten Befreiung und Aufstieg an. Auf diesem Weg wird es Hiltu noch zu etwas bringen. Meine Tochter ist auch gut genug, Magd in einem herrschaftlichen Haus zu werden. Irgendetwas wird sie von dort für Lempi und Martti immer abzweigen können. Noch weniger brauchen sie zum Leben, jetzt, da Hiltu auch noch weggeht. Ich werde mich schon um die Kuh kümmern. An den Tagen, an denen ich am Yrjölä-Hof bin, wird es schwieriger sein, aber es wird schon gehen. Juha beginnt, seine Lebensumstände zu berechnen und zu planen, die jetzt für sein Gefühl fast zu rosig sind. In der völlig windstillen, feuchten Luft hört man noch immer die Hähne krähen. Es drängt sich ihm der Gedanke auf, dass diese Ruhe nichts Gutes verheißt.

Hiltu wird trotzdem aufbrechen, um Magd zu werden. Als sie von der Sache erfährt, weint sie ein bisschen, aus irgendeinem Grund muss sie wieder an ihre verstorbene Mutter denken. Immerhin widersetzt sie sich nicht, sondern lebt selbst auch schon mit dem dauernden Gedanken an den Aufbruch. Sie spricht und spielt noch mehr als sonst mit den Kleinen, geht noch einmal all die kleinen Basteleien durch, die sie mit ihnen zusammen gewerkelt hat. Da hört man: »Wat it dat fürn Guthof?

Wat it ne Rektorwitwe?« Und zwischendurch weint Hiltu um ihre verstorbene Mutter, denn übermorgen ist schon Samstag.

Eine seltsame Stimmung innerer Reinheit erfüllt die Toivola-Behausung vor Hiltus Abreise. Bei den Vorbereitungen kommt keine Eile auf, der Abschiedsmoment wird richtiggehend erwartet. Und endlich bricht der Morgen an, an dem die Bewohner der Behausung schon mit dem Gedanken aufwachen, dass Hiltu heute abreist.

An diesem Tag scheint die Sonne. Sie scheint auf Hiltus neue eingefettete Lederschuhe und auf ihr weißes Zopfband. Wie sie da zur Abreise bereitsteht, ist sie ein sonderbar schmächtiges Wesen, das sich bereits vor langer Zeit von diesen anderen hier verabschiedet hat. Jetzt, da sie so weit weg und in solche fremden Verhältnisse geht und auch die Mutter nicht mehr hier zu Hause ist, ahnt man unwillkürlich, dass sie sich für immer verabschiedet. Dieser Umstand verleiht ihr ein seltsames Leuchten. Die Kleinen sind ernst. Sie werden in die Hütte eingeschlossen, während der Vater Hiltu begleitet. Jetzt gehen sie bereits am Stall vorbei. Zwei kleine Köpfe pressen sich so nah wie nur irgend möglich an das Stubenfenster, aber ihre Augen können die Weggehenden nicht weiter verfolgen als bis zu sechs Metern Entfernung; als letztes sieht man Hiltus Ferse, wie ein vereinzeltes kleines Aufblitzen, das schnell zu dem plattgedrückten Nasenloch an der Scheibe kugelt. Die Kinder bleiben noch eine Weile mit ihren Nasen gegen die Fensterscheibe gepresst stehen. Und dann lassen sie sich von der Bank in die leere Stube fallen, in der der Geist der für immer verlorenen Hiltu spürbar ist. Dann beginnt das lange auf-den-Vater-Warten hinter verschlossenen Türen.

*

Eine große oder zumindest unerhörte Sache hat sich ereignet. Für den Kätner Johan Toivola ist per Post etwas zugestellt worden. Ein Brief ist für ihn gekommen und Zeitungen. Sie haben bereits wochenlang auf dem Fensterbrett in der Küche des Yrjölä-Hofes gelegen, als die Küchenmagd sie Juha übergibt, der zur Arbeit erscheint.

»Der Toivola ist jetzt auch ein Demokrat geworden«, scherzt der Gutsbesitzer, als er Juhas Volkszeitungen sieht. Juha ist verwundert darüber, dass er jetzt Zeitungen zugeschickt bekommt. Der Brief ist wahrscheinlich von Hiltu – obwohl auch dieser Gedanke Juha sehr seltsam anmutet. »Lies du ihn, Iita.«

»Na gut, geben Sie ihn mir ruhig, ich werde ihn lesen.«

»Geben Sie ihn nicht her«, sagt wiederum der Gutsbesitzer »man kann ja nie wissen, ob er nicht von irgendeinem Liebchen ist.«

»Lies ihn einfach«, stößt Juha hervor.

»Er ist von Kalle – Kaarlo Toivola steht hier unten«, sagt Iita.

»Jetzt lies ihn einfach, dass ich höre, worum es geht, bevor ich gehe.«

Oben drauf stand zuerst »mein lieber Vater, meine liebe Schwester, mein lieber Bruder« und dann standen da die üblichen Anfangssätze auf schneeweißes Papier geschrieben, mit kaltem Stift und warmer Hand, die diesmal zu weit entfernt war, um zu dem Gruß gereicht zu werden, der dafür mit der Stiftspitze erfolgte. Der Schreiber gab an, dass es ihm gut gehe und dass er »das selbige« Geschenk des Herrn auch »Ihnen« wünsche. »Und ich arbeite hier nun als Fahrer beziehungsweise Kutscher, wie ihr Landeier sagt, aber wir hier sagen Fuhrmann und mir geht es gut und ich verdiene mehr als ihr da auf dem Land, weil ihr euch von den Hofbesitzern ausbeuten lasst, und ich schicke Ihnen das Volksblatt, damit Sie ein bisschen etwas über die Sache des Proletariats erfahren können …«

Der Schreiber wusste ebenfalls, dass Hiltu »jetzt hier in Tampere lebt, obwohl sie nicht wirklich in Tampere lebt, sondern in Pyynikki, in der Villa dort, und die Dame des Hauses ist feiner, also ›vornehmer‹, als es irgendjemanden in eurer ganzen Gemeinde gibt, und ich habe sie schon viele Male aus der Stadt nach Hause gefahren und ich war sogar schon bei Hiltu Kaffee trinken …

Und die Mutter ist auch gestorben, das habe ich in der Kutscherstation von dem alten Besitzer des Pirjola-Hofes gehört, und das ist immer das Schicksal derer, die hart arbeiten, dass sie sterben, und der Vilho-Bub ist auch gestorben bei euch …«

Alle am Yrjölä-Hof hatten dem Brief gelauscht, und nachdem er zu Ende gelesen war, sagte der Gutsbesitzer:

»Es hört sich ganz so an, als ob die Feder bei dem Jungen ebenso lose sitzt wie sein Mundwerk.«

Der Brief und die Zeitungen ließen bei Juha gemischte Gefühle wachwerden. Kalle war bereits fast in Vergessenheit geraten, und aus irgendeinem Grund fühlte sich dieses Lebenszeichen für Juha jetzt fremd an. Es fühlte sich so an, als ob Kalle nicht auf dem rechten Weg war, und zugleich erwachten in ihm auch Zweifel bezüglich Hiltu. Rein äußerlich betrachtet war die Sache allerdings so, dass beide Kinder über alle Erwartungen erfolgreich gewesen waren, sie hatten Stellen bekommen, wie man es von Juhas und Riinas Kindern nie und nimmer geglaubt hätte. Einen Fuhrmann aus der Stadt in seiner Uniform hielt Juha beinahe für einen Herren; war es doch das Größte, was sich ein Kätnerjunge vorstellen konnte, dass er nicht mehr auf den Feldern und in den Wäldern um sein Leben schuften musste, und dass er nichts weiter tun musste, als einfach nur auf dem Kutschbock sitzen. Aber Juha hatte den leisen Verdacht, dass Kalle es nicht auf ehrlichem Weg zu so etwas gebracht hatte, es wäre fast beruhigender, ihn als Knecht in irgendeiner Stubenecke zu wissen; wenn bloß der ganze Brief nicht eine Lüge ist. Bei Hiltu war es anders, sie verdiente ihr jetziges Glück eher, das Glück, dass sie nicht mehr im Kuhmist waten musste und stattdessen den Staub in feinen Kammern wischen durfte. Sie war von klein auf demütig und weichherzig gewesen. Aber jetzt sah es so aus, als würde Hiltu durch Kalle auch auf die schiefe Bahn geraten.

Als Juha also an diesem Abend im Mondschein vom Yrjölä-Hof nach Hause ging, war sein Sinn seltsam leer. Die träumerische Harmonie der letzten Wochen war verschwunden, diesmal eilten seine Gedanken nicht voraus in die Wärme der Stube zu seinen Kindern, sie beschäftigten sich mit Kalles Fuhrmann-Dasein. Alles sah seltsamerweise sehr alltäglich aus, obwohl sogar der Mond schien; fast hatte er wieder Lust, mit jemandem zu grollen. »Was glaubt er, wer er ist, dieser Flegel, dort als Kutscher herumzustolzieren, während ich mich hier abrackere. Auch jetzt bin ich wieder so müde, dass ich kaum den Fuß heben kann, und zu Hause muss ich mich zuerst einmal um die Kuh kümmern. Seinetwegen durften wir mit dem verstorbenen Ville leiden und Geld ausgeben. Hat er denn auch nur einen Pfennig geschickt, der Herr Kutscher …?«

Der alte Juha spürte instinktiv die Tatsache, dass er auf dieser Welt nicht gut auf sich geschaut hatte; er war seinem eigenen gerissenen Sohn unterlegen. Die Auffassung, dass das Leben bitter und eintönig war, drohte an diesem Abend wiederaufzuleben; die Eintracht der letzten Wochen war dabei, sich zu den sommerlichen Träumen auf dem Tuorila-Hof zurückzuziehen und die gleiche Farbe wie sie anzunehmen. Er fühlte sich wieder so, als würde er von irgendeiner peinlichen Reise zurückkehren: Und zu Hause wartete nicht einmal eine Frau auf ihn. Im Mondschein sah die Kate aus wie ein totes Überbleibsel aus vergangener Zeit. Wäre doch wenigstens Hiltu zu Hause gewesen!

Juha hatte keinen richtigen Grund für sein Grollen, aber als er später bei der Lampe saß und allein die Zeitungen studierte, war es, als würden auch ihre Artikel ihn bloß noch mehr ärgern. Er fühlte, dass er zurückgeblieben war – in einer Einsamkeit, die ihn frieren ließ. Da drüben im Bett schlafen zwei kleine Wesen, zu nichts gut sind die einfach ins Leben ausgesetzt worden, sonst aber auch nichts … Und hier sitzt er nun an diesem Herbstabend, mitten im Wald, mit seinen über fünfzig Jahren.

Zeitungen kamen von da an mit jeder Postsendung. Juha las am Abend in ihnen, sein Gemütszustand blieb dabei bedrückt und zu Groll neigend. Die Zeitungsartikel fesselten ihn nicht besonders, sie hatten denselben ärgerlichen Tonfall wie Kalles Brief. Sie sprachen mit einer Art Stolz von der Armut, wie durchtriebene Spitzbuben, oder aber mit süßlicher Milde, die Juha zuwider war. Juha war von solchen Artikeln nicht besonders begeistert. Er las sie trotzdem, als ob er seinen Groll aufrechterhalten wollte, da das Leben nun wieder so geworden war.

Mit zwei hilflosen Kindern wurde das Leben doch schwer. Die Kuh zu versorgen, gelang dem alten Mann nur mäßig, die weitere Verarbeitung der Milch wollte ihm nicht mehr gelingen. Es war doch dumm von ihm gewesen, Hiltu so weit in die Fremde gehen zu lassen. Aber es war auch schlecht, sie sich von dort wieder zurück zu wünschen; womit sollte er sie ernähren und ankleiden? Mit einem Mal fühlte sich auch Lempis und Marttis Lage hoffnungslos an. »Wenn mir etwas zustößt, wo kommen diese Hilflosen dann bloß hin? Und wenn ich sehr altere, bevor sie so weit sind, sich selbst zu versorgen?« Juha vermisste seine verstorbene Frau. Sie hatte neben ihren Fehlern doch auch gute Seiten gehabt. Früher, als sie noch gesund war, hatte er nachts wenigstens richtig schlafen können, jetzt war es, als würde er in einem fremden Bett schlafen. Das Leben war auch noch in Ordnung gewesen, solange zumindest Hiltu im Haus gewesen war.

Juha vermisste Hiltu immer mehr und beschloss immer wieder verärgert, sie doch wieder zurückzuholen. Und dieser Ärger war noch viel unerträglicher, als er es zu der Zeit gewesen war, als seine Frau noch lebte. Er erstreckte sich weiter, richtete sich gegen Kalle und Hiltu, und mit ihm war ein neuer Faktor verbunden: das bedrohliche, unsichere Altern.

Und es stand noch eine Entscheidung an – vor der letzten Entscheidung.

Wieder brach ein neuer Tag an, und an diesem Tag musste Juha zum Yrjölä-Hof arbeiten gehen. Es waren schon andere Zeiten als früher; die Arbeit begann erst um sechs. Und sie war leicht, heute würden sie wahrscheinlich mit der Maschine dreschen. Um zwölf Uhr ließ der Gutsbesitzer die Dampfpfeife ertönen, und alle gingen zum Mittagessen. Die hofeigenen Männer gingen in die Küche, nur Toivola und ein anderer Selbstversorger gingen mit ihrem eigenen Proviant in die Stube. So hatten sie es immer schon getan.

Aber kaum hatte Juha an diesem Tag ein paar Mal seine Milchflasche zum Mund gehoben, kam schon Iita in die Stube, um ihm die Zeitungen zu bringen, und sagte:

»Und wieder ein Brief an den Toivola.«

Der Brief war ganz frisch, die Post hatte ihn eben erst gebracht. Wieder durfte ihn Iita vorlesen, und als sie ihn öffnete, fielen zehn Mark heraus. Was hatte das wohl zu bedeuten? Wieder standen darin dieselben Einleitungssätze mit ihren Wohlbefindensverkündungen und -wünschen, »und ich muss Euch die traurige Botschaft überbringen, dass Eure geliebte Tochter Hiltu hier auf unglückliche Weise verstorben ist, vorgestern Abend ging sie in den See, als der Mond gerade hell schien und die Frau Rektor nicht zu Hause war. Der Sohn der Frau Rektor war zwar zu Hause, aber der war im Obergeschoss, um sich schlafen zu legen, und hat nichts mitbekommen, erst am Morgen, und da war es schon zu spät.

Und Hiltu wird übermorgen beerdigt, falls Ihr kommen wollt, und die Frau Rektor wird die Beerdigung zahlen, aber sie hat gesagt, dass sie Hiltu keinen Lohn zahlen möchte, weil Hiltu nur so kurz bei ihr war und alles in die Beerdigung fließt, und ich lege hier zehn Mark hinein, dass ihr euch etwas kaufen könnt, und Mittwoch wird Hiltus Todesanzeige im Volksblatt stehen, die hat zwei Mark gekostet, und in der Zeitung wird es eine Nachricht darüber geben, und Sie hat der Tod jetzt aber ganz schön auf die Probe gestellt, aber es ist das Los des Proletariats, zu sterben, und kämpfen auch Sie für das Proletariat, weil Sie einer sind, der hart arbeitet, und lassen Sie sich nicht vom Kapital ausbeuten, Kaarlo Toivola.«

Juhas Gedanken stockten, sodass er für eine Weile nicht bemerkte, was um ihn herum passierte: wie die Hausherrin verärgert hereingestürmt war, um Iita zu holen, die auch noch angefangen hatte, in der Zeitung nach Hiltus Todesanzeige zu suchen, und wie sie dann schimpfte: »Wo bist du denn hin verschwunden, von deiner Arbeit – und solche Zeitungen werden in unserem Haus nicht verbreitet.« Da hätte sich auch Juha angesprochen fühlen können, aber er bemerkte die Frau des Gutsbesitzers kaum.

Jetzt ist also auch Hiltu tot. War das nicht schon damals völlig klar gewesen, als sie wegging? War das nicht schon seit ihrer Kindheit klar gewesen? Als Juha sich jetzt Bilder von Hiltu auch aus ferner Vergangenheit ins Gedächtnis ruft, kommt es ihm so vor, als würde er sehen können, wie sie ihrem Tod entgegenging. In Juhas Bewusstsein festigt sich endgültig die irrige Vorstellung, dass Hiltus Tod durch einen äußeren Unfall verursacht worden war.

Ansonsten hinterlässt die Nachricht in Juha einen kalten Eindruck. Diesmal kommt kein trauriges Gefühl der Befreiung auf. Nach dem Mittagessen geht er zur Arbeit, wie die anderen Männer auch. Auf den Tod der Toivola-Hiltu reagierten die Leute so, dass sie sich die Nachricht lediglich anhörten, aber bei der Arbeit ist so etwas kein passendes Gesprächsthema. Da wird über Männlicheres gesprochen, insbesondere da der Gutsbesitzer auch dabei ist. Ganz tief, am Grund der Gespräche, ist die »Soziale Frage« erkennbar. Yrjölä bekommt einige in diese Richtung gehende feine Sticheleien zu hören. Er gebraucht dann, mit der Überlegenheit des Klügeren, seinen Verstand. Das Arbeiten gewinnt daraufhin automatisch ein bisschen an Tempo. Schließlich sagt der alte Toivola etwas so Gemeines, dass die anderen Männer den Mund zu einem Lächeln verziehen. Der Gutsbesitzer kann seinen Zorn ganz offensichtlich kaum im Zaum halten, als er entgegnet:

»So schnell ist offenbar der größte alte Sturkopf zum Demokraten geworden; als ob er nur noch mit der Kutsche herumfährt.«

So sehr hat man den Bogen hier noch nie gespannt. Das ganze Abendessen über war die Stimmung äußerst nervös. Es war, als ob die Arbeit hier sich zu ihrem eigenen Selbst zurückgezogen hätte, sodass da also drei unverrückbare Pfeiler waren: der Gutsbesitzer, die Männer und die zu erledigende Arbeit. Dieses Dreigespann bildete gleichsam ein geschlossenes rundes Kraftfeld, eine so unermesslich viel größere, rohere, männlichere Tatsache als der Tod von irgendeiner Hiltu, dass es sich widerlich unnatürlich anfühlt, sie gleichberechtigt in einem Gedanken zusammenzubringen.

Ein Gefühl trauriger Befreiung brachte dieser Tod nicht mit sich. Es gab keinerlei Spuren herausgerissener Wurzeln, und keinerlei Sehnsucht nach Wiedergutmachung. Juha war in barscher Stimmung, als er an diesem Abend seinen Waldweg entlangging. Der Mond schien, aber sein rechter Rand war bereits geschrumpft und sein Licht fiel kühl auf die verfallene Kate herab. Von dieser Hütte ging nun kein bisschen Glanz schwärmerischer Vergangenheit aus, sie war ganz gegenwärtig. Sie beeilte sich gewissermaßen mitzuteilen, dass sie sehr verfallen war, dass sie auf Grund und Boden eines feindseligen Mannes stand und ihm gehörte, und dass sich in ihr zwei Menschenkinder befanden, deren Dasein kaum von Bedeutung war.

Von da an ist Juhas Weg klar vorgezeichnet.

VI
Der Aufständische

Einen konstruierteren Untersuchungsgegenstand kann man sich kaum vorstellen, als: In welchem Verhältnis stand der Toivola-Juha zur nationalen Leidensperiode, die man auch unter dem Namen »die Unterdrückungsjahre« kennt. Die Leiden des Toivola-Juha waren in dieser Zeit kaum größer als zuvor, und in der Welt, in der er sich bewegte, sah er auch woanders kein außerordentliches Leid. Der Gutsbesitzer litt auf jeden Fall nicht, denn er wurde reicher und reicher; sein Rinderbestand wuchs in diesen Jahren von zwölf Milchkühen auf achtzehn, und auch die Anzahl der Pferde vermehrte sich um zwei. Zu seinen Männern war er verschlossener und zugleich mürrischer – autoritär, wie die Männer es ausdrückten.

Der Gutsbesitzer litt nicht, und Juha litt auch nicht erwähnenswert. Genau zu jener Zeit begann allerdings die Unsicherheit seiner Lage gewissermaßen durchzuschimmern, denn er besaß keinen schriftlichen Kätnervertrag, und der beste Wald des Yrjölä-Hofes war jener, der seine Kate umgab. Aber ein paar Erleichterungen gab es auch. Die Arbeitstage waren von fünfzehn auf zwölf Stunden reduziert worden und die Arbeiten selbst waren um vieles leichter; die alte handbetriebene Dreschmaschine wurde zunächst durch eine von Pferdegöpeln und schließlich durch eine von einer Dampfmaschine angetriebene ersetzt, und eine Sense kam auf dem Yrjölä-Hof nur noch dann zum Einsatz, wenn das Gras zwischen den Ackerstreifen gelichtet werden musste. Allerdings erleichterte eine der Maschinen, der Separator, auch die Speisen auf den Esstischen, indem er die ehemals kräftige Buttermilch in »entrahmte« und die vormals vertraute Butter in langweilige »pflanzliche« verwandelte, die man im Volksmund scherzhaft als »Blümchen« bezeichnete.

Leute vom Schlag Juhas hätten beim besten Willen nicht herausfinden können, was an der Lage des finnischen »Volkes« nun auf einmal so besonders düster hätte sein sollen. Da die Hofbesitzer augenscheinlich immer beleibter wurden und auch die Herrschaften des Dorfes keinerlei Anzeichen von Verarmung oder Abmagerung zeigten, war die Not und die Aufregung, die in diesen Kreisen vorherrschte, für die niedere Bevölkerung unerklärlich. »Es sind wohl deren Ämter, die irgendwie in Gefahr sind.« Privatschulen wurden gegründet, und die waren wirklich köstlich. Erwachsene Männer saßen dort und zeigten ein bemerkenswertes Talent beim Erlernen der europäischen Landkarte, aber es gab auch Jungchen, die mit den Mädchen kicherten, während der junge blonde Magister zu Tränen gerührt die Geschichte des »Vaterlandes« referierte. Bald schrumpften die Privatschulen auch wieder in sich zusammen, aber zahlreiche Gehirne hatten dort einen ordentlichen Anstoß erhalten und begannen von nun an, über das eine und andere nachzudenken.

Juha gehörte nicht einmal zu denen, die von den Privatschulen beeinflusst wurden. Er bekam zwar auch Wind von ihnen – in seinem Dorf gab es eine dieser Schulen –, aber für ihn bekamen sie denselben Anstrich, wie andere Phänomene und Vorträge dieser Zeit auch, bei denen es im Grunde, auch wenn sie noch so geschickt organisiert waren, dennoch immer nur um eines ging: den Leuten das Geld aus der Tasche zu ziehen. Juha war davon überzeugt, dass man auch bei diesen Privatschulen am Ende irgendwelche »Billetts« lösen musste – womit sollten solche Herren Magister denn sonst ihre Krägen stärken lassen. Und er fühlte eine leise Selbstzufriedenheit, als er feststellte, dass er sich selbst nie zu so etwas hingezogen gefühlt hatte und sich nicht an der Nase hatte herumführen lassen. Er hatte es zwar nicht geschafft, reich zu werden, aber wenigstens war er nie so kindisch gewesen, dass er irgendwo Billetts kaufen gegangen wäre.

Dieser Art war das Verhältnis des Toivola-Juha zum Patriotismus während der Unterdrückungsjahre; es fühlt sich wirklich übertrieben an, von einem Verhältnis auch nur zu sprechen. Es handelte sich um so etwas wie den Dorfjugend-»Verein«, der auf seine Art die jungen Knechte und Mägde um ihr Geld betrog.

So erlebte er auch den ersten großen Streik nicht mit, und dessen Hintergründe blieben ihm vollkommen schleierhaft. Er nahm sehr wohl wahr, wie über die Ereignisse während des Streiks gesprochen wurde – hätte er sich vielleicht die Ohren zuhalten sollen? –, aber diese Gespräche hatten für Juha etwas Ärgerliches an sich. Dass an dem, was solchen Aktionen zugrunde lag, etwas faul war, davon war Juha fest überzeugt, und die Worte, die Rinne nach dem Generalstreik sprach, blieben ihm dauerhaft im Gedächtnis. Rinne sagte: »Die Arbeiter haben den Herrschaften ganz schön die Knöpfe poliert.«

Dem errungenen Wahlrecht maß Juha keine größere Bedeutung bei und gab bei den ersten Wahlen nicht einmal eine Stimme ab. Um diese Zeit herum war es in seinem Privatleben gerade am schwierigsten, ein Jahr vor den Todesfällen. »Sollen die nur mitmachen, die es leichter haben. Mehr Brot hat man deswegen auch nicht.«

Nach dem Generalstreik nahm die Arbeiterbewegung in Finnland so richtig Fahrt auf; eifrige Agitatoren machten sich auf den Weg, Vereinigungen wurden gegründet und die Zeitungen heizten alles an. Drei Jahre nach dem Generalstreik sagte man über den Toivola-Juha, dass auch er bereits ganz eindeutig ein »Demokrat« sei, und das war er wahrscheinlich auch, aber – so unglaublich das auch klingen mag – weder der Generalstreik, noch die Agitatoren oder Zeitungen hatten diese Sache auch nur im Geringsten beeinflusst; all das konnte dem kurzhaarigen glatzköpfigen Juha nichts anhaben. Er hatte keine Lust, aus seiner weit abgelegenen Behausung zu irgendwelchen Agitatoren-Versammlungen zu stiefeln. Die Zeitung wurde ihm weiterhin zugestellt, und zu Beginn las er auch in ihr, wahllos, Berichte über Betrügereien und Heiratsanzeigen. Aber nach Hiltus Tod hatte er keine Lust mehr, mühsam Worte zu entziffern; er hatte auch noch nie besonders viel Wert auf solche Geschichten gelegt.

An dem Tag, an dem ihn die Nachricht von Hiltus Tod erreichte, konnte Juha abends, nachdem er zu Bett gegangen war, nicht sofort einschlafen. Zunächst dachte er an Hiltus Abreise und welchen Anteil er selbst daran gehabt hatte – der Todesfall selbst beschäftigte ihn kaum. Dämmriges Mondlicht erfüllte die Stube, nur Lempis und Marttis zarter Atem war hörbar. In einem solchen Augenblick, wenn der Einfluss von Zeit und Raum schwächer wird, fällt es auch mageren Gehirnen äußerst leicht, weitgehende Betrachtungen anzustellen. Ein über fünfzigjähriger, alter Kätner, dem die Frau und einige Kinder gestorben sind, gelangt ganz zwangsläufig an den Punkt, über seinen eigenen Tod und vor allem über sein restliches Leben nachzudenken. Stunde um Stunde vergeht, der Mann nimmt den Kautabak aus dem Mund und steckt ihn dann wieder hinein, er steht auf, um etwas zu trinken, und streckt sich dann wieder auf seinem Bett aus. Er fühlt sich, als würde er in einem windigen, verlassenen Zimmer liegen; der Schlaf lässt auf sich warten. Die beiden Kinder sind, wie sie da in dieser Stille schlafen, grauenhafte Gäste. Es sind Kinder, die zufällig auf die Welt gekommen sind, über deren Geburt sich niemand gefreut hat; die ihre Mutter beim Weggehen hier zurückgelassen hat.

Wenn der Kätner eine Frau hat, auch nur eine schlechte, und heranwachsende Kinder, mit anderen Worten eine Familie und einen »Haushalt«, dann kann die Last, die er zu tragen hat, noch so schwer sein, sein Leben ist dennoch erfüllt von beharrlichem Weiterleben, es ist ereignislos, arm und gedankenlos. Er legt gewissermaßen seine Last auf den Boden und versucht es nicht einmal weiter. Und so vergehen die Jahre. Aber irgendwann kommt sie dann, diese schlaflose Nacht, in der er bemerkt, dass er nicht einmal mehr eine Last zu tragen hat. Der Tod hat in letzter Zeit mit freigiebiger Hand für Erleichterung gesorgt. Aber jetzt ist diese Erleichterung zu einer Last geworden. Leere umgibt ihn, eine Leere, die mit der Befreiung kam, und in die immer wieder Zwangsvorstellungen ungehindert hineinfließen; und das ist eine qualvolle Belastung für jemanden, der nicht daran gewöhnt ist. Sobald das große Gefühl des Haushalts fort ist, kommt der schlechte Zustand unzähliger Nebensächlichkeiten unverhüllt zum Vorschein. Die schlimmen Verhältnisse sind einem zwar auch vorher schon in den Sinn gekommen, während man allein irgendwo in weiter Ferne wanderte, aber über ihnen allen stand das, was da zu Hause war: die Frau, die Kinder, die Kuh, mit einem Wort der Haushalt. Das war so ein Mittelpunkt des Seins und Lebens, den diese schlimmen Verhältnisse nicht zu zerstören vermochten. An diese elende Tatsache klammerten sich unbewusst alle Familienmitglieder; zu diesem Haushalt gehörte damals auch Gott. Jetzt gibt es diesen Mittelpunkt des Lebens nicht mehr, der weite Rest der Welt ist auf die gleiche Höhe mit dem Ich aufgestiegen; diese beiden schlafenden Kinder sind irgendwie im Weg, aus Nebensachen sind Hauptsachen geworden.

Auf dem Grund von Juhas nächtlicher Stimmung meldet sich bereits die unbewusste Sehnsucht nach der Gesellschaft der anderen. Diese öde Hütte fühlt sich nicht mehr wie ein Zuhause an, hierher wird auch Hiltu nie wieder zurückkehren …

Und so bemerkt man am Toivola-Juha um diese Zeit herum einen neuen Zug, dass er im Dorf herumtrödelt, ihm bekannte Behausungen aufsucht und dort hockt und stundenlang predigt. Er kritisiert die Zustände auf dieser Welt, seine Stimme wird dabei ganz schrill, beinahe zornig. Das von ihm Vorgetragene hat überhaupt einen Tonfall, dem man anmerkt, dass er alles genau geprüft und überdacht hat, er ist kein gewöhnlicher Demokrat wie die anderen Männer es sind. In seine Rede mischen sich manchmal auch noch Wendungen wie »Auch der Erlöser sagt …«

»Der alte Toivola hat wieder den halben Tag lang den Propheten gespielt«, sagen die alten Weiber, nachdem er wieder gegangen war.

Nach einem solchen langen Predigen ist die Aussicht auf Heimkehr für Juha noch düsterer als zuvor. Während er die Waldwege entlanggeht, kommt in ihm das Gefühl auf, dass er sich um die Angelegenheiten dieser fremden Menschen kümmern muss, als hätte er sich ihretwegen irgendeiner langwierigen Aufgabe unterworfen. Dieses Gefühl widerstrebt ihm, denn im Grunde seines Wesens hat er die Menschen niemals geliebt. Er hat sie ertragen, weil er sie ertragen musste, von frühester Kindheit an. Aber niemals haben die Menschen ihm – so wie sie als Gesamtheit auf dieser Welt leben – wirklich etwas vergönnt, die Armen nicht und die Reichen schon gar nicht.

In Wirklichkeit ist es für Juha also völlig wider die Natur, überhaupt einer Idee nachzuhängen. Aber in der Natur des Menschen gibt es gegensätzliche Kräfte, und irgend so eine unwiderrufliche, sich auf vergangene Ereignisse stützende Kraft treibt ihn jetzt dazu an, in den Behausungen um ihn herum die »demokratische Idee« zu predigen. Diese Kraft steht gewissermaßen Seite an Seite mit der Tatsache, dass es bei ihm zu Hause kalt ist und auch nicht mehr warm werden kann. Er muss den Menschen dauernd alles noch einmal sagen. Bei diesen ideologischen Diskussionen ist er mit niemandem vollkommen einer Meinung. Auch wenn man ihm eine noch so klare demokratische Tatsache vorbrächte, wird Juha darauf nicht einfach nicken, vielmehr wird er sich irgendetwas ausdenken, irgendwelche ziemlich obskuren Begründungen, die der andere nicht begriffen hat, ganz gleich ob er ganz nebenbei gesagt von einer Tatsache sprach. Der alte Toivola will unbedingt »den Propheten spielen«.

Und er »prophezeit«, tritt gewissermaßen auf der Stelle, während der vielen Jahre, in denen die finnische Arbeiterbewegung angetrieben von ihren jungen Obmännern mit ihren gestärkten Hemdskrägen in riesigen Schritten vorankommt und sich entwickelt. Juha sind diese Hemdskragenträger fremd, ja beinahe zuwider, denn er wird den alten Verdacht nicht los, dass sie sich zumindest ein bisschen Geld in ihre eigenen Taschen erschwindeln. Und ein solcher Hemdskragenträger wird wiederum, wenn er zufällig Juhas Predigten hört, ihn mit einem gleichgültigen, gequälten Gesichtsausdruck betrachten. So vergehen die Jahre.

Bis in der Welt der große Krieg ausbrach, dessen Leiden die Menschheit erst dazu brachte, die Aufgaben des zwanzigsten Jahrhunderts in die Tat umzusetzen. Die Menschen, die eine Seele aus dem neunzehnten Jahrhundert als Erbe in sich trugen, saßen an Spätsommerabenden über ihren Zeitungen und versuchten abzuschätzen, welche Seite wohl gewinnen würde, während sie in dem Glauben lebten, dass man nach dem Krieg so weitermachen könne wie zuvor; es ist spannend so eine Weltsensation mitzuerleben. Sie glaubten, dass der Krieg bis Weihnachten zu Ende sein werde, aber als er auch an Weihnachten des folgenden Jahres noch nicht zu Ende war, begannen sie sich zu fürchten, weil sie unbewusst ahnten, dass sie diesmal nicht mit einem Sieg durch Waffen davonkommen werden, sondern dass ihnen danach eine längere Tortur bevorstand. Das ständige Klirren der Waffen wurde da zu einer Art Gnadenzeit, und daraus ergab sich das Unglaubliche, dass die Menschen während des furchtbaren Blutbades weniger ernsthaft waren als in Friedenszeiten, sie lebten während der Sintflut so, wie man sagte, dass sie davor gelebt hätten. Die Ideen und Ideale, die die Menschen sich in der zweiten Hälfte des vergangenen Jahrhunderts neben ihren Geschäften zusammengeschustert hatten, erwiesen sich nun als Papier und Tinte. Es war mitleiderregend, ältere Männer mit ihren eingestürzten Idealen zu sehen, mitleiderregend, weil sie offenbar wirklich an sie geglaubt hatten. Die Jugend hatte mehr Glück, denn sie hatte wenigstens nicht mehr an diese Ideale geglaubt. Sie trieb sich auf den Landstraßen herum und tanzte in ihren Vereinen, und einige verschwanden auf mysteriöse Weise. Man lebte von einem Tag auf den nächsten.

Bis etwas im Osten zusammenbrach. In diesem Zusammenbruch lag für viele Finnen, in aller Stille, der scheußliche Beigeschmack der Enttäuschung. Was nun, nachdem man bisher mit den Affären und dem Barrikadenbauen beschäftigt gewesen war? Nach einer kurzen Atempause eilte das Volk los, um zum Ausdruck zu bringen, dass es der Gesamtheit des Staates ganz besonders treu ergeben war. Zum Zeichen der Treue bekam und gab man unzählige Küsse und Unterschriften, die nicht reklamiert wurden, obwohl Meinungsfreiheit herrschte. Man beklagte die jungen Männer, die auf mysteriöse Weise aus dem Land verschwunden waren und deren Tat auch nach der Finnischen Verfassung Landesverrat darstellte. Diese Treue hielt so lange an, bis die Bolschewiken die Macht an sich rissen, was zunächst ein Staatsverbrechen war, dann aber zu einem anerkannten Staatsverdienst wurde. Zu jener Zeit begann man in Finnland, allgemein von den Autonomie-Männern zu sprechen.

Im tiefsten Finnlands lebt an einem gewissen Ort auch noch unser Toivola-Juha; und er ist sogar ziemlich intensiv damit beschäftigt, die Geschichte seines Volkes mitzugestalten.

Es ist ein wunderschöner Morgen Ende Mai, die Erde und ihre Pflanzen duften, da und dort in den Bodenmulden sieht man es gelb leuchten. Im behaarten Gesicht des

Toivola-Juha blinzeln seine kleinen Augen munter und unternehmungslustig, als er sich aus seinem bereits aufgewärmten Wald kommend dem Dorf nähert. Er sieht jünger aus als vor zehn Jahren, das Leben fühlt sich sicher an, so bei Anbruch des Sommers – und auch sonst. Es ist schön, sich wieder einen ganzen Tag lang auf dem flachen Land aufzuhalten. Er geht jetzt nicht zum Yrjölä-Hof zur Arbeit, sondern zu Rinne.

Zum Frühlingsanfang war Juha genau an dem Tag zufällig bei der Kirche vorbeigekommen, als dort die Beerdigung der Helden des Aufstandes abgehalten wurde. Das Volk strömte aus allen Richtungen in Scharen herbei, und rote Fahnen sah man da und dort auch in den mittleren Reihen. Juha erreichte die Kuuskoski-Gabelung zufällig genau zur gleichen Zeit, als der lange Zug der Fabrikarbeiter dort vorbeikam. Aus der Reihe befahl man Juha mit ziemlich strenger Stimme, dass er sich auch anschließen solle. Juha sagte: »Ich weiß wo mein Platz ist«, und reihte sich ein. Er besah sich dann den jungen Mann mit dem roten Nacken, der ihm eben befohlen hatte, mitzukommen, und dachte bei sich: Was glaubst du eigentlich, wer du bist. Man ging zum Haus des Jugendvereins und hielt dort eine Versammlung ab. Manche Herren aus dem Dorf hatten eine blauweiße Fahne gehisst; jetzt diskutierte man, wie man mit ihnen umgehen sollte. Noch immer darüber verärgert, dass man ihn so barsch in die Reihe befohlen hatte, ergriff Juha das Wort, zum ersten Mal in seinem Leben. Er wurde angeschaut und man wunderte sich über ihn, und Juha genoss es sehr. Seine Rede war kurz und berührte die Flaggenfrage mit keinem einzigen Wort, aber sie hatte dennoch zur Folge, dass man ihn in jenes Komitee wählte, das losgeschickt wurde, um das Entfernen der Flaggen zu fordern. Dieses Komitee wurde von eben jenem rotnackigen Arbeiter aus Kuuskoski geleitet, aber Juha sah es als seine Sache an, als Ältester auch ein Wörtchen mitzureden. Und Juhas Reden waren wirklich kein Geplänkel. Als die Herren später miteinander die Ereignisse des Tages besprachen, sagten sie:

»Wer war denn dieses Zottelgesicht? Der war aber wirklich ziemlich schäbig.«

So geriet der Toivola-Juha erst richtig in das anschwellende Dröhnen der Zeit hinein und blieb treu dabei, fast bis zum Ende. Als er an diesem Tag von der Kirche zurückkehrte, war sein Gemüt auch noch auf dem Waldweg von großem Eifer erfüllt. Er glaubte noch immer, all die fremden Gesichter vor sich zu sehen, die ihn im Laufe des Tages angestarrt hatten, zuerst im Versammlungsraum und dann bei den Herrschaften. Er brachte allen diesen Gesichtern dasselbe grimmige Gefühl entgegen. Er brauchte niemandes Anleitung, er wusste sehr genau, was er tat. »Diese Männer haben keine Ahnung, was ein Demokrat ist – von denen brauch ich keine Ratschläge.«

Die Kate kam wieder in Sicht, wie schon tausende Male zuvor. »Versucht mich nur aus dieser Hütte zu werfen«, dachte Juha, und zum ersten Mal seit langer Zeit kamen ihm wieder Zukunftspläne in den Sinn. »Der Winter ist auf jeden Fall mal vorüber …«

Als Juha dann das nächste Mal auf dem Yrjölä-Hof arbeiten war, ging er mit seiner Predigt auf dem Feld so weit, dass der Gutsbesitzer ihn fluchend anfahren musste: »Halt den Mund! Ich bin es, der hier das Sagen hat.« – »Das werden wir ja noch sehen«, entgegnete Juha etwas leiser.

Und bald bekam man es auch zu sehen, denn an diesem Frühsommermorgen war der Toivola-Juha gar nicht auf dem Weg zum Gutshof, sondern zu Rinne. Jetzt wird in diesem Dorf groß gestreikt. Die Molkerei durfte bisher noch arbeiten, aber auch die wird jetzt stillgelegt. Man wird sehen, ob dort Hofbesitzer hinkommen und versuchen werden, Widerstand zu leisten. Juha geht, als ginge er zur Kirche, er ist in Bestform, sowohl innerlich als auch äußerlich. Ein männliches Gefühl der Sicherheit erfüllt seinen Sinn. Als er die Felder beim Dorf betrachtete und an ihren jeweiligen Besitzer denkt, muss er unweigerlich schmunzeln. Gestern war er noch mit der Truppe unterwegs, um die Streikbrecher aufzusuchen, und heute hat das Feld bereits eine ganz andere Note an sich. Gestern musste er beim Anblick des heranwachsenden Getreides noch an den Gutsbesitzer und seine versperrten Speicher denken; jetzt denkt er bei diesem Anblick an die Sache der Arbeiterschaft, die an diesem frühlingshaften Tag im Gange ist. Der Reichtum der ganzen Ebene war wie ein einziger gemeinsamer Reichtum.

Juhas Gutsbesitzer ist am See, um seine Reusen zu überprüfen, und er sieht Juha den in den Wald führenden Viehweg entlangkommen. Die Entfernung ist groß genug, sodass der Gutsbesitzer diesen alten Kerl unverhohlen betrachten kann, den er besser kennt als ihm lieb ist. Der ist so alt, so arm und so unveränderlich unwissend und dumm, dass dem Gutsbesitzer sein Hass auf ihn unangenehm ist. Er kann nicht anders als ihn hassen, aber zugleich liegt da in diesem eifrigen Gang des alten Mannes etwas schmerzlich Verzweifeltes. Die Sache, deren Dröhnen nun diese Tage erfüllt, ist etwas anderes; sie ist natürlich bedrückend, aber sie ist etwas, dem die tiefste, einsame Empfindung des Menschen hilflos und nachgiebig gegenübersteht. In einem ernsten Moment hat man

Lust, sich ihrem gewaltigen Dröhnen zu ergeben, aber wenn man dann den zotteligen Bart und die dümmlich bissigen Knopfaugen eines widerwärtigen Jussi sieht, schreckt man böse auf und verspürt Hass; dieser Hass ist eigentlich dem persönlichen Zwiespalt entsprungen.

Solche kleinen inneren Ereignisse bäumen sich gewissermaßen allerorten in den Menschen auf und finden sich dann zu diesem angespannten Druck zusammen, der die Luft an diesem Sommertag erfüllt. Dieser Druck nimmt Form an und entlädt sich bei jenen Massenspektakeln, die auf dem Hof der Molkerei gegeben werden. Von dort hört man Rufe und eine längere Rede, bei den meisten Zuhörern sieht man angespannte Unterkiefer und Blicke, bei den wenigsten verärgerte. Man bleibt bis zum Nachmittag dort, dann wird die Versammlung aufgelöst; die Vorstellung dieses Tages ist nun vorbci. Als es Abend wird, diskutiert man darüber in vielen menschlichen Behausungen. Es wird nicht mehr erörtert, wer Recht hat, oder ob überhaupt jemand Recht hat, es wird vielmehr seltsam lebhaft über die Bewegungen und das Vorgehen der Gegenseite berichtet. Und als die Sonne untergeht, verschließen die Hofbesitzer fest ihre Türen und legen sich in ihren abgedichteten und angemalten Häusern schlafen. In den langgestreckten Häusern und auf den grasbewachsenen Höfen ist noch ein Hauch von der alten Sicherheit des Hausfriedens zu spüren.

Aber auf der Landstraße und der Dorfstraße, treiben sich zwielichtige Gestalten herum. Die Zigaretten glimmen, und ab und zu lacht jemand laut auf. Vom Hügel herab nähern sich drei junge Mägde, alle mit strahlend weißen Baumwolltüchern auf dem Kopf. Ihnen schließen sich diese männlichen Gestalten an, und alle zusammen gehen sie in die kleine Bude, in der irgendwann einmal Bier und Limonade verkauft wurde. Sie sind mindestens zu zehnt auf dem Hof, und kein einziger Vaterlandsfreund wird jemals herausfinden können, was da zwischen ihnen vor sich geht.

Das ist d i e Truppe. Der Toivola-Juha weiß nichts darüber. Er hat seinerseits den ganzen Tag lang mit vollem Einsatz mitgemacht und sich abends erschöpft in seinen Wald geschleppt. Diesmal hat er in seinen Gedanken keinen Platz für Verdächtigungen und Kleinlichkeit, in diesen Tagen hat er nicht mehr den Propheten gespielt. Er sieht jetzt nur die Hofbesitzer und ihren Widerstand. Das ist ein klarerer Zustand, und zugleich ist er auch vollkommener; er ist im Einklang mit den Wellenbewegungen der Zeit. Der alte Jussi lebt vollkommen im Geiste des Revolutionssommers.

Und der Aufstand geht weiter und bläst ihre eigene Sicherheit auf. Jeden Morgen werden von der Post Zeitungen gebracht, die darüber berichten, wie die Bewegung sich im ganzen Land immer weiter ausbreitet, von der Hauptstadt Helsinki ausgehend. Es ist der herrlichste Sommer für das finnische Proletariat. Es vergehen viele Wochen, in denen man nicht einmal eine Ecke einer bürgerlichen Herrschaftszeitung sehen muss, die immer verzerren und dehnen bei ihrem Unterfangen, gegen die Wahrheit der Arbeiterschaft anzukämpfen. Bei der Ernte ist es ohne Bedeutung, dass der Gutsbesitzer auch da ist und wutentbrannt allein Getreidegarben auf drei Ackerstreifen aufrichtet. Es ist fast ein Genuss, seinen ohnmächtigen Zorn zu sehen, als die Männer über eine Stunde lang einfach nur dasitzen und ihre Sicheln wetzen. Von dem Ernte-Wetteifern vergangener Zeiten ist keine

Spur mehr zu sehen. Der Sommer des Proletariats 1917. Frei und hocherhobenen Kopfes ging der anmutige Geselle auf den sommerlichen Wegen, die Kätner gewannen die Ländereien ihrer Katen noch mehr lieb, aus diesen atmete ein heiteres Versprechen …

Aber für Finnlands Volk, in allen seinen Schichten, gibt es zu allen Zeiten bis heute kaum etwas anderes als Tragik, eine sonderbar schmächtige Tragik. Das Schicksal hat uns nicht getötet, sondern ganz genüsslich langsam gequält. Es lässt die Sonne kurz hervorschimmern, und wenn wir dann so richtig außer uns geraten und nicht wissen, wen wir vor Glück zuerst umarmen sollen, zeigt es uns, dass es das doch nicht ernst gemeint hat.

Es ist Winter, es ist Januar. Es gibt Schneegestöber und Frost, und klare Sternenabende, an denen dic stehengebliebene Zeit in den stillen Wäldern Jahrzehnte zurückliegenden Dingen zu lauschen scheint, und wenn unerwartet Schnee von einem Ast herunterfällt, ist das wie ein tiefer unmerklicher Atemzug inmitten dieser Andacht. So haben sich die Winter seit Jahrzehnten erneuert, und auf den schmalen winterlichen Wegen im Schatten der schneebedeckten Bäume sind Menschen gegangen, die in dieser herkömmlichen Natur Anteil an dieser Andacht hatten.

So war es einmal; aber so ist es jetzt nicht mehr.

Jetzt bemerkt wohl kaum jemand, dass der Winter überhaupt schon angebrochen ist; es war doch eben erst November, als die Garde der Schlächter bezwungen wurde. Erst seit drei Wochen befindet man sich im Steuerstreik. Man hat auch beschlossen, die Kirchenabgaben nicht mehr zu bezahlen. Zu Hause vergeht die Zeit der Kätner nicht. Zu Hause in der einsamen Hütte lauert an dämmrigen Tagen die schläfrige Stille vergangener Zeiten, und die ist jetzt fehl am Platz. Unbewusst geht man ihr aus dem Weg. Wie werden die Verhandlungen im Parlament wohl ausgehen? Haben die Bürgerlichen vor, die Weiße Garde zu legalisieren? Dann müssen auch wir Männer aufstehen. Was ist das überhaupt, das Parlament? Wir haben die Wahlen verloren – na und? Verdammt nochmal, das ist eine Kleinigkeit. Dieses ganze Parlament ist doch Weiberkram, da haben sowieso die Bürgerlichen mit ihren Betrügereien überall ihre Finger mit drin, ob wir jetzt verlieren oder gewinnen. Und wenn die Arbeiterschaft eine noch so deutliche Mehrheit im Parlament hätte, das ist vollkommen gleichgültig, solange es Bürgerliche gibt und sie die Speicherschlüssel an ihren Kammerwänden hängen haben. Wir verlassen uns nicht auf solche Parlamente und auch nicht auf Mehrheiten. Wir werden ihnen schon zeigen, wer hier die Mehrheit hat. Wir sind bestimmt in der Überzahl, wenn es drauf ankommt.

Es ist wie bei einem tüchtigen Gesellen auf irgendeinem Namenstagstänzchen, wenn ihn dort die Kaffeetischchen und sonstigen netten Einrichtungen anwidern. Er schreit auf und schlägt zu.

Der Toivola-Juha hat keine nennenswerten häuslichen Sorgen mehr, denn Lempi ist bereits vierzehn Jahre alt und kann sich um die Kuh kümmern, besonders jetzt, da diese bald kalbt und nicht mehr gemolken werden muss. Es sind also bereits zehn Jahre seit jenem Todessommer vergangen, als dieser selbige Juha seinen Verwandten am Tuorila-Hof einen Besuch abstattete. Das war einer dieser guten alten Sommer, als das zischend heiße wolkenlos sonnige Wetter überhaupt kein Ende zu haben schien … Der Toivola-Juha denkt nicht mehr an die Toten, ebenso wenig an seine große Verwandtschaft, sie gehören alle nicht in diese

Gegenwart. Jetzt geht es um die Sache der Kätner, darüber wird nun diskutiert, und über die Schlächtergarden. Juha sitzt in einer ihm wohlbekannten Behausung und predigt wieder einmal mit schriller Stimme. Am Abend geht er nach Hause, dort gähnt er und denkt so gut wie nichts. Die Hütte mit ihren Betten und Lumpen hat im Laufe der Jahre ein anderes Gesicht bekommen. Früher wohnte dort der Mangel, jetzt wohnt dort leichtes, aber echtes Elend. In vielen kleinen Einzelheiten in der Hütte ist der frühere Geist der Behausung verlorengegangen, sie erinnern an eine Knechtstube an einem großen Hof, in deren Luft noch immer der Gestank nach der schroffen Unanständigkeit der Burschen hängt, die man für Gelegenheitsarbeiten von der Landstraße hereingeholt hatte. Das könnte man für Einbildung halten, wenn es nicht durch eine augenscheinliche Tatsache bestätigt werden würde: die Laus. Sie hat sich auch schon in Toivola eingenistet. Und in einem Bett, in dem sich eine Laus eingenistet hat, gedeihen abends keine träumerischen Gedanken. Die Laus ist kein sinnloses und auch kein zeitweiliges Tier, ihr Gedeihen hängt nicht von Unsauberkeit ab, auch wenn man uns das weismachen will. Sie kann den heruntergekommensten Hütten fern bleiben, aber sie tritt immer langsam und sicher dort in Erscheinung, wo das sogenannte Menschliche zitternd in den letzten Zügen liegt, wie in den Schützengräben der Fronten, in Knechtstuben und an anderen Zufluchtsorten, an denen Arbeiter aufbewahrt werden.

Auf Toivola herrscht nun sowohl Mangel als auch Elend. Juha hatte es im Herbst nicht geschafft, an irgendeinem der Höfe unterzukommen, und so musste das Brot, das man für Lebensmittelkarten bekommt, von der Kirche geholt werden, und bis dort sind es über zehn Kilometer.

In Toivola hungert man oft tagelang richtig. Es gibt nichts als Kartoffeln und Heringslake, Lempi und Martti essen das öfters zu zweit, denn Juha ist fast immer fort; er ist manchmal auch über Nacht nicht da. Diese zwei Wesen mit dünnen Hälsen und eingefallenen Augen sind am Leben geblieben. Da sind sie, inmitten der dünnen verschlissenen Kleider, fahl und matt, wie zwei Verkörperungen des Mangels. Sie gehen nicht in die Volksschule, nicht einmal in die Schule des Lebens.

Juha fühlt sich im Dorf und weit weg von zu Hause wohl. Er muss flüsternd den einen oder anderen seiner »Genossen« ansprechen – muss sie um Geld bitten. Rinne – wer kennt den Mann eigentlich richtig? Er ist ein listiger und hinterhältiger Aufrührer, aber – in aller Stille kümmert er sich rührend um den alten Toivola. Er lässt Juha kleine Erledigungen für die Vereinigung machen, soviel er eben zu erledigen imstande ist, und drückt ihm dafür ein paar Mark in die Hand. Rinne mischt bei großen Sachen mit, er bewegt sich sogar in bürgerlichen Kreisen, sitzt in allen möglichen Ausschüssen. Seine Augenbrauen sind immer zusammengezogen und sein Reden besteht aus scharfen und knappen Erklärungen. Er schmunzelt nur über Juhas Reden, wenn Juha in seinem Eifer etwas daherzuplappern beginnt. Rinne ist in jedem Fall besser als auch nur irgendeiner der Hofbesitzer.

Aber wenn es eng um die Angelegenheiten eines Menschen bestellt ist, wird es oft noch enger und zuletzt am engsten. An diesem Mittwoch war es um die Angelegenheiten in Toivola so bestellt, dass man den Tag ohne Brot verbracht hatte, der Kuh der letzte Rest an Heu ausgegangen war und Juha keine Möglichkeit einer Rettung mehr sah. Die Kuh würde in fünf Wochen kalben; es war erbärmlich, ihr bloß ein paar getrocknete Bündel Erlenlaub vorzusetzen. Aber es fiel ihm auch schwer, so bald schon wieder zu Rinne zu gehen. Und wo sollte der auch Heu hernehmen? Die Kinder tunken ihre Kartoffel in Salzwasser und schlucken sie mit großer Anstrengung herunter. Juha macht sich doch auf den Weg ins Dorf, schaut nur auf einen Sprung bei Rinne vorbei, wird ihm aber nichts sagen. Die Kinder fangen an zu schluchzen, denn sie ahnen, dass der Vater wieder über Nacht wegbleiben wird, wenn er so wie jetzt erst gegen Abend losgeht.

Der alte Toivola nähert sich Rinne, so wie man sich jemandem nähert, der über einem steht – die Ereignisse der letzten Wochen haben in ihm denselben Wesenszug entlarvt, der ihn damals zum Tuorila-Hof brachte. Aber als er in Rinnes Stube eintritt, spürt er sofort, dass er zu einem äußerst ungelegenen Zeitpunkt gekommen ist. Rinne hat jetzt wirklich keine Zeit, sich um Juha zu kümmern. Seine Stimme tönt aus der Kammer herüber, dort sind auch mehrere andere Männer versammelt, und den Stimmen kann man anhören, dass nicht über das gute Wetter diskutiert wird und man nicht zufällig zusammengekommen ist. Rinnes Frau bringt den Männern Kaffee, und Rinne tritt kurz in die Stube, um nachzusehen, wer da gerade gekommen ist. Er antwortet angestrengt freundlich auf Juhas »Guten Tag«, und kehrt dann in die Kammer zurück. Nachdem Rinnes Frau den Kaffee in die Kammer gebracht hat, sagt sie zu Juha:

»Gehen Sie auch ruhig in die Kammer hinüber, da sind auch noch andere Männer.«

»Schickt es sich denn, da einfach reinzugehen?«

»Aber klar doch – der Toivola darf doch sicher reinkommen?«, ruft sie in Richtung der Kammer. Von dort ist keine eindeutige Antwort zu hören, aber Rinnes Frau sagt: »Gehen Sie nur.«

Juha tritt herein und setzt sich neben die Kammertür. Es ist, als ob man sich auf dem Gutshof in die Kammer zu dem Gutsbesitzer hätte gesellen dürfen. Auch hier gibt es Zigaretten und Kaffeetassen, Tischdecken und Bilder an der Wand. Juha hat keine Ahnung, warum alle führenden Männer der Ortschaft sich an einem Werktag dermaßen feierlich versammelt haben, in ihrer besseren Kleidung und mit hohen Stiefeln. Handelt es sich hier um irgendeine Versammlung?

Juha sollte hier eigentlich nicht so herumsitzen. Wenn es zu Hause Brot und Heu gäbe, würde sich Juha hier außerordentlich wohl fühlen. Ungeduldig versucht er, an der Diskussion teilzunehmen, deren Anlass er noch nicht kennt. Es ist die Rede von der Kuuskoski-Hügelkuppe, wie er an welcher Stelle beschaffen ist. Juha kennt die Hügelkuppe genau.

»Aber na klar ist das eine gute Verteidigungsstellung dort«, sagt Juha. »Ist eine geplant?«

»Man weiß nie, ob wir nicht bald eine brauchen können«, entgegnet einer der Männer.

Und so wird Juha die Situation langsam klar, indem er bei jeder Gelegenheit kurz nachhakt. Der Krieg ist ausgebrochen. Krieg – dieses Wort spricht keiner aus, es ist wie die große, zu furchterregende Gesamtsumme einiger vorhergehender Ereignisse. Krieg – ist das tatsächlich ein Krieg, wenn die Rote Garde mit den Weißen aneinander gerät? Ist es nicht einfach nur so etwas, wie es im Sommer bei der Molkerei stattgefunden hat, eine Demonstration? Gegen Demonstranten kann doch niemand etwas tun, es sind doch so viele. Es ist kaum vorstellbar, dass in so eine Menschenmenge geschossen werden könnte.

Noch mehr Männer betreten die Stube, und Rinne geht sie empfangen. In der Zwischenzeit versucht Juha, von den in der Kammer Verbliebenen etwas über diese Sache herauszubekommen, beinahe flüsternd, als hätte er sich in Rinnes Gegenwart nicht getraut. Bei Juha zu Hause stehen die Dinge schlecht, wie wird es jetzt bloß weitergehen?

Sechs Männer sind in die Stube getreten, dort sieht man schon die Läufe der Schrotflinten. Bis jetzt war die Gesellschaft in der Kammer der Mittelpunkt gewesen, nun fällt sie auseinander. Der Mittelpunkt verlagert sich in die Stube, wo sich auch ganz gewöhnliche junge Burschen unter die Gruppe mischen. Und auch Männer, die früher im Gefängnis gesessen haben, die Juha bis zu diesem Zeitpunkt ganz instinktiv für bessere Dinge nicht geeignet gehalten hat. Aber jetzt ist so ein bedeutungsvoller Geist in der Luft, der das Vergangene fortwischt. Der Zigarettenrauch verdichtet sich. Die Gruppe ist groß genug, dass der Einzelne und seine Eigenart verloren gehen. Das Gefühl dieses Tages steigt auf, es gibt kein Gestern und kein Morgen. Wenn auch nur ein Paar weitere Männer dazukommen, schwillt das Gemeinschaftsgefühl auf das Zweifache an. Man plant bereits die Einteilung der Wachdienste für die Nacht. Ganz wie von selbst, ohne dass jemand darum gebeten hätte, bleibt auch der Toivola-Juha über Nacht bei Rinne. Weit zurück liegt irgendwo der Nachmittag, an dem er von zu Hause wegging, weil es kein Brot und Heu mehr gab. Diese Männer hatten alle eben noch ähnliche Dinge zu bedenken. Jetzt gibt es diese nicht mehr.

In dieser Ortschaft ist die »Rote Zeit« angebrochen. Am Morgen stehen auf Rinnes Hof die Männer bereits aufgereiht, die sich dann in alle Richtungen zerstreuen, um Waffen aufzutreiben. Am Nachmittag hat schon der erste Hofbesitzer eine Order bekommen, er bringt Stroh – zur Kaserne; dieses Wort ist im Laufe des Tages in den Sprachgebrauch eingegangen. Die Männer kehren vom Einsammeln der Gewehre zurück, es sind schon viele, man kann nicht mehr feststellen, wann sie jeweils hier aufgetaucht sind. Inmitten des Zigarettenrauchs brodelte das Gespräch, man rekapituliert, was auf welchem Hof vorgefallen ist. Es sind nun bereits Gesellen dabei, die Juha gar nicht kennt. Rinne sitzt mit der Gesellschaft von gestern wieder in der Kammer beisammen; sie bilden den Vorstand. Die Kaserne und der Vorstand – um sie herum breitet sich die übrige fremd wirkende Ortschaft aus. Da ist Toikka, da Paitula. Was ist im Dorf wohl geschehen?

Eine Kleinigkeit bedrückt den Toivola-Juha, die ihn fast aufregt: es sind bereits über vierundzwanzig Stunden vergangen, seit er von zu Hause wegging. Er sieht ein, dass er auch im Laufe dieses Tages hier nicht loskommt. Während er Butterbrot und Kartoffelsuppe isst, versucht er sich die Frage zu beantworten, ob die Kinder und die Kuh noch diesen einen Tag überstehen werden. Diesen einen Nachmittag und die anschließende Nacht.

Auch wenn die Lawine noch so schnell ins Rollen kommt, braucht sie doch ihre Zeit. Und der Erfolg von Juhas Angelegenheit erforderte von dieser Lawine eine ziemliche Größe. Erst gegen Abend des dritten Tages geschah es.

Da hörte man es als Summen, Pfeifen, als lauten Gesang, als Kinderpiepsen und Frauengejohle, es erklang aus den

Pferdereihen auf den Landstraßen, aus den Nebenstraßen und Rindergehegen:

Gegen rohe Unterdrückung
Erheben sich aus diesem Lande
Des edlen Volkes beste Kräfte
in den Kampf …

Da wusste man schon, wer an der Regierung war, und konnte ahnen, was die Freiheit bedeutete. Das Gefühl der Freiheit durchlief als Schüttelfrost das ganze Wesen des alten Jussi, seine dünne Stimme zitterte, als er versuchte, das Lied mit anzustimmen, wie nach langer Versuchung war nun endlich auch seine persönliche Freiheit angebrochen. Eine Ladung Heu wurde vom Pirjola-Hof nach Toivola gebracht, dass sie nur so schaukelte, und Juha setzte selbst den vor Hunger und vom Weinen völlig verwirrten Kindern eine ausgiebige Portion an Lebensmitteln vor. Danach konnte sich Juha endlich ungestört der Sache der umfassenden ideologischen Befreiung widmen.

Damals war alles schon so gut wie bereitet. In der folgenden Nacht traf Juha bei Rinne auch auf seinen Sohn Kalle, den dicken und rotgesichtigen Kutscher aus Tampere; der war Befehlshaber der Kompanie. Irgendeine Beziehung, wie sie zwischen Vater und Sohn üblich ist, gab es zwischen ihnen nicht, dafür fehlte die Voraussetzung: Juhas barsche Vatermacht. Kalle plauderte mit Juha genauso wie mit den anderen Männern auch. Am Morgen machte er sich dann in Richtung Kuuskoski auf.

Man hörte es bereits flüstern: Der-und-der große Herr weilt nicht mehr unter den Lebenden. Über solche Dinge wurde nicht viel geplaudert. Man plauderte vielmehr über die Geschäfte und die Lebensverhältnisse diverser Hofbesitzer und untersuchte zum Zeitvertreib die Wesenszüge von jedem von ihnen. Morgen ist bereits die erste Woche vergangen, seit das alles begann. Die Ortschaft war in den ersten Tagen tief erschüttert, aber dieser erschütterte Zustand wurde bald zur Normalität. Der neue Zustand hatte unter den Bewohnern des Ortes keinen besonderen Namen, es war, wie es eben war; über Einzelheiten wurde nur sehr vorsichtig gesprochen. Erst als die Weißen das Dorf erreicht hatten, erfuhr man, dass es sich hierbei um einen Aufstand handelte und um Finnlands Freiheitskrieg.

Dieser Krieg dauert nun bereits sieben Wochen an. Die erhöhte Spannung der ersten Tage ist in vielen gleichgültigen Gemütern längst abgeflaut, Transporte, Enteignungen und Passierscheine sind bereits alltäglich geworden, man zuckt nur noch ein bisschen zusammen, wenn ein Pferdegespann auf dem Hof einfährt und aus dem Schlitten die vertraute Mündung des Gewehrlaufs mitsamt dem Ladestock und der roten Rosette hervorragen. Die Ankömmlinge werden jedoch ganz ungezwungen angeredet, und man verspricht, ihre Befehlen auszuführen; es handelt sich doch um Männer aus dem Dorf, die man kennt, also was soll's … Und dann fährt der Schlitten auch schon weiter. Vielleicht kommen bald schon die nächsten Leute von der Front, um die Milch zu konfiszieren.

Das Leben ist beinahe eintönig. In der Abenddämmerung geht man von Haus zu Haus, hockt in den Stuben und erzählt einander Erlebnisse von den Transportfuhren, wiederholt die Reden der Gardisten aus den anderen Ortschaften. Über alles spricht man mit einem Lächeln und niemand will gegen den anderen unfreundlich sein. Ein Vorrücken der Schlächter bis hierher hält man für unmöglich – einen anderen Ausdruck als Schlächter verwendet niemand. Einer hat auf einer Transportfuhre Tabak bekommen und teilt ihn mit den anderen. Man hört, dass der Herr Paitula den Befehl erhalten haben soll, sich vier Mal in vierundzwanzig Stunden bei Rinne zu melden. Das erschüttert nun wirklich niemanden. Ein Unbeteiligter denkt sich insgeheim, dass dem eine kleine Demütigung sogar ganz gut tun wird. Es wird gemunkelt, dass Rinnes Sohn gefallen ist. Derselbe Unbeteiligte fühlt fast stille Genugtuung darüber, dass auch dieser Raufbold weg ist. Der Unbeteiligte sieht die ganze Abfolge der Ereignisse, die bis zu diesem Punkt geführt hat. Ihm bereitet es verhaltene Freude, wenn alles genau so geschieht, wie es geschehen soll, und er empfindet dabei nichts weiter als ein kleines bisschen Ungeduld. Es sollte nur alles ein wenig schneller zu Ende gebracht werden. Er weiß, dass keine der beiden Seiten den Sieg erringen kann. Denn die erste Voraussetzung aller Siege ist es, sich selbst zu besiegen.

Darüber denkt dieser heimliche Unbeteiligte im Hintergrund nach, und jetzt beginnt er schon in seinen Nerven zu erahnen, dass die Sachen vorankommen. Das Leben vermeidet lange Eintönigkeit, das Leben hat überhaupt ein etwas leidenschaftliches Wesen.

In diesem endlosen Dröhnen mischt auch der Toivola-Juha immer noch mit. Die ganze Kriegszeit über hat man ihn hier in der Gegend mit roter Armbinde und Knopfaugen gesehen. Ihm musste nun auch mancher Hofbesitzer gehorchen, der ihn vorher nicht einmal als gewöhnlichen Sozialisten ernstgenommen hatte. Juha ist gerne bei allen wichtigeren Veranstaltungen anwesend, immer mit weit aufgerissenen Augen und streng zusammengekniffenem Mund. Gern ist er auch bei Enteignungen dabei, obwohl der Gutsbesitzer des eigenen Yrjölä-Hofes beim Vorstand bereits nachfragen ließ: »Habt ihr denn wirklich keinen besseren Mann als den Toivola-Jussi?« So mancher wäre sogar bereit, seinen halben Hof herzugeben, wenn er sich nur wenigstens nicht vom alten Jussi etwas befehlen lassen müsste. Jussi ist aus irgendwelchen unbegreiflichen Gründen ganz besonders unausstehlich und unter den Hofbesitzern verhasst.

Juha dagegen hasst die Hofbesitzer nicht so sehr. Er will bloß, dass sie einsehen, was er immer schon gesagt hat: dass das Volk allmächtig ist, und dass das Leben von anderer Leute Arbeit einmal ein Ende haben wird. Sie haben ihm vorher nicht zugehört, und wenn er in ihre Küche hineinkam, wurde ihm kaum ein Sitzplatz angeboten. Und selbst wenn er die größten Harmlosigkeiten von sich gab, ließen sie bloß kurz einen undeutlichen Laut von sich hören und lenkten ihre Aufmerksamkeit dann auf etwas anderes. Juha hat auch während des Krieges durchaus bemerkt, wie es in ihnen kochte, wenn er einen Befehl überbrachte.

So war das für den armen Jussi. Heute hat bereits so manches Ohr, während es heimlich am Telefon lauscht, erfahren können, was bald geschehen wird, aber Juha fährt gerade mit dem Nieminen-Kalle im Dorf herum, um Decken einzusammeln. Juhas verkümmertes Gehirn hat noch nicht danach verlangt, Klarheit über die Lage der Dinge zu bekommen. Er hat bereits eine ganze Menge angespart, über fünfhundert Mark. Das ist schon ganz schön viel Geld, aber er hat eigentlich gedacht, dass noch mehr dazukommt, wenn es schon so gut begonnen hat. Denn auch wenn er die Kate als eigenes Haus mitsamt dem Wald bekommt, bräuchte er trotzdem noch viel mehr Geld. Das Ganze zieht sich nun ein bisschen in die Länge. Er hat bisher zwar eifrig mitgemacht und tut es noch immer, aber es geht ein bisschen langsam voran. Dieser Rinne schaut wohl auch ein bisschen auf seinen eigenen Vorteil, denn er hält wirklich große Geldsummen zurück.

Über diese Dinge sprach er ein wenig mit dem Nieminen-Kalle, der an seiner Seite saß. Aber Kalle hörte ihm nur mit halbem Ohr zu, antwortete halbherzig, summte und schaute vor sich hin. Nirgends und in niemandem hatte Juha in seinem ganzen Leben einen richtigen Freund gefunden ...

Der Abend dämmert bereits, als Juha mit seiner Beute beim Vorstand eintrifft. Er tritt durch die Tür herein, mit einem mürrisch eifrigen Ausdruck auf seinem bärtigen Gesicht: Er ist ein alter Mann, aber er geht wenigstens los und tut etwas – die Sache wäre doch verloren, wenn alle sich hier nur faul räkeln würden. Jetzt musste man etwas tun, denn jetzt ist die Zeit der Taten. Es ist durchaus angebracht, dass Rinnes Frau Juha in der Küche einen Kaffee anbietet.

Wenn Juha so seinen Kaffee schlürft und sein Leben genießt, hat er normalerweise dasselbe Gefühl wie früher, an einem dieser Abende, wenn er tagsüber irgendwo Geld verdient hatte, und die lästigen Gedanken an die Scheine ihn dann beim Kaffeetrinken so lieblich störten. Der Reiz einer regelmäßigen gut laufenden Beschäftigung ist zugleich eine Wohltat und eine Last. Hier ist es sicher, hier sind immer Männer, Wärme, Essen, Kaffee, Beschäftigung. Von hier bricht man immer irgendwohin auf, spricht am Telefonapparat und alles läuft gut. Ist ausreichend Holz in die Küche gebracht worden? Es sieht nach wenig aus, Juha muss welches holen. Das seit mehreren Wochen anhaltende Donnern von der Front in Kuuskoski ist auch schon wohlbekannt und fließend, es gehört dazu, ohne das wäre es hier nicht so, wie es ist. Hunderte Pferdefuhrwerke ziehen auf dem Eis vorwärts wie von selbst, ohne dass sie jemand schickt; ab und zu wird die Nachricht überbracht, dass ein Bursche aus dieser Gegend gefallen sei, und das lässt auf seltsame Weise das Sicherheitsgefühl sogar noch ansteigen. Juha würde gar kein Hofbesitzer werden wollen, so wie es ist, ist es viel angenehmer. Er hüllt sich gleichsam in dieses Dröhnen der Ereignisse, nichts wäre unnatürlicher, als wenn er beginnen würde, diese Vorgänge und ihre Folgen umfassender abzuwägen. Hier geht es ihm an sich gut, und er fühlt, dass er auf jeden Fall in diesem Dröhnen untergehen wird, wie auch immer alles ausgeht. Denn was bedeutet er unter Tausenden von Männern, wem könnte er dort auffallen? Er geht Holz für die Küche holen.

Der Toivola-Juha ist voller Tatendrang, und einige Vorstandsmitglieder schenken ihm, wenn sie ihn anschauen und mit ihm reden, ein wohlwollendes Lächeln. Juha bemerkt es und nimmt das Wohlwollen mürrisch entgegen. Auch jetzt geht er, eben erst zurückgekehrt, gleich schon wieder Holz holen. In der Stube liegen die Männer auf den Betten herum, einer sitzt im Schaukelstuhl und liest Zeitung.

Aber jetzt verlangen Juhas Augen seltsam danach, die Vorstandsmitglieder genauer unter die Lupe zu nehmen, in ihm erwacht der böse Verdacht, dass ihre Ruhe nur gespielt ist. Das war vorhin auch schon so, als Juha vom Deckeneinsammeln zurückkehrte. Von der Wand starrt ihn steif das aus dem Nachbarhaus hierher gebrachte Telefon an, und von der Decke hängt die elektrische Lampe herab, die unbedingt montiert werden musste. Keiner der Männer schenkt Juhas Betriebsamkeit Beachtung, es scheint, dass sie genug von seinen dummen Bemühungen haben. Als er hinausgeht, muss Juha zufällig daran denken, dass diese Situation nun schon sieben Wochen andauert.

Doch wenigstens ist alles noch beim Alten. Es ist ein ruhiger Abend, auch das Donnern in Kuuskoski hat ein bisschen nachgelassen. Dort sind sie noch immer, die Schlächter … An der Pforte steht ein Wachposten. Von der Landstraße hört man das Rascheln von Schritten und sieht in der Dämmerung, wie sich zwei Menschen nähern. Es sind ein Mann und eine Frau, sie haben beide edle Pelzmäntel an, aber sie sprechen kein einziges Wort miteinander. So sind sie, die Herrschaften. Der Herr Paitula ist gekommen, um sich am Abend bei Rinne zu melden, und seine Frau kommt immer mit. Auf der Hügelkuppe von Kuuskoski donnern die Schüsse immer seltener. Passiert da jetzt etwas Besonderes? Es fühlt sich ganz so an.

Juha geht in den Schuppen und liest unwillig einen Armvoll Holz auf. Was ist jetzt bloß los? Er bleibt kurz stehen und blickt hinaus in die Dunkelheit: Das hier ist ein Aufstand, ich bin ein Aufständischer. Es war einmal angenehm gewesen, das vor sich hinzuplappern, als das alles begann, aber jetzt erlangt es irgendeine Bedeutung, die Juhas Vorstellung übersteigt. Wenn er nur dorthin zurückkehren könnte, wo er vorher stand; ich habe immerhin schon über fünfhundert Mark. In Juhas Sinn kommt auf einmal das furchtbare Gefühl auf, dass er nicht wieder so werden kann, wie er vorher war. Der Herr Paitula geht gerade durch die Stubentür ins Haus, und um Juha bleibt eine vollkommene Stille zurück.

In die Stube tritt der Herr Paitula wie üblich in stolzer herrschaftlicher Haltung, den Unterkiefer angespannt nach vorne geschoben. Rinne hat wieder begonnen, ihn zu verhören. Juha geht mit seiner Last hinter Herrn Paitulas Rücken vorbei und hört, wie er gerade etwas sagt, zischend kraftvoll und einem selbstbewussten Ruck seines Körpers. Juha bringt das Holz in die Küche, kehrt dann in die Stube zurück und sagt noch zu dem, was er eben gehört hat:

»Das Kapital hat die Freiheit des Proletariats so lange unterdrückt, dass es nichts macht, wenn ein Herr auch mal ein bisschen was tun muss.«

Juhas Satz platzt in diese echte Spannung, wie das unpassende Auftauchen eines armen Verwandten. Rinne selbst sitzt auf dem Bett, mit der Zigarette in der linken Hand, und macht ein Gesicht, als ob er dem Herrn Paitula sagen wollte: »Ihr glaubt, dass wir auf solche Jussis angewiesen wären, aber da irrt Ihr euch gewaltig.« Laut sagte er dem Herrn Paitula mit einer ungeduldigen Geste:

»Naja, Sie brauchen nicht mehr zu kommen, wenn Sie glauben, dass es Ihnen besser bekommt. Sie können jetzt gehen.«

»Gut«, antwortete der Herr, drehte sich um und ging. Rinne stand ebenfalls vom Bett auf und ging hinaus. Die in der Stube Verbliebenen schwiegen und verharrten jeder in seiner Stellung. Allein der Toivola-Jussi versuchte etwas zu sagen, aber niemand schenkte ihm Beachtung. Das Telefon läutete, Lähteenmäki stand auf.

»Halloo – ja – nein – ich weiß nicht, er ist eben wieder gegangen – aber warum denn – haben die in Turku nicht – gegangen?! Aber wohin? – das ist eine verdammte Lüge –«

Lähteenmäki legte den Hörer wieder auf, sagte aber nichts.

»Das habe ich befürchtet«, sagte Mäkinen.

Der Toivola-Juha verspürte eine Unruhe, obwohl er nicht verstand, was vor sich ging. Rinne kam herein.

»Geh, Toivola, und pass auf, dass dieser Schlächter nicht aus seinem Nest entkommt«, sagte er zu Juha.

»Bitte wer?«

»Der, der gerade hier war. Hat jemand angerufen?«, fragte er die anderen.

»Ja.«

»Soll ich ein Gewehr mitnehmen?«, fragte Juha.

»Selbstverständlich«, antwortete Rinne und lachte merkwürdig laut auf.

Der Toivola-Juha geht jetzt zum letzten Mal von Rinne weg, auch wenn er das selber noch nicht weiß. Das sechzigjährige Leben neigt sich langsam seinem Ende zu, das seinen Anfang einst in der Nacht zum Michaelistag in einer so fernen Vergangenheit nahm, dass man kaum glauben kann, dass sie in einem lebendigen Zusammenhang mit der kriegerischen Gegenwart steht. Damals flackerte noch der Kienspan, der alte Nikkilä-Penjami verbrachte seine Tage im Rausch von Selbstgebranntem, verprügelte seine dritte Frau und herrschte über seinen Hof, und die Kraft des Himmels und der Erde strahlte tiefen bäuerlichen Frieden aus. Aus diesem Jungen, der dort damals zur Welt kam – alle übrigen damaligen Bewohner des Gutshofs sind bereits friedlich entschlafen –, aus diesem Jungen ist mittlerweile dieser Sozialist geworden, der da herumwandert. Sein Verstand war von der einfachen Sorte und sein Bewusstsein ziemlich verkümmert, aber er hat es dennoch geschafft, diese sechzigjährige Lebensspanne zu überstehen, die als die ereignis- und fortschrittsreichste in der Geschichte unseres Volkes bekannt geworden ist.

Wie er nun dort den dunklen Waldweg entlanggeht – mit seinem Bart, seinen Augen, und seinem Gewehr –, sieht es so aus, als ob sich der Waldkobold des menschlichen Fortschritts auf seine schmächtigen Schultern gesetzt hätte, seine Zunge zeigen und unter heftigem Ziehen und Reißen vorgeben würde, auf dem Toivola-Juha zu reiten. Und so betrachtet ist Jussi gar kein besonders unsympathisches Individuum, er erweckt eher scherzhaftes Mitgefühl. Denn wie oft hat derselbe Waldkobold schon, ohne dass der Betreffende es geahnt hätte, von den Schultern solcher Individuen heruntergegrinst, die mit weise gerunzelter hoher Stirn ihren Weg gehen.

Das Gefühl einsamer Hilflosigkeit befällt den Toivola-Jussi, während er da zum Anwesen des Herrn Paitula stiefelt. Wichtige Dinge werden sich noch in dieser Nacht vor Mariä Verkündung ereignen, obwohl Jussi nicht genau weiß, in welche Richtung sie gehen werden. Aber eines ahnt er, dass man ihn gewissermaßen irgendwohin abgeschoben hat, wo kein anderer hätte hingehen wollen; dass man ihn schlecht für sein Holzholen und seine Bemühungen entlohnt. Das ist sein ganzes Leben lang Jussis Schicksal gewesen, dass sich niemand wirklich um ihn gekümmert hat. Alle seine schwachen Versuche sind immer gewissermaßen zu unpassender Zeit erfolgt, dafür konnte niemand etwas, Jussi nicht und die anderen auch nicht. Den anderen gelingt das Aufsteigen wie auch das Absteigen auf so natürliche Weise; auch an ihren Unglücksfällen ist immer etwas, das man für voll nehmen muss. Jussi aber fühlt, dass an seinem Glück wie auch Unglück immer etwas Harsches, gewissermaßen Geschmackloses ist. So wie auch dieses Geldverdienen jetzt hier und dieser vielversprechende Aufstieg: Man wird bestimmt sehen, dass auch daraus am Ende nichts wird … Damals, als seine Frau starb, war Toivola-Jannes Wesen von einer Woge wohliger Harmonie gestreift worden. Er spürte damals, wie gut er zu den Kindern war, und sein Sinn war erfüllt gewesen von der Gewissheit, dass das Leben nun gelingen werde, nach einem solchen Ereignis. In seiner Phantasie hatte er sich ausgemalt, wie alles ganz einfach so und so passieren würde, jetzt, da die Mutter fort war. So schien es sich auch einzulösen, und ein besonders verheißungsvolles Vorzeichen war es gewesen, dass seine Tochter bei richtigen vollblütigen Herrschaften aufgenommen worden war. Zu jener Zeit fühlte Juha sich so stark, dass er ganz mühelos einen Zehn-Mark-Schein wochenlang bei sich tragen konnte, ohne etwas damit zu kaufen. – Aus jenen Zeiten ist Juha seltsam deutlich in Erinnerung geblieben, dass der Mond sehr hell schien … Und das war auch die hellste Zeit in Jussis Leben gewesen. Aber als seine Tochter dann auf so unglückliche Weise ums Leben kam, brach alles wieder in sich zusammen, und Juha erwachte mit dem alten wohlbekannten Gefühl, das von morgens bis abends das eine oder andere enthält, nur keine Befriedigung. Dieses Gefühl musste für Juha immer irgendetwas Greifbares haben, einen Inhalt, der zwar einen faden Beigeschmack hatte, wie etwa das Umlegen eines Kragens, aber so etwas musste es geben, weil man Juha sonst für schlicht gehalten hätte. Und das hatte doch wenigstens Jussis Selbstwertgefühl immer geschmeichelt, dass er keineswegs schlicht war, dass er immer ein wenig gewitzter gewesen war als viele andere … Diesen Inhalt hatte ihm nun »dieses sozialdemokratische Ideal« verschafft, das dann auf zahlreichen Stubenbänken immer wieder durchgekaut worden, so wie zuvor »diese Sache mit der Seligkeit«.

Jussi ist vom Eis wieder heraufgestiegen, er erreicht nun die Pforte. Auf dem Hof und im Haus des Herrn Paitula ist alles still und dunkel. Auf der anderen Seite des Sees glitzern die Feuer von Rinnes Vorstand, und weit entfernt flackern vom Dorf her zwei große Laternen. Hinter ihnen dringen aus Kuuskoski regelmäßige gedämpfte Einschläge herüber, und vom Eis steigt ein Pferdeschlitten herauf. Sogar bergauf wird das Pferd zum schnellen Laufen angetrieben. Sie nähern sich, und Jussi sieht die Gewehrläufe und zwei Pelzkrägen.

»Wer kommt denn da?«, fragt Jussi barsch.

Aus den Krägen ist nichts zu vernehmen, und das Pferd galoppiert wieder davon.

Dann vergeht eine ganze Stunde, in der niemand zu sehen ist, nur die Lichter schimmern geheimnisvoll, und die gedämpften Einschläge klingen wie eine strenge Ansprache in dieser Feiertagsnacht. Der Toivola-Juha kann sich in Ruhe auf Paitulas Anwesen umsehen und sich das Leben dieses Herrn ausmalen, das Juhas Meinung nach so ganz und gar unbegreiflich ist. Herrn Paitulas Verstand, sein Wohlstand und sein vornehmer Lebensstil – Juha kommt es so vor, als würde er diese Dinge deutlich vor sich sehen, und die Dissonanz darin ärgert ihn beinahe. Er erinnert sich an zahlreiche Gelegenheiten, bei denen er mit Palmengren zu tun gehabt hatte. Der Name ist auch irgendwie so – Palmengren oder Palmenzweig – was ist wohl nach der Namensänderung daraus geworden.

Das Proletariat und der Herr Paitula – wie hilflos so ein Herr doch ist, vor dem Proletariat. Der Verstand und die Pläne dieses Herrn – denn auch er versucht auf seine Weise, in dieser Welt voranzukommen –, und auf der anderen Seite der Verstand des Proletariats. Der Verstand dieses

Herrn schmort da in der Kammer, aber der Verstand des Proletariats breitet sich gewissermaßen über die ganze Welt aus.

Wieder kommen Pferde heran. Nach dem Rascheln zu urteilen, ist es diesmal eine ganze Gruppe. Was für Pferde kommen denn in solcher Zahl und aus dieser Richtung?

Als die ersten Schlitten in Juhas Reichweite gelangen, wird von dort grob gefragt:

»He, Alter! Sind zwei Gestalten hier vorbeigekommen?«

»Ja, zwei sind hier vor einer Stunde vorbeigekommen.«

»Verdammte Handlanger – wieso hast du die nicht festgenommen?«

Nachdem drei, vier Pferde vorübergegangen sind, wird wieder gefragt:

»Hast du vielleicht zwei Bosse gesehen, die hier vorbei sind?«

»Die hab ich gesehen.«

»Wie lang ist das her?«

»Ungefähr eine Stunde.«

Noch immer ziehen keuchende Pferde vorüber. In den Schlitten liegen fünf, sechs, sogar bis zu acht Männer herum. Einige Frauen sitzen bei den Männern auf dem Schoß. Aus einen Schlitten ertönt: »Mach dich mal zurecht, alter Kerl, das Hemd ist ja vorne ganz aufgerissen.« Aber das nimmt Juha gar nicht richtig wahr – er ist fasziniert von dem Eindruck der Massen. Ähnliche Sätze und Fragen fallen immer wieder.

»Willst du den Schlächtern vielleicht 'ne Runde schmeißen, Alter, oder was stehst du hier so rum?«

Juha müsste begreifen, dass sich diese vielen Pferdeschlitten auf der Flucht befinden, und vielleicht weiß er es irgendwo in seinem Unterbewusstsein auch. Aber hauptsächlich ist sein Sinn feierlich gestimmt. Wenn er solche Menschenmengen sieht, ist es gleichgültig, ob sie auf dem Vormarsch oder auf der Flucht sind. Eine feierliche Aufbruchsstimmung ergreift den alten Jussi, auch sein zuinnerst grollendes Wesen wird milde gestimmt, sein Mund will andauernd drauflos schwätzen, und sein Verstand sucht instinktiv nach passenden Worten: Der Sieg ist unser – unserer Armee – des Proletariats – Volksherrschaft –

Sobald aber die letzten Pferde außer Sichtweite getrabt sind, fühlt sich Juha wieder unsicher. Und bald fürchtet er sich richtig. Paitulas dunkle Gebäude und die nahe Heide haben ihn gewissermaßen überwältigt, sie sind auf Herrn Paitulas Seite, Juha ist alleine auf der dunklen Dorfstraße zurückgeblieben. Auch die Lichter von Rinnes Feuern blinken so, als wollten sie nichts von Juha wissen. Irgendwo in diesem dunklen Gebäude befindet sich in diesem Moment der Herr Paitula. Wenn er dort jetzt herausstürzen würde, und wäre es mit leeren Händen, könnte Juha ihn nicht daran hindern. Juha kommt es so vor, als könne er heimlich dort drinnen die Gedankengänge des Herrn Paitula sehen, und in seinem Bewusstsein ist dieser Mann jetzt die zentralste Figur der gesamten Ortschaft – der Herr Paitula und er, sie beide stehen sich nun gegenüber. Plötzlich steigt in Juha kurz sogar eine Verärgerung auf, denn er glaubt zu bemerken, wie die Gedanken des Herrn Paitula heimlich und heftig arbeiten. Er hat so einen Herrenkopf, gegen den man nicht ankommt; und wenn man ihn ermorden würde, hätte der Leichnam noch immer diesen Kopf, und der Mörder würde sich unterlegen fühlen. Gerade diese

Köpfe der Herren – Juha glaubt, eine große Anzahl von ihnen zu sehen, gewissermaßen auf einer Ladefläche –, die sind es, deren Anblick das Proletariat so provoziert … In diesem Zusammenhang fällt Juha auf einmal auf, dass von Kuuskoski her seit geraumer Zeit nichts mehr zu hören ist. Eben kamen von dort noch ganze Scharen von Menschen, jetzt ist es dort bestimmt ganz leer. Juha kann sich gerade nicht vorstellen, dass es dort Weiße geben könnte, dort herrscht vielmehr so eine schreckliche Leere, die ihn erschlägt und auffrisst. Und da, ein paar Kilometer entfernt, ist der Kopf des Herrn Paitula. Jetzt ist Juha allein, Herr Paitula und diese Leere haben sich gegen ihn verbündet, sie haben ihn überrascht, sie lachen über ihn. Und Rinne scheint verloren.

Juha geht in Richtung Ufer, auch wenn er ganz genau weiß, dass er sich von hier nirgendwohin traut. Er würde sich auch nicht zu Rinne trauen, er muss bis zum Morgen ausharren, wenn es sein muss. Hier im Geiste des Hauses ist es noch immer am sichersten, was auch immer geschieht.

Wieder hört er vom Ufer her ein Rascheln. Von dort steigt wie beim letzten Mal ein einsamer Pferdeschlitten herauf. Plötzlich wird Juha von Angst überwältigt. Das eben Erlebte ruft ihm gewissermaßen zu, dass dieses Pferd für ihn eine Gefahr darstellt, dass es da jetzt unaufhaltsam auf ihn zukommt, entscheidend wird. Die vorigen Reisenden sind bereits in weiter Ferne. Juha ist nun in der Gewalt von diesen. Gewehre scheinen sie auch zu haben.

Sie biegen bei der Pforte ein. »Das ist er, zum Teufel«, flüstern die Männer untereinander und halten das Pferd zurück. Juhas Herz pocht und er gelangt eiligst zu der unerschütterlichen Gewissheit, dass er niemandem etwas Böses getan hat, niemandem. Die Männer halten an, und einer von ihnen sagt bloß: »Meuchelmord.« Juha hört das Wort, aber begreift davon rein gar nichts, ihm schlottern nur die Knie. Der Mann wiederholt lauter: »Meuchelmord.«

»Ähm – ähm, welcher Meuchelmord?«, stammelt Juha.

»Was für ein verdammter Dummkopf bist du eigentlich, dass du das Losungswort nicht weißt?« Der Mann hat so schnell gesprochen, dass Juha ihn nicht verstanden hat, weshalb er sich diesem nun nähert und so freundlich er nur kann nachfragt: »Häh?«

»Wer hat dir befohlen, hier zu sein?«, fragt der Mann.

»Rinne hat's befohlen«, antwortet Juha, als müsste er auf eine Anschuldigung antworten.

»Dann bleib eben und halt das Pferd!«

Es sind stramme, etwas herrschaftlich anmutende Männer. Der eine hat ein sehr feines Gesicht, und unter der Mütze schauen seine nicht geschnittenen, sehr lockigen Haare hervor. Dieser Mann sagt nichts, folgt nur den anderen. Einer klopft, die anderen stehen weiter weg. Auf das Klopfen folgt Stille. Dann ein zweites Klopfen und gleich darauf fliegt die Tür trotzig krachend sperrangelweit auf. Zwei Männer treten ein, und der mit den feinen Gesichtszügen und langen Haaren bleibt draußen. Juha würde sich ihm sehr gerne nähern, um ihm ein paar nette Worte zu sagen, richtig freundschaftliche Worte, aber er traut sich nicht. Am besten bleibt er einfach hier bei der Pforte stehen – er hat niemandem etwas Böses getan. Das Pferd hält er gewissenhaft – bald werden sie bestimmt wieder gehen – und den Herrn Paitula mitnehmen. Juha fühlt sich gleich besser – er hat niemandem etwas Böses getan.

Schon fliegt die Tür krachend auf, und Herr Paitula tritt als erster heraus, hinter ihm die beiden anderen Männer. Herr Paitula schreitet ohne zu zögern voran, als wüsste er, wohin er geht, er ist schon auf Juhas Höhe, aber sieht ihn nicht an. Einer der beiden Männer führt ihn mit dem Gewehrlauf vor sich her in den Schlitten und auf den Kutschbock. Der mit den feinen Gesichtszügen hält sich im Hintergrund, und nachdem Herr Paitula die Zügel in die Hand genommen hat und die beiden sich in den Schlitten gesetzt haben, springt er schnell hinten auf die Kufen drauf. Dann fahren sie auf das Eis hinunter, auf demselben Weg, auf dem sie zuvor gekommen waren.

Juha wird von einem so gewaltigen Wohlgefühl erfüllt, dass er sich am liebsten auf der Stelle hingesetzt hätte. Ihm ist nichts passiert und ihm wird auch nichts passieren. Den Herrn Paitula haben sie mitgenommen und Juha in Ruhe gelassen. Haben ihn nur geschimpft, weil er das Losungswort nicht kannte, aber das war nur gut, dass er es nicht kannte, so bleibt er aus allem draußen. Es ist, als ob ihm das ganze Anwesen zugefallen sei, jetzt, da der Herr Paitula weggebracht worden ist, es ist so sicher und schön hier. Hier wird er sich so lange aufhalten, bis er verstanden hat, was vor sich geht – aus Kuuskoski ist noch immer nichts zu hören.

»Aber was führen die jetzt da am Ufer auf?« Das Pferd ist stehen geblieben, es wird gesprochen, angeschnauzt und gleich danach kracht ein Schuss. Es kracht noch ein zweiter, und dann hört man Gemurmel. Das Pferd wird beruhigt. Juhas Knie geben nach, er denkt an nichts, aber er fühlt, dass in Paitulas Haus direkt hinter ihm noch immer der strenge Herrenkopf herrscht, und dass seine Seele gerade in Juhas Richtung bläst. Und um diesen

Kopf schwirrt der Kopf der Frau Paitula. Und in Juhas Innerem ist auf einmal der ganze Bereich erloschen, der bis eben noch wiederholte: »Ich habe niemandem etwas Böses getan.«

Das Pferd kommt in vollem Galopp wieder zurück, im Schlitten sitzen die drei von eben. Sie rasen an Juha vorbei, ohne etwas zu sagen. Und als Juha von Furcht und Hilflosigkeit erschüttert, versucht, schnell hinter ihnen herzulaufen, hört er hinter sich bereits den Schritt eines weiteren Pferdes, und jemand schreit: »Halt!« Aus dem Schlitten steigen ein Mann und eine Frau, der Mann läuft schnell zu Juha herüber.

»Wer bist du?«

»Ich bin Johan Toivola – Rinne hat mir befohlen, dazubleiben. Ich hab niemandem etwas Böses getan.«

»Brüll nicht so rum … bleib hier stehen und halt das Pferd … schieß, wenn jemand kommt.«

Eilig gehen sie zur selben Tür herein, aus der Herr Paitula eben herausgebracht worden war. Juha würde ihnen gerne folgen, er fürchtet sich davor, hier stehenzubleiben, auch wenn er sich an den Zügeln des Pferdes festhalten kann. Instinktiv streichelt er das Stirnhaar des Pferdes und rückt das Kummet zurecht, aber all seine Sinne sind angespannt in dieser Fülle der dunklen Nacht. Alle Ereignisse der letzten Zeit sind aus seinem Bewusstsein gefallen; sichtbar ist lediglich das Wesen, das zum Vorschein kommt, wenn der Blitz ganz in der Nähe einschlägt.

*

Das war die Nacht, in der die Front bei Kuuskoski zusammenbrach und die Truppen der Sieger in diese Gemeinde zu rollen begannen. Um ein Uhr hörte man wieder vereinzelte Schüsse, als die Sieger auf den Gassen von Kuuskoski verbliebene Aufständische erschossen. Diese Zurückgebliebenen waren übrigens spaßige Leute: Sie wollten nichts von irgendwelchen Feindseligkeiten gewusst haben und waren in einen merkwürdigen Zustand verfallen, in dem sie glaubten, dass ihnen nichts zustoßen könne, dass sie niemand auch nur beachten würde in diesem Durcheinander. Aber es erging ihnen schlecht, denn in Kuuskoski wurden kaum Gefangene gemacht. Wenn man das Losungswort nicht kannte, wurde man erschossen, und im Eifer des Gefechts haben wahrscheinlich auch viele Unschuldige ihr Leben lassen müssen. Aber der Toivola-Juha wanderte da bereits den schmalen Weg am Zaun entlang tief im Wald. Die Bäume und jungen Tannen zu beiden Seiten linderten die spannungsvollen Ängste, die Juha im Dorf durchlebt hatte. Diese tannenbewachsene Wegstrecke war immer die alte geblieben, und wenn man hier heimlich in die Augen des vorüberwandernden Juha hätte blicken können, hätte man im Laufe der Jahre oft über deren Ausdruck schmunzeln können.

Jetzt ist der alte Jussi endgültig von seinem revolutionären Gemütszustand befreit. Die nur noch gedämpft vernehmbaren Schüsse erregen kein bisschen mehr seine Aufmerksamkeit, er ist im Schutz des Waldes, dort noch tiefer drinnen ist sein erbärmliches vertrautes Zuhause. Er hat das starke Gefühl, dass er in seinem restlichen Leben keinen anderen Wunsch mehr hat, als ganz in Ruhe leben zu dürfen. Und wenn er schon einmal bis hierher gekommen ist aus einer so schlimmen Situation wie der gerade überstandenen, wird sein Leben von nun an bestimmt ruhig verlaufen. Es ist auf jeden Fall gut, dass er niemandem etwas Böses getan hat.

*

Während sich die Plünderer noch im Haus des Paitula aufhielten, näherte sich übers Eis bereits der lange Zug der Flüchtenden, von dem auch im Dunkel der Nacht bittere Not und Niedergeschlagenheit ausging. Erst jetzt kam Juha richtig dazu, darüber nachzudenken, was da gerade vor sich ging, und er fing an, albern hin und her zu rennen, wie ein Schaf, das seine Herde verloren hat. Denn diese Herde war nicht mehr Juhas Herde, er konnte nicht mehr Teil davon sein; ihm fehlte darin das unabdingbare Gefühl der Sicherheit. Der Gewehrkolben begann auf einmal in seiner Hand zu brennen: Von dort drüben näherten sich jetzt die, und von da drinnen aus dem Haus können die kommen, dort sieht man Rinnes Feuer, aber dort kann ich nicht hin, und ich traue mich auch nicht. Hilfe! Hilfe! Juha schleicht in den Wagenschuppen, legt das Gewehr in einer dunklen Ecke ab und horcht auf das sich nähernde Rascheln. Schon hört man die Menschen, man hört das Weinen eines Kindes und das Klagen einer Frau, und zur gleichen Zeit auch jemanden etwas gänzlich anderes reden. Seinen eigenen zitternden Atem hört Juha auch; und das Gewehr ist da in Reichweite, wie ein unzuverlässiges Geschöpf, das gehen und ihn verraten kann.

Jetzt kommen die aus dem Haus heraus und fluchen darüber, dass Jussi doch nicht mehr zu sehen ist. »War der doch ein verdammter Schlächter? Verflucht, dafür bekommt er noch die Quittung.«

Was geschieht jetzt? Herrgott, himmlischer Vater! Was sage ich bloß … ich war letzten Sommer nicht bei der Beichte. Ich werde nicht sterben, ich werde nicht sterben. Zur Beichte, zur Beichte … ich gehe gleich als erstes zur Beichte, wenn ich hier rauskomme. Das Geraschel und das Gebrüll sind noch immer zu hören. Die Stimmen der beiden, die vorher aus dem Haus kamen, lassen sich nicht mehr heraushören. Suchen sie Juha? Herrgott, wenn er doch nur zur Beichte gehen könnte, dann komme was wolle. Die Kälte ließ seine alten Beine verkrampfen, der Hunger machte ihn ganz schwach.

Juha stand noch lange Zeit in seiner Ecke, auch dann noch, als der Lärm und das Rascheln abgeklungen waren. In seiner Phantasie glaubte er noch immer, jemanden beim Haus sich bewegen zu sehen. Die Frau Paitula schien dort geschäftig herumzuhantieren, und ein paar verärgerte Herren – solche, die immer alles falsch verstanden, was man ihnen auch sagte. Vorsichtig schlich Juha zur Schuppentür, und als er nichts anderes hören und sehen konnte als dunkle Nacht, wagte er, ins Freie hinauszutreten. Die Nacht atmete noch das, was eben geschehen war, und schien auf etwas Neues zu warten. Die Lichter bei Rinne waren nun gelöscht, aber die Lichter des Dorfes blinkten noch immer aus der Richtung von Kuuskoski hinüber, als wollten sie damit ausdrücken, dass es sich noch keineswegs um eine Nacht vor Mariä Verkündigung handelte, wie es sie früher einmal gegeben hatte.

Diese Phase mit dem Vorhaben, die Beichte abzulegen, war nun also vorbei. Das Gewehr hatte er in der Ecke vergessen, und jetzt erst, als seine erstarrten Gedanken die vielen Stationen des Heimweges abzuschätzen suchten, kam es Juha so vor, als würde er etwas offensichtlich Böses tun. Wenn er doch nur hier aus der Nähe dieses Hauses entkäme! Langsam steigt er zum Eis hinunter und lauscht ganz aufmerksam, um rechtzeitig zu seinem Gewehr fliehen zu können, wenn nötig. Er hatte in seinem ganzen Leben keinen einzigen Schuss abgefeuert und würde es auch jetzt nicht tun, aber dennoch sagt ihm sein Gefühl, dass es jetzt im Notfall doch bei seinem Gewehr sicherer für ihn wäre, gewissermaßen aufrichtiger. Mitten auf dem Berghang überkommt ihn eine Ahnung: Hier haben sie den Herrn Paitula entlanggeführt. Nein, er wird sein Gewehr nicht zurücklassen. Im Laufschritt eilt er zurück, tastet nach seiner Waffe und nähert sich dann kühner wieder der Uferböschung.

Etwas Schwarzes wird im Schnee am Wegesrand sichtbar, dort, wo die Uferböschung im Eis mündet. Juha geht mit seinem Gewehr näher heran; die Nacht um ihn herum lädt ihn gewissermaßen dazu ein, als wolle sie ihm das hier von sich aus zeigen. In die Angst mischen sich Feierlichkeit und Neugierde. Schon kann man es ganz deutlich erkennen: Der liegt auf dem Rücken, den Kopf nach hinten gebogen, Brust und Bauch nach oben gereckt. Die rechte Hand hat er über den Kopf gehoben, wie beim Schlafen; die linke liegt ausgestreckt im Schnee. Das ist der Herr Paitula; eben war er noch bei Rinne und redete noch groß. Juha kommt gar nicht der Mord und auch nicht der Täter in den Sinn, er schreckt nur vor diesem Herrn zurück. Es ist, als würde er dort im Schnee den Verstand dieses toten Herrn sehen – in seiner ganzen ärgerlichen, überlegenen Größe.

Juha hatte große Angst, und seine Gedanken suchten nach einer Rechtfertigung: Ich schaue mir den Leichnam an, man wird doch wohl einen Leichnam anschauen dürfen. Jeder könnte hier vorbeikommen, und natürlich würde er auch als erstes die Leiche anschauen. Und er blickte vorsichtig um sich, so als ob dort schon irgendjemand gewesen wäre. Der Leichnam dieses Herrn und dessen Verstand wurden wieder nebensächlich. Die finstere Nacht fragte ihn gewissermaßen: Traust du dich, von hier fortzugehen? Du hast einen weiten Weg über offenes Land vor dir, bevor du in deinem Wald bist; dort bist du dann in Sicherheit. Und dein Gewehr? Wo legst du das hin?

Juha machte einen Bogen um die Leiche herum, streckte sich weit vor und legte sein Gewehr an die Seite des Toten, als hätte ihm das jemand befohlen – und dann im Laufschritt weg von hier! In Kuuskoski krachte ein Schuss. Der alte Jussi rennt keuchend übers Eis ohne den Weg zu kennen, er will zum gegenüberliegenden Ufer, von wo eine Straße hinaufführt. Die namenlose Gefahr sitzt ihm im Nacken, und er sucht Sicherheit in dem Gedanken, dass er das Gewehr dort neben der Leiche liegengelassen hat. Er hat keinen Überblick über diese Situation, er denkt nur: nach Hause, ja dorthin, wo alles ist wie früher. In seinen Gedanken flitzen Erinnerungen an seine Kinder und die verstorbene Ehefrau vorüber, irgendeiner jener versöhnlichen Momente an einem Sonntagmorgen … Das Leben kann sich noch zum Guten wenden. Im selben Augenblick stolpert er, fängt sich mit den Händen ab, die alte Bruchverletzung macht sich schlagartig bemerkbar, Tränen schießen ihm in die Augen. Zwei wütende Schüsse knallen in Kuuskoski. »Was hab ich euch Leuten getan, dass ihr mich verfolgt? Ich bin doch ein Sozialdemokrat …« Juha ruht sich kurz im Schnee aus.

Etwas weiter entfernt auf der beschilderten Landstraße hört man wieder neue Flüchtlingsgruppen ziehen. Sie geben Juha ein bisschen Halt, sodass er es schafft, sich wieder aufzurichten und weiter in Richtung Straße zu stapfen. Das Gewehr hat er bereits weit zurückgelassen, man wird es dort neben der Leiche finden, und niemand wird sich erklären können, wieso es jemand dort hingelegt hat.

Gegen zwei Uhr erreichte Juha erschöpft von den Anstrengungen seine Kate. Er war seit einer Woche nicht mehr zu Hause gewesen, und nachdem das Mädchen ihn in die Stube hereingelassen hatte, wirkte die stickige nächtliche Luft sehr beruhigend auf ihn. Er zündete die Lampe an, und seine Augen sahen überall in der Stube kleines Elend, das von der Haushaltsführung der beiden unfähigen Kinderlein herrührte. Sie hatten versucht, sich etwas zu kochen und zuzubereiten. Die Butter, die er letztes Mal in ein Papier eingewickelt von Rinne mitgebracht hatte, war noch nicht in die Holzschale umgefüllt worden, die Reste gammelten noch immer in demselben Papier zwischen Kartoffelschalen und Heringsabfällen vor sich hin. Die Kinder kauerten unter geflickten und wieder aufgerissenen Decken auf ihrem Heubett in der abgekühlten Hütte. Sie waren nicht in der Lage gewesen, Holz aus dem Wald zu holen – frisches Holz.

All dieses vertraute Elend, das ihn sein ganzes Leben lang umgeben hatte, wirkte in dieser Nacht vor Mariä Verkündigung beruhigend auf den alten Jussi. Die Gewissheit, dass die Dinge dort beendet waren, beruhigte sein erschlafftes Wesen, er musste nicht mehr mitzanken. Er war so wie er war, auch das – und so ist das nun einmal gelaufen. Jetzt muss er sich etwas Neues überlegen.

Nachdem er sich etwas zu essen geholt hatte, schlief Juha in dem frommen Glauben ein, dass von jetzt an auf jeden Fall ein neues Leben beginnt.

Und das neue Leben fing tatsächlich bei Tagesanbruch an. Ganze kraftvolle Lebensräume hatte man mit einem Mal ausgelöscht und vollkommen vergessen. Aus den Dörfern fuhren die Hofbesitzer in ihren besten Pelzen in Richtung Kirchengemeinde, dort standen sie dann überall herum: im Gemeindeamt, in der Volksschule, im Vereinshaus. Wenn ihre Haltung zu den vorherigen Verhältnissen in aller Stille auch ein bisschen unklar gewesen sein sollte, so war sie hinsichtlich dieser neuen Verhältnisse klarer als klar. Gefangene jedes Alters und Aussehens hatte man bereits überall in der Gemeinde eingesammelt, und im Morgengrauen hatten einige von ihnen sogar schon ihren verdienten Lohn bekommen. Vielen sanftmütigen Hofbesitzern kam diese eilige Lohnauszahlung zwar zuerst ein bisschen seltsam vor; wenn sie hörten, dass wieder irgendein ihnen bekannter Kerl erschossen worden war, zuckten sie zusammen. Aber bald beteiligten sich auch die Empfindlicheren daran und versuchten sogleich, entschlossener als die anderen zu wirken. Nur im Nebenbei tuschelte man ein bisschen und lachte darüber …

Am Interessantesten waren von außen betrachtet diejenigen Arbeiter, die beim Aufstand nicht mitgemacht hatten, die hockten hier und da überall in der Gemeinde in ihren Häusern. Sie hatten zwar vorsichtig versucht, sich in ihren Reden zurückzuhalten, aber bei ihrem Entwicklungsstand war es zu schwierig für sie, ihre wirkliche Einstellung zu verbergen, und so waren ihnen immer wieder gefährliche Äußerungen rausgerutscht, die nun ihr Gewissen plagten. Mit großen Augen und sehr wortkarg versuchten sie jetzt, sich so unauffällig wie möglich zu verhalten. Viele Hofbesitzer hatten zwar während des Aufstandes auch Schlimmeres in den Mund genommen, hatten sogar Bestechungsgelder gezahlt und einander denunziert, aber das war doch etwas völlig anderes, denn niemandem fiel es ein, einen Hofbesitzer als Aufständischen zu verdächtigen. Aber war man zufällig ein Arbeiter und hatte seinen Mund auch nur ein bisschen zu voll genommen, dann stand es schlechter um einen. Die Männer sputeten sich, zu den Vernehmungen zu kommen, und die Weiber hielten sich bedeckt. Viele dieser Weiber wurden trotzdem verhaftet und in den Norden geschickt, und die anderen fürchteten sich umso mehr, wenn Männer vom S.K. am Fenster vorüberhuschten.

Der Mord an Herrn Paitula war auch im Nu aufgeklärt. Neben der Leiche fand man ein Gewehr, und bei Rinne, von wo man offenbar in großer Eile aufgebrochen war, fand man das Verzeichnis über die Gewehre der Männer. Daraus ließ sich ablesen, dass das Gewehr dem Toivola-Juha gehört hatte. – »Dieser verdammte Tölpel hat das also getan!« – Außerdem hatte Frau Paitula Jussi in jener Nacht an der Pforte gesehen.

Auch der Verstand des Toivola-Jussi war am Morgen klarer als am Abend. Sobald er aufgewacht war, begriff er gleich, dass die Sache für ihn noch nicht damit erledigt war. Jederzeit konnte man hier mit Besuch rechnen.

Wenn Jussi in seiner Hütte saß, sah er deswegen andauernd zur Tür hinüber. Aber die Wand mit der Tür hatte keine Fenster, man konnte durch sie nicht den Weg sehen; Jussi musste immer wieder kurz auf den Hof hinausgehen. Die Kuh bekam fortwährend Heubündel, wurde gestriegelt und ihr Stall wurde bis ins letzte Eck ausgemistet. Selten hatte diese Behausung eine solche Geschäftigkeit gesehen wie an diesem Mariä-Verkündigungs-Tag. Aber es kam niemand.

»Jetzt haben sie dieses Gewehr da neben der Leiche gefunden – war das nun gut oder schlecht, dass ich es dort habe liegen lassen? – Schlimmer wär's gewesen, es dort in der Ecke liegen zu lassen.« Aber da kommt Jussi in den Sinn, dass ein Herr oder Hofbesitzer sein Gewehr nicht so hätte liegenlassen; dass ihm so etwas nicht einmal ansatzweise eingefallen wäre. Wenn irgendein Herrensohn es dort findet, dann regt es ihn auf und bringt ihn zum Lachen, da er darin den Einfall eines Tölpel-Gehirns wittert, dessen Gedankengänge für jemanden wie ihn unmöglich nachzuvollziehen sind. – In der Tat: Der Toivola-Jussi und irgendein Herrensohn! Es ist schwer, sich einen unmöglicheren, schrilleren, absurderen intellektuellen Vergleich vorzustellen. Das hat der Toivola-Jussi bereits sein ganzes Leben lang nur allzu deutlich gespürt.

Die Natur sorgt trotzdem manchmal für solche vertrackten Situationen, gewissermaßen absichtlich, um in ihnen einige ihrer heimlichen, unausgesprochenen Wahrheiten zu platzieren, damit die Menschen sie erleben. Am Abend von Mariä Verkündigung näherten sich zwei rosige weißzahnige Jünglinge Jussis Hütte, zu der sie ein Einheimischer, der alte Pirjola, führte. Jussi sah sie aus dem Stallfenster, als sie bereits am Hoftor standen. Von dort aus konnte er die Gesichter der Männer in aller Ruhe betrachten, ohne dass sie es bemerkten, und ihm stockte das Blut in den Adern. Das war neu. Juha hatte keine klare Vorstellung von seinen Feinden gehabt. Er hatte zwar an Gutsbesitzer- und Herrensöhne gedacht, aber er hatte sie dabei nicht als Ganzes gesehen, sondern als ziemlich ungefährliche Wesen der Gegenseite, einzeln, und ein bisschen dumm. Doch diese hatten vollkommen identische Mützen, Gürtel und Gurte; hinter diesen hier stand gewissermaßen die ganze Gesellschaft, die Juha ablehnte. Jetzt war er in ihrer Hand, es blieb ihm nichts anderes übrig, als hier im Stall auszuharren, bis sie ihn holten. »Ich hatte die Anweisung, den Paitula-Herrn zu bewachen; und hier im Unterstand ist Heu, das dem Pirjola gehört.«

Da hörte man gerade Pirjola, der vor dem Unterstand an der Stallwand stand, sagen: »Aha, da ist von uns geholtes Heu.«

»Hat er es Ihnen gestohlen?«

»Ja, hat er.«

Der andere Fremde war unterdessen in der Hütte, und auch er sah all ihr kleines Elend, wenn auch mit anderen Augen als Juha. Er fragte das Mädchen: »Wo ist dein Vater?« »Weiß nicht.« »Wie, du weißt es nicht?« Das Mädchen konnte beim besten Willen nicht darauf antworten. Der Fremde wandte sich an den Jungen und fragte: »Weißt du, wo dein Vater ist?« »Ne.« »Und ist dein Vater vor kurzem zu Hause gewesen?« »Jo.« »Wie kann es denn dann sein, dass du nicht weißt, wo er steckt?«, fährt ihn der Fremde an und kommt näher. Der Junge fängt an zu weinen. »Jetzt brüll nicht so, ich werde dich schon nicht auffressen.«

Währenddessen stand Jussi im Stall und presste sich neben der Stalltür an die Wand, sodass Pirjola, als er die Tür aufmachte, zunächst nichts außer der Kuh sah. Aber bald entdeckte er die ihm widerlich gut bekannten Knopfaugen und rief mit einer Stimme, die sowohl Hass als auch Munterkeit ausdrückte:

»Da ist er doch, bei dem anderen roten Rindvieh.«

Der Fremde, der auch in der Hütte gewesen war, trat nun ebenfalls zur Tür. Jussi betrachtete seine feinen Gesichtszüge und seinen geraden Oberkörper und hörte die sorgfältig artikulierten Worte:

»Kommen Sie raus da.«

Jussi näherte sich der Tür, blieb aber wieder stehen, da die anderen die Öffnung versperrten. Die jungen Krieger sahen drein, als hätten sie es mit irgendeinem schmutzigen Tier zu tun.

»Na, haben Sie nicht gehört, kommen Sie raus!«

Jussi kommt, mit zitterndem Kopf und weit aufgerissenen Augen. Pirjola sagt, wegen der anwesenden Fremden mit einer Stimme, die Juha bekannt vorkommt:

»Lass uns ruhig zur Stabsabteilung gehen, Janne, aber ich kann nicht garantieren, wie das für dich ausgeht.«

Auf dem Weg fragt einer der Fremden:

»Waren Sie das, der den Herrn Palmunoksa ermordet hat?«

»Nein, das war ich nicht, und wenn ihr mich auch auf der Stelle erschießt, nein … ich hab nichts damit zu tun …«, Juha schnäuzt sich.

»Und wo ist Ihr Gewehr?«

»Das liegt schon dort … aber ich war nie dort.«

»Das können Sie dann vor dem Stab genauer erklären.«

Wortlos wandern sie weiter. Juha rechnet sich in Gedanken aus, wie viel Brot, Hering, Holz und Heu zu Hause geblieben ist – wenn dieser Pirjola das Heu abholt, dann wird die Kuh es nicht schaffen. Und wie wird es dem Jungen ergehen – das Mädchen wird es schon irgendwie machen. Er muss an das Schicksal der verstorbenen Hiltu denken; Tränen schießen ihm in die Augen. Sterben wird er auf dieser Reise … er wird hier nie mehr am Zaun entlang zurückkehren … Nichts ist fertig geworden. Er war mit einem Weib zusammen, bewohnte eine Kate, war Sozialist; alle diese Dinge sind einander ähnlich. Er hatte sie erledigt, weil sie erledigt werden mussten – und jetzt musste er schon sterben – und die Kinder begriffen nichts. Die sind auch nicht wie anderer Leute Kinder, die sind wie von jemandem gemacht, der nichts davon versteht …

Sie kommen zum Dorfplatz, und Juha sieht die Häuser in der beginnenden Abenddämmerung, als wären zehn Jahre seit der letzten Nacht vergangen. Er ist sich bereits sicher, dass man ihn töten wird; dieses heiße Gefühl erleichtert sein Gemüt und lässt immer neues Wasser aus den alten Augen und der Nase rinnen. Seine Beine sind müde, aber die Müdigkeit ist seltsam berauschend. Hinter dem erleichterten Gemüt wächst immer mehr das starke Gefühl eines gelebten Lebens heran, gleichzeitig überkommt ihn ein bedrückendes Gefühl der Machtlosigkeit. Wenn der sechzigjährige Sohn des vor langer Zeit verstorbenen alten Penjami und der ehemaligen Magd von Nikkilä Maija jetzt einen besser entwickelten Verstand hätte, könnte er auf den letzten Kilometern seiner irdischen Wanderung vielleicht eine kühle Zufriedenheit über diese Tatsachen seines Lebens empfinden. Doch so, wie es jetzt um ihn steht, rinnen sie nur gewissermaßen mit den Tränen hinfort und rühren an dem immer weicher werdenden Gemüt.

Noch immer war der Weg von Häusern gesäumt. In manchen wimmelte es von Soldaten – auch Juha konnte sie nicht einmal in Gedanken Schlächter nennen. Dutzende Pferde standen am Straßenrand. Bei einem der Häuser wurde Juha auf einen Pferdeschlitten verfrachtet und mit neuen Begleitern weitergeschickt. Immer deutlicher fühlte Juha, dass ihm kein Platz in einer Welt wie dieser beschieden ist. Wenn sie es nur bald tun und ihn nicht lange quälen. Schmerzhaft ist es, an die Kinder und die Kuh zu denken – und er muss die ganze Zeit weinen …

Der Johan-Toivola-Fall war für alle gleich vollkommen klar. Er war bis zum letzten Tag an den Verbrechen beteiligt gewesen – zuletzt am Deckenraub –, und dann hatte er offensichtlich erheblichen Anteil an der Ermordung des Herrn Palmunoksa gehabt, obwohl auch dem eifrigsten Ankläger, nachdem er den Mann gesehen hatte, ein paar leise Zweifel gekommen sein mussten, ob er ihn wirklich erschossen hatte. Und in der ganzen Gemeinde gab es keinen einzigen, der Mitgefühl mit ihm gehabt hätte. Als manche Hofbesitzer am Abend von Mariä Verkündigung sahen, wie man ihn wegbrachte, empfanden sie ein gewisses Mitleid. Aber auch dieses Mitleid war unangenehm, und es war eine Genugtuung, nachdem er vorbeigeführt worden war, zu wissen, dass sie nichts mehr mit Jussi und dessen Angelegenheiten zu tun haben mussten. Es war ganz so, wie wenn es jemand so einrichtet, dass er nicht zu Hause ist, wenn geschlachtet wird, aber bei seiner Rückkehr gerne das saubere Fleisch betrachtet, das sich inzwischen angesammelt hat.

Juhas Seele und Körper erzitterten, als er beim Gefangenenhaus ankam. Er versuchte sich selbst davon zu überzeugen, dass er schon am selben Abend getötet werden wird; er stellte sich andauernd vor, wie die Kugel in seinen Körper eindringt. Währenddessen murmelte sein Mund irgendetwas Gebetsartiges, und deswegen schenkte er den Umständen auch keinerlei Beachtung. In dem Raum war es sehr eng, sodass nicht alle Platz hatten, um sich hinzulegen. Es wurde gehustet und gespuckt. Während die Stunden vergingen, wurde das Warten auf den Tod immer unerträglicher. So mancher bat darum, dass Gott selbst sein Leben nehmen würde, bevor es die Menschen taten. Die jungen Raufbolde sahen drollig aus, da ihren brutalen Gesichtern nun zwangsläufig die Ernsthaftigkeit abzulesen war. Einer von ihnen versuchte, den Wärter in ein

Gespräch zu verwickeln. »Ihr werdet nicht alle getötet«, entgegnete der Wärter mit einem gleichgültigen Lächeln.

Die Nacht vergeht, und es wird noch immer niemand zur Hinrichtung gebracht. Gegen Morgen beginnt der eine und der andere einzudösen, und bald hört man in dem Raum nur schläfriges Ächzen, Hustenanfälle und manchmal ein »Herr Gott, Vater im Himmel«. Sogar ein Schnarchen ist zu hören: Einer der jungen Raufbolde kann auch unter diesen Umständen ausgezeichnet schlafen.

Bei Tagesanbruch werden noch zahlreiche weitere Gefangene hereingebracht. Sie versuchen, über die Herumliegenden zu steigen und zum Fenster zu gelangen, aber der Wärter verbietet es und befiehlt ihnen, sich in die Nähe der Wand zu begeben.

»Teuer erkauft ist die Freiheit, zum Teufel«, sagt einer der Neuankömmlinge.

Der geschlafene Schlaf ist nicht viel wert, und alle sind davon überzeugt, dass sie gar nicht geschlafen haben. Aber auch ein kurzer Morgenschlummer vermag es, eine Grenze zwischen dem Gestern und dem Heute zu ziehen. Am Morgen sind sich alle sicher, dass wieder niemand vor dem Abend erschossen werden wird. Ein langer Tag mit unzähligen Verhören steht bevor.

Um halb neun herum trinken der Feldrichter, der Kommandant und der örtliche Befehlshaber ihren Morgenkaffee. Sie sind alle drei nervös, streiten sich beinahe untereinander, denn alles ist etwas durcheinander und ein weiterer anstrengender Tag steht ihnen bevor. Alles wird benötigt und nichts davon ist da. Die große Anzahl der Häftlinge verursacht Schwierigkeiten, es gibt keine gesicherte Vorgehensweise für sie. Einige wurden gegen Kaution von Hofbesitzern freigelassen, andere wurden von den Männern auf eigene Faust erschossen, wer von ihnen Schmied war, der wurde ohne Umschweife an die Arbeit geschickt. Laufend schleppen die Hofbesitzer Weiber und sonst noch wen herbei, damit sie verhört werden. Einer von ihnen kommt, um eine Quittung für seinen Telefonapparat zu verlangen, den die Soldaten mitgenommen haben. Das ist alles so ärgerlich, dass der Kommandant und der Richter immer wieder aus Versehen schwedisch reden, obwohl der örtliche Befehlshaber ein Finne ist.

Die Gefangenenfrage ist dennoch am Heikelsten.

»Zuerst muss man diejenigen expedieren, die getötet werden sollen«, sagt der Richter.

»O alla Stabs-huliganer kann man die Quittung utan vidare«, sagt der Kommandant teilweise auf Schwedisch.

»Ja, aber weiß der Teufel, wer von denen ein Stabsraufbold ist.«

Diese beiden so unterschiedlichen Stimmungen – der Gefangenen und der Stabsherren – geraten dann ab neun Uhr in allerengsten Kontakt miteinander. Der Richter ist voller Tatendrang, er wird die Dinge heute zum Laufen bringen. Bis zum Einbruch des Abends sind bereits vierzig Gefangene in den Norden geschickt, neun stehen zur Erschießung bereit.

Diejenigen, die erschossen werden sollen, bringt man in einen speziellen kleinen Raum auf der anderen Seite des Hofes. Vor der Tür werden zwei Wärter postiert, mit Bajonetten an ihren Gewehren und Handgranaten am Gürtel. Unter den einheimischen Soldaten verbreiten sich im Laufe des Tages Gerüchte darüber, wer sich in diesem

Spezialraum angesammelt hat. Da ist der Leiter aus dem Genossenschaftsladen: Das war ja klar – die Kulmala-Alviina und Virtanen-Manta: Auch die hat es also erwischt – der Toivola-Jussi: Der also auch; auch seine Nachkommen wird die Gemeinde durchfüttern müssen.

Dort in dem winzigen Zimmer erwarten die neun den Anbruch der Nacht. Einige Frauen haben sich nun wieder etwas beruhigt, und eine fragt den Wärter, wie spät es ist.

»Haben Sie noch etwas vor?«, fragt der Wärter sie zurück.

Die Wärter wechseln. Wieder fragt jemand die Wärter, ob das Bewachen nicht anstrengend sei.

»Danke der Nachfrage, aber bald haben wir's ja überstanden. Der Feldjäger ist schon da.«

»Wird der Feldjäger auch Wache schieben?«

»Ja, der hat drum gebeten, dass wir die letzte Schicht für ihn aufheben.«

Niemand will weiterfragen.

Zwei dumme junge Menschenkinder verbrachten bereits die zweite Nacht voller Furcht weit weg in der verfallenen Waldkate. Am Abend war das Mädchen zur entfernten Nachbarkate gerannt, angeblich, um zu fragen, ob man dort etwas vom Vater gehört hatte. Aber sie traf in dieser Kate niemanden an, und heulend wie ein Wolf und keuchend lief sie durch den Wald wieder zurück. Der Junge weinte auch in der dunklen Hütte, und so bereiteten sie sich darauf vor, eine weitere Nacht schutzlos auszuharren. Sie hatten sich früher andauernd miteinander gestritten ,und der Vater hatte sie geschlagen. Aber jetzt sahen sie ständig den alten kahlen Kopf ihres Vaters vor sich und die abstehenden Haarbüschel am Rand. Das Weinen aus

Furcht ließ die unbewussten Instinkte im Blut zum Vorschein treten. Der Vergleich mit dem gefangenen Vogel und den im Nest verbliebenen Vogeljungen ist in diesem Fall zum Schmunzeln, doch er trifft zu.

Da saß er doch, der alte Vogel, in der Ecke, die Hände auf den Knien verschränkt und den Kopf wiegend. Ein Stechen in der Brust und Atemnot hatten ihn den ganzen Tag über geplagt. Er war beim Richter vorgeladen gewesen, aber davon weiß er nichts mehr. Einzelne Ereignisse seines Lebens tanzen gewissermaßen in seinem Bewusstsein vorüber. Die ersten Nächte, die er mit seiner mittlerweile verstorbenen Frau verbrachte – die waren tatsächlich schön gewesen. Und dann Hiltus Schicksal; als er sich nun Hiltus Kindheit bewusst macht, begreift er sie als eine einzige ununterbrochene Reise bis hin zu jener mondhellen Nacht, in der Hiltu in den See ging. Das ist für Juha nun so klar, dass er überhaupt nicht bemerkt, wie er erst jetzt zu dieser Einsicht gelangt war. Er wiegt seinen Kopf, und nach kurzer Zeit sieht er sein eigenes Leben auch als eine solche Abfolge von Ereignissen wie Hiltus Leben …

Man hört den leisen Befehl: »Kommt raus!« Auch Jussis Geist kehrt zitternd in die Gegenwart zurück und beginnt seinen Gang in eine völlig andere Richtung. Alle gehen los. So ein Abmarsch war im finnischen Freiheitskrieg nichts Ungewöhnliches.

*

Als Letzter stapft der Toivola-Juha durch das Friedhofstor hinein. Die Jüngeren eilen im Laufschritt voraus, nur der dickbäuchige Leiter aus dem Genossenschaftsladen ist gemeinsam mit Jussi hinter den anderen zurückgeblieben.

Kälte, Hunger und Schlaflosigkeit haben dem alten Jussi gutgetan. Das Stechen in der Brust und die Atemnot bedrücken ihn nicht mehr, er spürt sie zwar, aber gewissermaßen weicher. Auch das Zittern nimmt er nicht mehr wahr, und seine Gedanken formieren sich in einem Kreis, der auf der Stelle bleibt, während abertausende kleine Ideen eifrig weiterstampfen. So ist es, solange ununterbrochen etwas geschieht, wenn alle stetig weitergehen und niemand etwas befiehlt. Aber sobald sich auch nur eine kleine Besonderheit ereignet, wenn der Feldjäger die eiserne Torhälfte weiter auf schiebt, wenn er sich umdreht, um hinter sich zu blicken, und wenn der Gewehrlauf in der Dämmerung geschwenkt wird, dann fühlt er einen fürchterlichen, müden Stich der Verzweiflung. Sie sticht nicht mehr, sie schlägt gewissermaßen mit einem Lederball gegen seine Innereien.

Der aus dem Grab ausgehobene Sandhaufen kommt in Sicht. »Halt!« Die Vordersten bleiben stehen, aber die Hinteren gehen noch ein paar Schritte weiter. Alle stehen, man hört ihren Atem, einer sackt auf die Knie und auf die Hände, aber niemand sagt etwas. Der Kreis ist aus Juhas Gedanken verschwunden, er würde sich am liebsten hinlegen, bleibt aber stehen. Er hat beinahe das gleiche Gefühl wie einmal, als er krank war, nachdem er das Sakrament empfangen hatte. Und hat er nicht vor kurzem auch das Sakrament empfangen? Er kann sich ganz deutlich daran erinnern, wie er in Paitulas Schuppenecke stand, in einer glücklichen Vergangenheit, aber von jenem Augenblick bis zu diesem hier ist alles vollständig aus seinem Gedächtnis verschwunden. Gerechtigkeit und Ungerechtigkeit, Schuld und Unschuld, das sind in dieser Situation und in diesem Geisteszustand völlig fremde Fragen. Sie dringen in diesem Moment nicht einmal in den dunkelsten Winkel seines Bewusstseins vor. »Was für ein Kleid hatte die verstorbene Hiltu an, als sie von zu Hause wegging, im Sonnenschein? So war das Kleid und so waren die Schuhe.«

Juhas Sinne nehmen wahr, was vor sich geht. Der Dickbäuchige ist ohne ein Wort zu verlieren von hinten geholt worden, man hat ihm befohlen, sich Schuhe und Kleider auszuziehen, gerade ist er dabei. Jetzt steigt er in das Grab hinein, der Sand gibt ein wenig unter seinen Füßen nach. Bedrohliche Stille. – Klack-krrk, klack-krrk. Eine endlos lange Stille, in der das beengende Gefühl der Widernatürlichkeit seinen Höhepunkt erreicht. Der Schuss ist wie eine große Erleichterung. Wenn der erste vorbei ist, geht alles leichter.

Auch dem Nächsten befiehlt man, sich auszuziehen, ins Grab zu steigen und so weiter. Die Schüsse schlagen dumpf auf, vergeblich versuchen sie die empfindlichen Wahrnehmungen zu reizen. Offensichtlich gibt es keine Helden in dieser Gruppe. Die Frauen geben zitternde Laute von sich, die kein Weinen sind; es handelt sich vermutlich um das allerursprünglichste Wimmern eines Muttertieres, wenn es von seinen Jungen getrennt worden ist. All die vergeblichen Gnadenbitten und Kniefälle haben sie schon im Gefängnis abgeleistet.

Der Zufall will es so, dass unser alter widerborstiger Jussi als Letzter übrig bleibt. Er ist noch so weit bei Besinnung, dass er das auch selbst wahrnimmt, es lässt in ihm sogar eine Art Vorstellung wachwerden. Er ist sich auch vollkommen sicher, dass er vor kurzem die Sakramente empfangen hat, er plappert unaufhörlich vor sich hin: »Herr Jesus, nimm meine Seele zu dir.« Er hat ein bisschen Bedenken, seine Hose auszuziehen, weil seine Unterhose sehr zerlumpt ist (klar hat so ein Taugenichts wie er es nicht fertiggebracht, sich neue aus den Gardevorräten zu besorgen), und außerdem der Umstände wegen ein bisschen … Er öffnet trotzdem seinen alten Gürtel und windet sich umständlich aus seiner Hose. »Herr Jesus, nimm meine Seele zu dir, Herr Jesus, nimm meine Seele zu dir.«

Am Grund des Grabes hat sich schon eine ziemliche Lache warmen Blutes angesammelt, als Juha mit seinen zerschlissenen Socken hineinsteigt. Wohlige Müdigkeit zieht ihn unweigerlich hinunter, lässt ihn sich auf den Leichenhaufen drauflegen. Die Ränder des Grabes zeichnen sich gegen das darübergestürzte nächtliche Himmelszelt ab. Ein kalter Schauer zerstört das Wohlige der Müdigkeit. Eine geballte Faust drückt von unten in seinen Nacken.

Für einen Augenblick hat er vergessen, was ihn eigentlich erwartet, aber da vernimmt er die befehlende Stimme des Feldjägers, dass er aufstehen muss. In einer angespannten Situation gehorcht der Mensch unweigerlich dem erteilten Befehl. Also richtet sich Juha mühsam auf, hält mit den Händen seine erbärmliche Unterhose, und schließlich gleitet auch der Toivola-Jussi in den gewaltigen Zustand des Todes, der da ist über allen und durch alle und in allen – ganz ohne einen »letzten Gedanken«.

Seine Leiden, die in unsichtbaren Rechnungsbüchern sicher zu Gunsten des Volkes verbucht werden, von dessen Gesamtwesen er keine Ahnung hatte – diese Leiden waren länger und tiefer gewesen, als die von vielen anderen – vielleicht von allen anderen –, deren Leiden jetzt abgerechnet werden.

Der Feldjäger entfernt sich dort mit seinen Männern vom Friedhof. Die Lebensgeschichte des Johan Abraham hat ihr natürliches Ende erreicht, es fehlen nur noch die üblichen Schlussworte. Dafür lassen sich schwer gewichtigere finden, denn das Ende kam für den alten Juha, als der Sturm gerade über Finnland tobte, und auch die übrige Menschheit eifrig herauszufinden versuchte, worin dieses Glück besteht, nach dem sie so mühsam strebt. Jemand mit Weitblick könnte vielleicht etwas erkennen, wenn er sich in dieser dunklen Nacht auf den Friedhof schliche, ins Grab zu der Blutlache und dem Leichenhaufen hinabstiege und von dort der Stille lauschte. Es ist nicht einmal gesagt, dass er dabei von der Furcht beherrscht wäre. In den Bäumen und der Luft des Friedhofes kann man schon den Frühling erahnen, er verspricht wieder Vogelgesang und Blumenduft und für die heranwachsenden Menschenkinder freudenerfüllte Tage. Immer näher kommen sie diesem Glück, über das sie vergeblich von einem Jahrhundert zum nächsten nachgedacht haben. Noch heute glauben sic, dass der fleischliche Körper mit seinen Bedürfnissen, die menschliche Gesellschaft und anderes in dieser Art am ehesten dieses Glück bedeuten. Aber obwohl es noch so schlecht um die Dinge steht, ist der Tag ja noch lang. Und so weit sind wir auf alle Fälle gekommen, dass die meisten Individuen im Moment des Todes dieses Glück einen winzigen Augenblick lang erleben; genau das ist es doch, das dem nächtlichen Friedhof so eine harmonische Stimmung verleiht, dass wir diese Tatsache ahnen. Und irgendwann wird es sich, solange die Menschheit weiterbesteht, auch noch in das Reich der Lebenden ausdehnen.

Anhang

Allerheiligen: Ein christliches Fest, zu dem aller Heiligen gedacht wird. Die liturgische Farbe ist Weiß, in der lutherischen Kirche Rot.

Bajonett: (nach der frz. Stadt Bayonne benannt) Stichwaffe, die am Gewehr befestigt wird. Die heute verwendeten Bajonette bezeichnet man auch als »Seitengewehr«. Diese Stoßwaffen können auch separat und im Nahkampf verwendet werden.

Breche (Brechmaschine): Ein landwirtschaftliches Gerät, bei dem mittels Brechen verdorrte oder verfaulte Pflanzenstängel entfernt werden. Normalerweise verarbeitete man auf diese Weise Flachs und Hanf.

Darren: Trocknen von Lebensmitteln durch Hitze. Es gibt z. B. die Getreidedarre (dient der Haltbarmachung). Ein anderer erwünschter Effekt des Darrens kann die Erzeugung von Röstaroma beim Rösten des Getreides sein. Andere Formen des Darrens sind u. a. die Hopfendarre. Auch Leinen oder Flachs werden gedarrt, um Fasern zu erzeugen.

Dreifaltigkeit: (Heilige Dreifaltigkeit, Dreieinigkeit, Trinität; lat. Trinitas) Im Christentum bezeichnet dies die Einheit von Gott (dem Vater), Jesus Christus (dem Sohn) und dem Heiligen Geist. Der Tag ist am ersten Sonntag nach Pfingsten, und wird auch als Goldener Sonntag oder Frommtag bezeichnet.

Feldjäger: Eine oft aus Forstleuten und Jägern bestehende Truppengattung, eine leichte Infanterie. Zu ihren Aufgaben gehört es, das Gebiet auszukundschaften, Angriffe auszuführen und Verteidigungsaufgaben zu übernehmen. Während des Finnischen Bürgerkrieges ließen sich einige Freiwillige unter den Weißen in Deutschland als Feldjäger ausbilden, um sich unter anderem auch auf die Befreiung Finnlands aus der russischen Herrschaft vorzubereiten. Die Ausbildung fand in Deutschland statt, da es nahezu unmöglich war, in Finnland eine Soldatenausbildung zu bekommen.

Fennomanen: Die Fennomanen waren die wichtigste politische Bewegung im Großfürstentum Finnland (1809–1917). Der Begriff »Fennomane« beschreibt einen finnischgesinnten Menschen. Die Bewegung begann Anfang des 19. Jahrhunderts. Die Fennomanen forderten, dass das Finnentum und die finnische Sprache eine dominierende Stellung innerhalb Finnlands bekämen (Schwedisch war damals die dominierende und offizielle Sprache). Die Muttersprache vieler Fennomanen aus der ersten Generation – unter anderem gehörte Snellman dazu – war Schwedisch. Einige von ihnen lernten Finnisch und legten von da an Wert darauf, es immer und zu jedem Anlass zu sprechen. Die meisten der Fennomanen (mit ursprünglich schwedischen Namen) ließen ihre Namen »einfinnischen«, dieser Trend setzte sich vor allem ab dem Ende des 19. Jahrhunderts durch. In den letzten Jahren des 19. Jahrhunderts, sowie den ersten Jahren des 20. Jahrhunderts, spaltete sich die Bewegung der Fennomanen in zwei politische Parteien – die »Partei der Jungfinnen« und die »Altfinnen-Partei«.

Die Bewegung trug in hohem Maße zur Weiterentwicklung der finnischen Sprache und der finnischen Literatur bei und setzte durch, dass das Finnische eine offiziell gleichgestellte Position mit dem Schwedischen erhielt, das zum damaligen Zeitpunkt die Amts- und Verwaltungssprache war. Alexander II., der von 1855 bis 1881 regierte, erklärte 1863 auf das Drängen von Johan Vilhelm Snellman hin, dass das Finnische von nun an auch eine offizielle Sprache Finnlands sei.

Garde: Der Begriff stammt aus dem Französischen (»garde«). Oft werden Garden als Leibwache oder für repräsentative Aufgaben herangezogen. Die Soldaten tragen häufig spezielle Uniformen. Entsprechende Truppen gab es bereits in der Antike. Der Begriff steht für gewöhnlich für »Elitetruppe«.

Generalstreik: Ein Generalstreik bezeichnet einen Streik aller Arbeiter innerhalb eines Landes oder eines Bezirks. Gegen Ende des 19. Jahrhunderts begannen die Arbeiter Generalstreiks durchzuführen, um ihre wirtschaftlichen und politischen Vorstellungen zu erzwingen. Generalstreiks führen häufig zum Erfolg, da durch sie der gesamte Alltag lahmgelegt werden kann.

Gesinde: Bezeichnet die Bediensteten eines Gutsherrn.

Grundbuch: Ein Grundbuch enthält eine amtliche Auflistung von Häusern oder Höfen sowie Ländereien und die sie betreffenden Besitzverhältnisse und Pflichten und gegebenenfalls Rechte des Pächters gegenüber dem Gutsherrn.

Gutsbesitzer: Ein Gutsbesitzer verfügte in der Regel über viel Land und beschäftigte auf seinem Gut Arbeiter. Besitzt er mehrere Höfe, so verpachtet er diese meistens an Kätner, die ihm im Gegenzug Geld, Naturalien und auch ihre Dienste anbieten müssen.

Hausierer: Ein Händler, der von Haus zu Haus zieht und eigene Waren anbietet.

Hausschule: In der Hausschule unterrichtete ein Lehrer (hier der Herr Magister) abwechselnd in den verschiedenen privaten Häusern der Dörfer. Eigentlich wurde dies natürlich zu Propagandazwecken genutzt.

Himmeli: Eine kompliziertes, pyramidenförmiges Mobile aus Stroh (manchmal mit farbigem Papier verziert), das in Finnland und Schweden für Weihnachten angefertigt und an der Zimmerdecke befestigt wird. Das Stroh ist ein Symbol für das Bett des Jesuskindes in dem Stall in Bethlehem. Das Wort »himmeli« stammt von dem schwedischen Wort »himmel«.

Hungersnot in Finnland: Die Hungersnot von 1866 bis 1868 war die letzte in Finnland und wird als »die Hungerjahre« (finn. »suuret nälkävuodet«) bezeichnet. In drei Jahren starben circa 270 000 Menschen. Die Gründe für diese Katastrophe waren, dass die Ernten in weiten Gebieten des Landes bereits in den Vorjahren sehr dürftig ausgefallen waren, besonders im Jahre 1862. Die Situation verschlechterte sich in den folgenden Jahren zusehends. Die ungünstigen Wetterverhältnisse hatten für die nächsten Ernten verheerende Auswirkungen. Anfang 1867 verhungerten die ersten Menschen. Die Regierung Finnlands vermochte nicht schnell genug zu reagieren. Es war nicht möglich, Lebensmittel sofort einführen zu lassen, da die finanziellen Mittel dazu fehlten. Während dieser Periode wanderten Tausende Finnen nach Amerika aus.

Jakobstag: Namens- und Gedenktag des Heiligen Jakobus des Älteren, dem Apostel, dem Sohn des Fischers Zebedäus und Bruder des Johannes. Dieser Tag ist am 25. Juli.

Katechismus: Leitfaden bzw. Handbuch des christlichen Glaubens. Die ersten katechetischen Urformeln waren u.a. das »Vater unser«. Später kamen z.B. die »Zehn Gebote« und die Aufzählung der Sakramente dazu.

Kienspan (Kienholz): Flache Holzstücke, die unterschiedlich lang sein können und einen hohen Anteil an Harz aufweisen. Meistens handelt es sich beim Kienspan um

Kiefernholz, es kann aber auch aus anderem Holz sein, wie zum Beispiel Tanne oder Fichte.

Kirchengemeinde: Zu ihren Aufgabenbereichen gehören das Halten von Gottesdiensten, Seelsorge, diakonische Aufgaben und das Einführen der Kinder und Jugendlichen in die Gemeinde und den christlichen Glauben.

Kirchenkreis: Verbund mehrerer benachbarter Kirchengemeinden.

Kätner: Ein Kleinbauer oder Tagelöhner, der in einem Abhängigkeitsverhältnis in einer Kate (kleines Bauernhaus oder Hütte) lebt. Die Höfe der Kätner lagen oft etwas abgelegen. Der Ertrag des eigenen Hofes reichte meistens nicht für den Lebensunterhalt aus und somit mussten sie in der Regel noch auf anderen Höfen Arbeiten verrichten. Ihr eigener Landbesitz war oft relativ klein, sie besaßen nur wenig Vieh, wenn überhaupt. Als Gegenleistung für die Kate und die Ländereien mussten sie ihrem Gutsherrn meist nicht nur Geld und Naturalien (beispielsweise Vieh, Nahrungsmittel) aushändigen, sondern auch verschiedene Arbeiten verrichten, wie zum Beispiel Hand- oder Spanndienste. Die Anzahl der Tage, also wie häufig der Kätner für den Gutsherrn verschiedene Dienste ausführen musste, wurde im Vorhinein festgelegt. Trotzdem musste der Kätner, immer wenn es der Gutsherr wollte, für diesen zur Verfügung stehen und für ihn arbeiten, selbst wenn er dafür die Arbeit auf dem »eigenen« Hof vernachlässigen musste.

Küster (Kirchendiener): Der Begriff bezeichnet einen Beruf innerhalb der Kirche, die Dienstwohnung des Küsters nennt man »Küsterei«. Der Küster kann zum Beispiel ein Angestellter einer Kirchengemeinde sein.

Laufgraben: Ein schmaler, einfacher Graben, der dem Schutz der Soldaten auf dem Schlachtfeld dient. Die wichtigsten

Funktionen des Laufgrabens sind, dass Nahrungsmittel oder Munition sicher geliefert werden können sowie dass Verletzte gefahrloser weggebracht werden können und neue Soldaten (oder Offiziere) geschützt zum Kriegsschauplatz nachrücken können.

Litanei: Wechselgebet zwischen dem Geistlichen (Vorbeter) und seinen Gemeindemitgliedern, also ein gemeinschaftliches Gebet, bei dem ein Vorbeter Anliegen oder Anrufungen vorträgt und diese von den Gemeindemitgliedern beantwortet werden. Es gibt zwei verschiedene Formen von Litaneien: »Anliegenlitaneien« (Fürbitten) und »Anrufungslitaneien« (Gott oder die Heiligen werden angerufen). Die Verbindung aus beiden bezeichnet man als »Allerheiligenlitanei«.

Lägel (Legel): Ein Flüssigkeits- und Gewichtsmaß. Das Lägel war ein hölzernes, rundes Gefäß, das vor allen Dingen für den Transport mit Pferden eingesetzt wurde, normalerweise war es nicht besonders hoch. Es gab verschiedene Größen: Kleine Lägel wurden als Trink- und große als Transportgefäße benutzt, häufig für Flüssigkeiten.

Mariä Verkündigung: Das Ereignis im Neuen Testament, als der Engel Gabriel der Jungfrau Maria die Geburt von Jesus Christus verkündete. Das Fest findet am 25. März statt (Verkündigung des Herrn). In Europa galt dieser Tag lange Zeit als Jahresbeginn.

Ostbottnien/Österbotten: (finn. Pohjanmaa) Ostbottnien ist eine finnische Region. Zu dem heutigen Gebiet Österbottens gehört der Küstenstreifen nördlich und südlich der Stadt Vaasa, wo hauptsächlich Schwedisch gesprochen wird. Die Fläche der Region beträgt fast 8 000 km^2, die Einwohnerzahl liegt bei circa 175 000. Vaasa ist mit knapp 60 000 Einwohnern der zentrale Ort der Region. Die Landschaft besteht zum größten Teil aus Wald, zudem findet man dort viele Moore und Seen.

Palmunoksa/Palmenzweig: »Palmunoksa« (oksa=Zweig) ist die fennisierte Form des schwedischen Nachnamens »Palmgren«.

Finnland gehörte 700 Jahre lang zu Schweden, bis es 1809 ein autonomes Großfürstentum Russlands wurde. Schwedisch war lange Zeit die Sprache der Elite, blieb dem Großteil der Finnen jedoch fremd. Dies führte im 20. Jahrhundert zum Sprachkonflikt, und viele fennisierten ihre schwedischen Namen. Die Fennomanen wollten bereits im 19. Jahrhundert einen einsprachigen Nationalstaat, die Gegenseite – die Svekomanen – sprach sich hingegen mit ihrem Motto »Zwei Völker, zwei Sprachen« für die angebliche Überlegenheit des Schwedischen aus. Die Losung der dritten Gruppe – der Liberalen – lautete »Ein Volk, zwei Sprachen«, was sich 1919 in der finnischen Verfassung durchsetzte, in der sowohl Finnisch als auch Schwedisch offizielle Amtssprachen wurden.

Ponton: Als Ponton (finn. »ponttoni«) bezeichnet man eine Vorrichtung, die auf dem Wasser treibt, meist ist der Ponton befestigt und dient unterschiedlichen Aufgaben (zum Beispiel dem Befestigen von Schiffen oder Flößen). Er ist in der Regel für den Transport geeignet, aber nur bedingt fahrtauglich. Als Materialien für die Pontons werden am häufigsten Stahlblech und Beton verwendet, aber auch Holz oder Leichtmetall.

Probst: Ein kirchlicher Verwalter.

Proklamationsbuch: Buch, in das der Kirchenamtsinhaber des Ortes die Eheaufgebote einträgt.

Sahti: Ein traditionelles, ungefiltertes Bier aus Finnland und eines der letzten Urbiere innerhalb Europas. Es wird hauptsächlich aus Gerste und zusätzlich in geringeren Mengen aus Roggen sowie manchmal aus Weizen und Hafer hergestellt. Als Gewürz wird häufig Wacholder verwendet, der Geschmack dieses Bieres erinnert an Banane. Das Gären dauert ein paar Tage, das Abkühlen circa zwei Wochen. Weil das Sahti ein Frischbier ist, muss es schnell und gut gekühlt getrunken werden. Mögliche Farben reichen von gelb bis dunkelbraun, der Alkoholgehalt beträgt 7 bis 9 Prozent. Man geht davon aus, dass das Wort »sahti« aus dem Germanischen »saf« (Saft) entlehnt wurde.

Sakramente: Als Sakrament bezeichnet man im Christentum einen Ritus (vorgegebene Abfolge für die Durchführung bestimmter Handlungen), der die nichtsichtbare Wirklichkeit Gottes veranschaulichen soll. Das Wort »Sakrament« (finn. »sakramentti«) stammt von »sacramentum« (sichtbares Zeichen der verborgenen Heilswirklichkeit) ab. Laut Luther soll durch die Sakramente der Glaube geweckt und gefestigt werden. Bei den reformatorischen Kirchen gehören zu den Sakramenten die Taufe und das Abendmahl.

Schröpfen: Beim Schröpfen wird in den Schröpfgläsern, die auf die Haut gesetzt werden, ein Unterdruck durch die Erhitzung der Luft im Glas erzeugt. An welchen Stellen die Gläser genau angesetzt werden sollen, wird durch Tasten ermittelt, dadurch soll ein inneres Organ stimuliert und positiv beeinflusst werden. Es gibt blutiges (dient dem Zweck der Entschlackung) und trockenes Schröpfen sowie die Schröpfkopfmassage. Heute wird das Schröpfen in der Alternativmedizin eingesetzt und zählt dort zu den »ausleitenden Verfahren«, in Europa, Asien und Afrika ist es schon lange bekannt. Loviisa, die Schröpferin im Roman, ist eine kräuterkundige Frau, die u. a. schröpft und zu allen medizinischen Notfällen und Geburten gerufen wurde, da es auf dem Land noch keine Ärzte gab.

Snellman, Johan Vilhelm: (1806–1881) Er wird als Nationalphilosoph Finnlands und darüber hinaus als »Erwecker des Volkes« angesehen, der das finnische Nationalbewusstsein vorantrieb. Er ist einer der einflussreichsten Fennomanen des 19. Jahrhunderts in Finnland gewesen und beeinflusste in hohem Maße die Stellung des Finnischen (durch sein Verdienst wurde das Finnische erst zur Amtssprache), er trug ebenfalls zur Einführung der finnischen »Markka« (Mark) bei.

Sparren: Schräg liegende Hölzer des Dachgerüsts, Träger der Dachdeckung (äußere Schicht des Daches).

S.K.: Abkürzung für Schutzkorps (finn. »suojeluskunta«).

Suometar: Die finnische Zeitung Suometar (1847–1866) war eine finnischsprachige Zeitung und beschäftigte sich in erster Linie mit Themen und Problemen der finnischen Bevölkerung. Suometar war nationalistisch geprägt und unterstützte die finnische Bewegung und die Stellung der finnischen Sprache innerhalb der Bevölkerung.

Totensonntag (Ewigkeitssonntag): Dieser Tag ist den Toten gewidmet. Er ist der letzte Sonntag des Kirchenjahres und thematisiert die Erwartung des Jüngsten Gerichts.

Transporte: Pferdefuhren, zu denen in der »roten Zeit« die Hofbesitzer und ihre Söhne verpflichtet wurden, um Nachschub an Männern und Lebensmitteln zu den Rotgardisten an der Front zu bringen.

Treideln: Ein Schiff auf Flüssen oder Kanälen vom Ufer aus auf »Treidelpfaden« stromaufwärts ziehen (durch Menschen oder Zugtiere).

Vogt: Der Begriff ist entlehnt aus dem Lateinischen »advocātus« (der »Herbeigerufene«) und bezeichnet allgemein einen

Beamten. Es gab auch »Kirchenvögte«, die während des Früh- und Hochmittelalters von Geistlichen, Kirchen oder Klöstern eingesetzt wurden, um sie in weltlichen Belangen zu vertreten und ihnen Schutz zuzusichern.

Volkszeitung: Die Volkszeitung (finn. Kansan Lehti) war eine sozialdemokratische Zeitung, die von 1899–1991 in Tampere herausgegeben wurde. Zu der Zeit des finnischen Bürgerkrieges war die Zeitung das lokale Sprachrohr der Roten Garden. Die Zeitung war propagandistisch: Sie berichtete unter anderem kurz vor der Eroberung von Tampere, dass an der Front der Weißen auch Chinesen kämpfen und dass die Anführer der Weißen oft unter Alkoholeinfluss ihren Dienst ausüben würden. Die Zeitung wurde ab dem 4. April 1918 zunächst nicht mehr herausgegeben. In den Zwanzigerjahren wurde sie dann wieder publiziert, sie veröffentlichte unter anderem ein umfangreiches Namensverzeichnis der getöteten Roten in Jämsä. Die Zeitung wurde bis Ende 1991 herausgegeben. Danach wurde zweimal im Jahr eine gleichnamige sozialdemokratische Zeitung in Tampere veröffentlicht - im Herbst und im Frühling. Ab Februar 2007 gab es die Zeitung auch im Internet, der Betrieb wurde mittlerweile jedoch eingestellt.

Weiße und Rote: Unter diesen Bezeichnungen versteht man die beiden Gruppen, die im finnischen Bürgerkrieg (27.1.–16.5.1918) gegeneinander kämpften. Eine Lebensmittelkrise, verursacht durch den Ersten Weltkrieg, kombiniert mit russischer Propaganda radikalisierte die Arbeiterbewegung. Die Arbeiterklasse, die immer selbstbewusster wurde, nahm die Ideale des Sozialismus an und fand auch Zuspruch bei der Landbevölkerung. In dieser Zeit gab es einen Anstieg der Arbeitslosigkeit – sowohl in den Städten als auch auf dem Land. Die letztendlichen Gründe für den Ausbruch des Bürgerkrieges war jedoch die Unzufriedenheit bezüglich der gesellschaftlichen Gegensätze, die sich Ende Januar 1918 in einem Aufstand entlud. Auf der einen Seite standen die »Weißen«, jene Gruppe, die für die Regierung kämpfte. Die Arbeiter, die einen Aufstand gegen die Regierung durchführten, bezeichnet man hingegen als die »Roten«. Bei den »Weißen« kämpften die politisch Rechten, Bürger aus den Städten, Gutsbesitzer, Fabrikbesitzer, schwedische Freiwillige sowie zu einem geringeren Anteil auch Arbeiter und Bauern. Letztere machten mit über 50 Prozent den größten Teil der Volksarmee aus, zusätzlich bildete sich die Armee aus Schutzkorps, angeworbenen Truppen sowie wehrpflichtigen Männern und den »Jägern«, die in Deutschland ausgebildet wurden. Der Oberbefehlshaber der Weißen war General Mannerheim.

Die Arbeiter begannen derweil ihre eigenen Garden zu gründen. Aufgrund ihrer roten Armbinden fing man an, sie als »Rote Garden« zu bezeichnen, die zudem Unterstützung von Russland erhielten – circa 4000 russische Soldaten kämpften an der Seite der Roten Garden, und von Russland erhielten die Roten auch Waffen. Die Roten Garden hatten 50000 bis 90000 Männer, die Weißen Garden ungefähr genauso viele. Die Männer waren auf beiden Seiten nicht wirklich ausgebildet (ausgenommen etwa 1300 Feldjäger). Abgesehen von der schlechten Ausbildung auf beiden Seiten, mangelte es den Soldaten auch an Disziplin, und sie hatten in der Regel auch keine guten Führungskräfte. Die Weißen konnten sich im Laufe des Krieges weiterentwickeln – durch eine gezielte Ausbildung, Einführung der Wehrpflicht, aber insbesondere durch die gut ausgebildeten Jäger und die deutschen Soldaten. In der Schlacht um Tampere fand die größte kriegerische Auseinandersetzung in der finnischen Geschichte statt. Schätzungsweise fielen dort rund 600 weiße und 1 800 rote Soldaten. Etwa einen Monat später gingen die Weißen auch offiziell als Sieger aus diesem Krieg hervor.

Wepsen: Die Wepsen sind ein finno-ugrisches Volk ostseefinnischen Ursprungs in Nordwestrussland. Heute findet man sie zwischen dem Ladogasee, Onegasee und dem Wologdasee. 2010 gab es ungefähr 6 000 Wepsen, von denen sich etwa 1 600 als Muttersprachler bezeichnen. Die Sprache der Wepsen gehört zu der baltisch-finnischen Gruppe der finno-ugrischen Sprache. Ihre nächsten Verwandten sind Karelisch, Ischorisch und Finnisch.

Gestrichene Stellen aus »Frommes Elend«

I

Und über seinen Tod wurde hinterher nicht einmal aus Versehen anders als grob scherzend gesprochen. Sogar der alte Pastor meinte, als er die Nachricht erhielt, lediglich: »Aber wo ist bloß der Hundsleder-Rucksack des Verstorbenen hingekommen? Der war so eine wohlvertraute Erscheinung hier in der Gegend.«

Der Toivola-Jussi hatte auf seine Art einen beachtlichen Tod, denn ihm wurde mit acht anderen Aufständischen die Ehre zuteil, von einem echten Feldjäger erschossen zu werden. Derselbe Feldjäger war übrigens hervorragend darin, bei Hinrichtungen amüsante Einfälle zu haben, die bei der Mannschaft noch lange Zeit danach für Heiterkeit sorgten. Einmal führte er zum Beispiel einen dünnhalsigen stumpfsinnigen Kerl in den Wald, der zitterte wie Espenlaub. Er befahl dem Strolch, sich hinzustellen, sah seine weit aufgerissenen Augen und schlotternden Knie, hob seine Parabellum-Pistole und sagte: »*Nun mein Sohn*, zähl' mal bis drei.« Der Strolch verstand ihn nicht, fing an zu schluchzen und ließ sich auf die Knie sinken. Der Feldjäger packte den Jungen am Kragen, stellte ihn wieder aufrecht hin und sagte: »*Nein, nein* du sollst bis drei zählen, so: eins, zwei, drei.« Der Strolch will nicht nachgeben. »Wenn du nicht zählst, schieße ich.« Da hört man: »Eins – Schluchzen – zwei –Schluchzen – drei.« Pam –

und gleich darauf noch pam-pam, weil der Strolch noch ein bisschen gezuckt hatte.

Ein anderes Mal war es wiederum ein Weib, das er erschießen sollte. Sie kommen in den Wald, bleiben stehen und der Feldjäger sagt: »*Nun*, hat die Mutti denn noch einen letzten Wunsch?« »Um Gnade flehe ich, weil doch auch Gott …« »*Ach so*, ich dachte, ich höre etwas Besseres«, sprach der Feldjäger und schoss.

Da unentwegt erschossen werden musste und er gerne schoss, musste er sich immer wieder ein bisschen Abwechslung verschaffen. Aber ein Mal ging dieses Bedürfnis nach Abwechslung ein bisschen zu weit. Es war ein heller Aprilabend, als ein eher kräftig gebauter junger Mann die Stufen hinuntergeführt und dem Feldjäger ein Zeichen gegeben wird. Alle anderen Gefangenen haben sich an den hofseitigen Fenstern versammelt, um zuzusehen. Der Feldjäger führt den Mann im Laufschritt ungefähr zehn Schritte weit, dreht sich dann abrupt zu ihm um und sagt: »Du bist wohl ein niederträchtiger und gemeiner Kerl, wie?« – und erschießt ihn dort auf der Stelle. Wie der Blitz waren die Gefangenen von den Fenstern verschwunden, und das war so komisch mitanzusehen, dass die anderen Männer in Lachen ausbrachen. Aber dem Feldjäger wurde von seinen Vorgesetzten eine strenge Rüge erteilt.

Auf dem Friedhof der Ortschaft, in der Johan Abraham Benjaminssohn seine sechzig Jahre gelebt und gewirkt hatte, wurden immer wieder Aufständische erschossen. In einer klaren Nacht war dann auch Jussi an der Reihe, und er durfte als neunter durch das Eisentor auf den Friedhof schlurfen, an dessen beiden Hälften ein kunstvolles Christuskreuz prangte. Ungefähr dreißig Schritte des Grabes waren bereits wieder zugeschüttet worden und weitere dreißig Schritte waren leer und bereits ausgehoben. Dort am Rand blieben sie stehen. Der Feldjäger hatte schlechte Laune, weil der zur Gruppe gehörende dickbäuchige Leiter des Genossenschaftsladens auf dem Weg immer wieder irgendetwas von seiner Unschuld genörgelt und bereits eine Ohrfeige dafür kassiert hatte. Jetzt bekam er noch eine, dass es knallte. Dann wurde ihm befohlen, sich Schuhe und Oberbekleidung auszuziehen. Als das getan war, wurde ihm befohlen, sich in das Grab hinein zu stellen und als das getan war, wurde geschossen. Und immer der Reihe nach so weiter, bis nur noch der erbärmlich aussehende Toivola-Jussi übrig war, der sich bereits seine alten verschrumpelten Stiefel und den zerfetzten Mantel ausgezogen hatte. Wie er da so stand, barhäuptig, mit seinem Bart, den Haaren, dem geflickten Hemd, war er alles andere als eine gepflegte Erscheinung. Dann stolperte er in das Grab und hielt dabei seine rutschende Unterhose fest. Bis zuletzt blieb er den kleinen Besonderheiten seines Charakters treu; er blieb im Grab nicht stehen, sondern legte sich auf den Leichenhaufen drauf – wie um allem zuvorzukommen. Sein Leben war voller solcher kleiner Versuche gewesen, schlau zu sein, aber die waren immer eigentlich sehr dumm gewesen, und von der Warte eines Unbeteiligten aus betrachtet sogar unsympathisch. So war es auch jetzt. Der Feldjäger lud seine Pistole, spannte sie und drehte sich zum Schießen um und als er den liegenden Jussi erblickte, sagte er: »Nicht einschlafen, Opa, noch hab ich dich nicht erschossen. Steh auf!« Jussi richtete sich mühsam und widerwillig auf. Der Feldjäger hatte schon genug und wollte sich mit dem Kerl nicht länger aufhalten, sondern beendete einfach sein mageres Leben. Dann wurden jeweils drei Leichen übereinander gestapelt. Johan Abraham Benjaminssohn kam auf die Weise zwischen die Kulmala-Alviina und die Virtanen-Manta, dass Alviina unter ihn gelegt wurde und Manta auf ihn drauf.

Ein Krieg, besonders ein Bürgerkrieg, ist von Natur aus ein bisschen ein ungestümes Spiel, manchmal fast ein grausames. Die dabei gewesen sind wissen, dass Ideale, Menschlichkeiten u. ä. auf dem Schlachtfeld blanker Unsinn sind.

II

Während diese nächtliche Reisegesellschaft ihrem Ziel entgegengeht, soll hier noch ein verdienstvoller finnischsprachiger Augenzeugenbericht einer früheren Hinrichtung seinen Platz bekommen. Er ist einem jener Bücher entnommen, die kostenlos in Geschäften, Bäckereien, Lebensmittelläden und anderswo an die fehlgeleitete Arbeiterschaft verteilt wurden, um die Begriffe richtig zu stellen.*

»Der Unglückliche, der Opfer eines solchen Todes wurde, war der Kätner Lukkarila, aus der Nähe von Kemi. Er ließ sich von den Bitten elender Kriegsflüchtlinge erweichen und versuchte ihnen, den russischen Strafandrohungen zum Trotz, über die Grenze zu verhelfen, aber er scheiterte und wurde festgenommen. Als ›warnendes Beispiel‹ verurteilte das russische Kriegsgericht den armen Mann zum Tod durch Erhängen. Viele Jahrzehnte sind

* »Das Vaterland des Arbeiters und was es heute von ihm fordert. Ernste Worte an die Arbeiterschaft Finnlands«, geschr. Pohjalainen – verlegt von »Volksfreunde«, Helsinki 1917.

vergangen, seit der finnische Boden zuletzt durch Todesstrafen verseucht worden ist, und gleichsam als höhnischer Beweis und um das Grauenhafte unserer Erniedrigung zu demonstrieren hat nun die russische Schreckensherrschaft diese Todesstrafe auch noch hier, in unserer Mitte vollzogen. Können die Finnen jemals eine derart schreckliche Tat vergessen und verzeihen?

Als der Pastor, der die Aufgabe hatte, den Gefangenen über die Todesstrafe und ihre Vollstreckung zu unterrichten, um 12 Uhr nachts die Zelle des Unglücklichen betrat, war dieser bereits eingeschlafen. Als er erfuhr, mit welcher Nachricht der ihm schon vertraut und lieb gewordene Tröster diesmal zu ihm gekommen war, entfuhr dem Unglücklichen ein fürchterlicher Hilfeschrei. ›Sie töten mich!‹, brüllte er indem er auffuhr und in furchtbares Wehklagen und Jammern ausbrach. Bald beruhigte er sich jedoch, aber in seiner Seele wütete ein Sturm. Immer wieder fing er an zu beten: ›Lieber Gott, räche mich bei meinen Verfolgern, lass mich Unschuldigen nicht ungesühnt sterben.‹ ›Lieber Gott, lass hier und jetzt ein Wunder geschehen, lass mein Leben in meinem Körper verbleiben und rette mich.‹ Und dann wurde er wieder von einer unermesslichen Welle des Leides überrollt, die den Mann mit sich riss, in die Schlucht unsäglicher Verzweiflung und Furcht, aus der ihn der Tröster lange Zeit nicht emporheben konnte. Aber dann kam auch er, dieser menschlich große Moment, in dem er sich seinem Schicksal fügte und unterwarf. Indem er sich fasste, wandte der Verurteilte sich seinem Glauben zu, um dort Trost zu finden, in Gott, und er bat den Pastor darum, ihm ein Kirchenlied vorzusingen: ›Nimm mich, Jesus, in deine Herde auf.‹

Als man den Verurteilten um 1 Uhr nachts vor dem Bezirksgefängnis Oulu auf den Wagen verbrachte, der ihn zum Richtplatz bringen sollte, begann für den ihn begleitenden jungen Pastor ein schwerer Kampf. Als Gefangenenseelsorger war es seine Pflicht, allen innerhalb der Gefängnismauern leidenden Unglücklichen Trost zu spenden, aber draußen vor den Gefängnistoren hörte diese Verpflichtung auf. Jetzt hätte man ihn nicht mehr dazu zwingen können, dem unglücklichen Mann zu folgen und das schreckliche Schauspiel mitanzusehen, bei dem ihm schon beim bloßen Gedanken daran das Herz fürchterlich schmerzte. Aber dann dachte er: ›Wenn ich jetzt diesen unglücklichen, unschuldigen armen Menschen mutterseelenallein den Henkern überlasse, ohne auch nur den Versuch unternommen zu haben, ihm den Trost zu spenden, den schon das Mitgefühl und die Menschlichkeit gebietet, insbesondere, da er gewissermaßen instinktiv Beistand bei mir sucht, der ich der einzige bin, dessen Herz hier voller Sympathie für ihn schlägt – wenn ich das tue, wird mein Gewissen mich für immer plagen. Ich muss ihm bis zu seinem Tod die Treue halten, diesem meinen finnischen Bruder, den sie gerade auf die grauenhafte Schlachtbank bringen.‹ Und nachdem er diese Entscheidung getroffen hatte, erlangte der junge Pastor mit einem Mal wundersame Kräfte und die Fähigkeit, den Verurteilten so zu trösten, dass dieser sein Schicksal mit gefasstem, reinem Empfinden von der Warte eines sich dem Tod Ergebenden sehen konnte.

Als sie durch die dunkle Nacht zu einer Heide am Stadtrand fuhren, wo der Galgen aufgestellt worden war, gedachte der Verurteilte mit rührender Liebe derer, die ihm auch noch im Augenblick seines Todes teuer waren.

Er klagte nicht mehr über sein eigenes Schicksal, sondern dachte an seine Frau und seine Kinder. ›Lieber Herrgott‹ betete er leise für sich und schluchzend: ›beschütze und behüte meine Frau und meinen armen kleinen Sohn.‹ Dieser finnische Landarbeiter, der niemals geahnt oder gewusst hatte, dass er ein Verbrechen begeht, der sein ganzes Leben lang ein bescheidenes und einfaches Leben geführt hatte, für seine Familie, seine Liebsten, konnte auch an der Schwelle des Todes sein aufopferndes Wesen in seinem Herzen bewahren, indem er seine letzte Zärtlichkeit jenen widmete, denen er zuvor auch sein Leben gewidmet hatte.

Als sie am Richtplatz ankamen, stand dort schon eine russische Soldatentruppe bereit. In Fesseln und andächtig den Worten lauschend, die ihm der junge Pastor, der keinen Augenblick von seiner Seite wich, zuflüsterte, wurde er den russischen Henkern übergeben. Es waren russische Soldaten, die grob und betrunken, gefühllos, mit bestialischer Grausamkeit darangingen, Lukkarila zu hängen. Ohne Rücksicht auf irgendetwas zu nehmen, legten sie dem unglücklichen Schlachtopfer die Zinkschlinge um den Hals und traten schnell den Hocker unter seinen Füßen weg. Die russische Schreckensherrschaft, alles, was uns Jahrhunderte lang unterdrückt und gehängt hat, hat ein weiteres Opfer gefordert.

Nachdem der Tod des Unglücklichen festgestellt worden war und die Muskeln und Nerven seines Körpers ihr fürchterliches Zittern beendet hatten, das den letzten furchtbaren Kampf von Körper und Seele anzeigt, nahmen die Soldaten ihn herunter und schleiften ihn in ein Loch, das sie am Fuße des Galgens ausgehoben hatten, wie einen Hund. Finnischer Arbeiter und finnische Arbeiterin, kannst du den russischen Unterdrückern diesen fürchterlichen Mord jemals vergeben und vergessen? Ballt sich deine Hand nicht zu einer Faust zusammen und schwört dein Herz nicht ewige Rache und Hass diesen Barbaren, deren gewaltsames Eindringen auf unser finnisches Staatsgebiet all die Schrecken und Gräueltaten verursacht hat, die verübt worden sind? Merkst du nicht, wie dein Blut instinktiv dieses ganze Land des Schreckens scheut, und mit ihm seine unterentwickelten Bewohner, die Finnland nie etwas anderes gebracht haben als Leid und noch mehr Leid? Sicher ist, dass du bei dem Gedanken an deinen unglücklichen Landsmann, an seine Frau und seinen armen kleinen Sohn, für die der Vater noch in den Händen seiner Henker betete, in deiner tiefsten Seele erschrocken einen ewigen Eid schwörst, dass du nicht eher ruhen wirst, als dieser Tod eines Unschuldigen, diese zum Himmel schreiende Stimme des Blutes gesühnt ist. Wie aus einem Traum erwacht, fährst du jäh auf, wenn du daran denkst, was die Russen hier sonst noch Fürchterliches vollzogen haben.«

Thomas Brunnsteiner: »... weil sie alle schuld waren« Notizen zu Frans Eemil Sillanpää und seinem »Frommen Elend«

Den quengelnden Greis Toivola aus der Massenhinrichtung zu Beginn des Romans, jenen Mann, der sich in vorauseilendem Gehorsam auf den Leichenhaufen legt und sich erst nach harscher Aufforderung wieder aufrichtet – sonst wäre es kein Standgericht – ehe ihn der Feldjäger endlich hinstreckt: Es gab ihn tatsächlich, nur seinen wahren Namen nahm er stehend mit ins Grab. Die diesbezügliche Episode schnappte Sillanpää im Frühjahr 1918 an einem Wirtshaustisch auf, wo Soldaten der Weißen Garden im Finnischen Bürgerkrieg einander mit Berichten über Gräuelszenen zu übertrumpfen suchten. Sillanpää selbst war als widerwilliger und letztrangiger Weißgardist präsent, war in die Schutzbrigade »eingetreten worden« nach der Verleumdung, er habe mit den Roten an der Meuchelung eines Apothekersohns teilgehabt, und verbrachte als passiver Zuhörer hier die einzigen Wochen seines Lebens »unter Waffen«. Auch den Feldjäger hat es also wirklich gegeben, im ursprünglichen Manuskript für das »Fromme Elend« lässt Sillanpää diese Bestie vor den Erschießungen gar ein paar Satzfetzen Deutsch sprechen: »*Nun mein Sohn*, zähl' mal bis drei ...« und »*Nein, nein* ...« und »*Ach so*, ich dachte ...« – die Hinrichtungsszenen von einem Strolch und einem alten Weib folgen detailreich ausgeschmückt.

Der Blutrausch in diesem Bruderkrieg, bei dem sich die kommunistischen Roten und die bürgerlichen Weißen in vielen Teilen Finnlands gegenüberstanden, nahm im Frühjahr des Jahres 1918 verheerende Ausmaße an – belegt sind zum Beispiel 80 Hinrichtungen von »roten« Kindersoldaten, alle jünger als 14 Jahre, auch neunjährige Buben sind dabei. Die Kampfhandlungen enden zwar Anfang Mai mit dem Obsiegen der Weißen, aber das Meucheln geht weiter: Von mehr als 80 000 internierten Roten in mehreren südfinnischen Lagern, auch Frauen, auch Kinder darunter, überleben 13 000 den Sommer von 1918 nicht, sie krepieren am Hunger und an Seuchen, in manchen Quellen ist von »Konzentrationslagern« die Rede. Insgesamt 38 000 Finnen verlieren ihr Leben, ein Prozent der Gesamtbevölkerung, mehr Verhungerte und Umgebrachte und Gefallene als im vielbesungenen »Finnischen Winterkrieg« zwanzig Jahre später gegen die Sowjetunion.

Und das Eigenartige daran: Wenn Sie diese Fakten heute, im Jahre 2014, einem Finnen erzählen, wird er sie nicht notwendigerweise akzeptieren, sondern womöglich sogar für verleumderisch halten: Über dem Schlachten versagte die Intelligenzia der jungen Nation nämlich zur Gänze. Große Volksdichter wie Ilmari Kianto oder Eino Leino schrieben über die Roten als Un- und als Untermenschen, bei V. A. Koskenniemi sind es Verbrecher, die Weißen dagegen »Helden im Sinne von Runeberg«, und es wird bis in die 1960er, bis zum Erscheinen der Trilogie »Hier unter dem Polarstern« von Väinö Linna, dauern, ehe die Roten Garden in einem Buch wieder als Menschen wie du und ich firmieren dürfen, gleichwertige Finnen, nur eben auf der falschen Seite in einem blutigen Bruderkrieg.

Die Ausnahme von dieser Regel halten Sie in Händen: »Hurskas kurjuus«, das 1919 in Helsinki erschienene Buch von Frans Eemil Sillanpää, damals 31 Jahre alt, verheiratet und Vater einer Tochter. Das Originalmanuskript in seiner Gesamtheit, mit der einleitenden Beschreibung des offenbar in Deutschland ausgebildeten Feldjägers und seiner Meucheltaten, ist übrigens bis zum heutigen Tage nicht in Finnland erschienen, alle Auflagen (und auch diese Übersetzung) hielten und halten sich an die 1919 auf Wunsch des Verlegers gekürzte Version – ein Fingerzeig, wie unverheilt diese Wunde in der finnischen Seele schwärt. Nein, eigentlich schwärte sie in Sillanpää am schmerzhaftesten: »Ich habe doch alles selbst gehört«, schreibt er seinem Verleger, »... und jeder noch vorhandene Patriotismus in mir erkühlte ganz«. Aber es dauert bis 1929, ehe in der Zeitschrift »Kansan Tahto« (»Volkes Wille«), einem Parteiblatt der zwischenzeitlich verbotenen Sozialisten, Sillanpääs ursprüngliche Einleitung zum Roman »Frommes Elend« erscheint. Er erreicht damit nur mehr die linke Reichshälfte, das ideologische Schisma des Landes ist endgültig vollzogen, und jeder liest und glaubt nur mehr den Eigenen. Aber dieser Feldjäger – wahrscheinlich noch am Leben, womöglich im höheren Dienst – würde er sein Portrait als Menschenfresser nun auch zu Gesicht bekommen? Woher kommt eigentlich die Furchtlosigkeit dieses Autors Frans Eemil Sillanpää, woher er selbst?

Geboren 1888 als drittes Kind von »Pranssu« (eigentlich auch Frans, aber die meisten Finnen können kein »F« aussprechen, ausgerechnet) und »Miina«. Frans Eemil ist ihr erster Sohn, der die Kindheit auch überlebt. Sie leben als selbstversorgende Kätnerbauern am Land in Hämeenkyrö, südwestliches Finnland, verdienen sich ein kleines Zubrot als Gemischtwarenhändler. Frans Eemil wird als »kluger Kopf« gehandelt, für den Schulgang ausersehen, mit eigenen Mitteln dann ans Lyzeum in Tampere geschickt. Als 17-Jähriger verdient er das Schulgeld selbst, u.a. als Hauslehrer und Journalist. 1908 Reifeprüfung, es gibt jetzt Mäzenaten, er geht an die Universität in Helsinki. Er scheint Arzt werden zu wollen, belegt dazu Kurse in Naturwissenschaft und Botanik, gerät in höhere Kreise, schreibt wohl auch, da sind wieder Gönner und Großbürger namens Sibelius und Järnfeldt und Juhani Aho, der erste Berufsschriftsteller Finnlands. Der schwedische Stadtadel lockt und lädt ein und verführt – und holt sich mit dem Bauernbuben wohl das ins Haus, was ihm abgeht: frisches, gesundes Landblut. Er wird sogar gemalt, trägt auf dem Aquarell eine Perücke, sieht aus wie ein tumber Mozart. Aber die Stadtexistenz macht erst trunken und dann berauscht, schließlich so stockbesoffen, dass Sillanpää zurück aufs Land flieht und den Rausch zur Weihnacht 1913 bei seinen Eltern ausschläft.

Wende.

Er lernt ein hübsches Mädel mit dunklen Augen vom Dorf kennen, sie heißt Sigrid, wird aber »Siikri« gerufen (der Vater seines Romanhelden Jussi heißt eigentlich auch Benjamin und nicht »Penjami« – wir notieren die Schwierigkeiten der Finnischsprachigen mit weichen Konsonanten). Sillanpää lächelt nun öfter verhalten auf den alten Schwarz-Weiß-Bildern, die Tochter Saara kommt 1917 auf die Welt, der Sohn Esko 1919. Noch sechs weitere Kinder, von denen einzig der Sohn Heikki (1933–1934) als Kleinkind stirbt. Ein Haus wird gebaut, eine Designervilla nach heutigen Maßstäben, sie erhält den tollpatschigen

Namen »Das Erreichte« oder »Errungenschaft«, die Familie zieht 1920 ein, nur hat sich Sillanpää leider Hals über Kopf dabei verschuldet, dem Stadtadel etwas vorzubauen versucht mit selbst verdientem Geld – als Schriftsteller, schon damals eine groteske Idee. Im Jahre 1928 wird der »Errungenschaft« der Strom abgedreht, und 1929 siedelt Sillanpää samt Familie endgültig nach Helsinki um, wo er auch den Verleger wechselt und dadurch finanziell wieder auf die Beine kommt. Aber »Das Erreichte«? Gehört dem Verlag, als leerstehender, ausgekühlter Pfand, jetzt ergibt der Name irgendwie erst Sinn.

In eben diesem Jahr, 1929, veröffentlicht Sillanpää erstmals die ungekürzte Einleitung seines großen Romans »Frommes Elend«. Fürchtet er da nicht, dass die Grausamkeit des Feldjägers und seiner Tischkumpanen nur schlummert, nicht einmal schläft, wünscht er sich einen Racheakt auf den Hals von einem dieser Kriegsverbrecher, die nun eindeutig identifizierbar die Beschreibung ihrer Taten auf gedrucktem Papier vorfinden? Er publiziert sie dennoch. Dann, ein Jahrzehnt später, wieder so ein Knieschuss: Im Dezember 1938 setzt sich Sillanpää an die Schreibmaschine – sein Buch »Silja, die Magd« steht vor dem großen »Relaunch« im Deutschland der Nationalsozialisten, 20000 Exemplare sind gedruckt, reißender Absatz ist zu erwarten – und schreibt einen »Weihnachtsbrief an die Diktatoren«, erschienen am 24. 12. im »Finnischen Sozialdemokraten«, adressiert an Hitler, Stalin und Mussolini gleichzeitig, die er als Blender entlarvt, unwürdige Großtuer an den Schalthebeln der Kulturnationen Europas – »aber wenn das Schlafwandlertum eurer Völker endlich vorbei sein wird, dann seid ihr vorbei«. Seine Bücher werden folgerichtig in Nazideutschland verboten, die Mägde im Zehntausend eingestampft, sein Name ausradiert, eine Renaissance Sillanpääs in der deutschsprachigen Welt hat in der Folge bis heute nicht stattgefunden. Weil er sich treu bleiben will, kein falsches Leben lebt im richtigen? Es steht zu vermuten.

Dann 1939: Frans Eemil Sillanpääs jüngstes Kind Kristiina ist gerade ein Jahr alt, als seine Frau und Jugendliebe Siikri im Frühling an einer Lungenentzündung stirbt. Als Zerrissener erhält er im Herbst desselben Jahres den Literaturnobelpreis, fährt im Dezember 1939 nach Stockholm, nimmt ihn entgegen »für mich und mein Land«, das quasi hinter seinem Rücken den Winterkrieg auszufechten begonnen hat – von der Sowjetunion überraschend attackiert, verteidigt sich die kleine Nation mit Zähnen und Klauen bis ins Frühjahr 1940, und in diesem, nur in diesem Winter liegen plötzlich Rote und Weiße, Kommunisten und Hofbesitzer, Fennomanen und schwedischer Halbadel im selben Schützengraben und verteidigen »ihr« Land. In diesem Winter kommt zur Welt: der finnische Nationalstolz, in dem seither so vieles ertrunken ist, gewissermaßen auch Sillanpää selbst. Vom Alkohol gezeichnet, kommt er erst kurz vor Kriegsende zurück nach Finnland, und wird prompt der Feigheit vor dem Feind geziehen – was hätte er denn machen sollen, aus dem Schützengraben die Rotarmisten unflätig anschreien? -, aber das überlegen sich die Geiferer nicht weiter. Sillanpää trinkt noch einen auf den Wahnsinn der Welt und wird im Herbst 1940 in das Privatsanatorium »Kammion Sairalaa« eingewiesen, Entzugsanstalt und Irrenhaus für die gehobenen Klassen. Man mag sich dieses Sanatorium wie die Anstalt für »Die

Physiker« in Friedrich Dürrenmatts Bühnenstück vorstellen, der wahre Irrsinn geht nämlich draußen durch die Welt: Im Jahre 1941 beginnen die Finnen mithilfe Nazideutschlands den Fortsetzungskrieg gegen die Sowjetunion, ein Eroberungsfeldzug, in dem auf einmal finnische Juden neben SS-Truppen an der Front stehen, während sich im Hinterland die »Roten Garden« – nicht alle Söhne wurden ausgerottet – als Widerständler gegen einen Krieg mit den Nationalsozialisten stellen, Wehrdienste verweigern, Fahnen flüchten, es wird wieder aus dem Stand gerichtet, und sogar in entlegenen Dörfern Lapplands verraten Brüder einander. Rote – Weiße. Einen dieser Toten, einen roten Waldgardisten, abgeschlachtet in Lappland im Jahre 1942, habe ich vor über zehn Jahren in einer Reportage für eine Schweizer Zeitung portraitiert, die Umstände seines Todes beschreibend sowie das Leben in den Dörfern der Jetztzeit. Die Erben der Kommunisten und auch die Nachkommen des Bruderverräters kamen zu Wort, alle wurden beim Namen genannt. Wenige Jahre später erschien das Stück auf Finnisch, bald darauf ein Anruf: Die tränenerstickte Stimme der Frau K. aus dem Nachbardorf. Schreie, Anwürfe, Drohungen gar, nach einer Stunde endlich ihr letzter Satz: »Und das mir! Die ich Zeit meines Lebens versucht habe, an diese schrecklichen Dinge nicht mehr zu denken!« Was sie damit ausspricht, ist nicht weniger als die Staatsräson von Finnland, dessen Eliten sich bei den alljährlichen Unabhängigkeitsfeiern am 6. Dezember in händeschüttelnder Selbstbeweihräucherung ergehen, ohne den durch diese Unabhängigkeitserklärung ausgelösten Bürgerkrieg überhaupt noch zu erwähnen.

In die Obhut und Vormundschaft seiner Tochter Saara wird Sillanpää im Jahre 1943 entlassen, er schreibt in den 40er Jahren wenig und fragmentarisch, in den 50ern dann autobiographisch, drei Bände, vieles davon doch angelehnt an und entliehen aus seinen eigenen großen, meist frühen Werken. Alles scheint geschrieben, noch nicht alles ist gesagt: Denn ab der Weihnacht 1945 hört das finnische Volk Sillanpääs gravitätisch vorgetragene, lispelnd gesprochene Predigten aus dem Radio, es sind weihnachtlich angeheiterte Kindheitserinnerungen aus seinem Geburtsort Hämeenkyrö, das Wort »joulu« für Weihnachten fällt in so gut wie jedem Satz. Es liegt in der Vortragsweise wie auch in seinem Inhalt eine Art klebriger Balsam für die wunden Seelen der Nachkriegsjahre, und die Radiomacher vereinfachen den Vornamen des Vortragenden, tilgen ihn am Ende ganz: Frans Eemil Sillanpää gibt es nicht mehr, er heißt jetzt Taata Sillanpää, ein kindliches Wort für einen alten Opa oder einen vergreisten Daddel.

Der Sillanpää Frans Eemil, oder Pranssu, oder Taata …, im »Frommen Elend« hatte er als junger Schriftsteller die Kunst perfektioniert, seinem Helden durch ständigen Wechsel des Vor- und sogar des Nachnamens alles Heldenhafte auszutreiben, ja ihn schon von der ersten Zeile an in diese Namenlosigkeit geboren und damit ungefährlich, quasi anonym und für alle und keinen geltend, gemacht. Und nun ereilte sie ihn selbst: Ein anderer, *Taata* Sillanpää, setzt sich 1962, zwei Jahre vor seinem Tod, in seinen Schaukelstuhl und gibt im finnischen Fernsehen ein letztes Interview. Und was wir in diesem vergilbten Schwarz-Weiß-Clip zu sehen bekommen, ist … *ein alter Greis von abstoßendem Äußeren. In seinen letzten Jahren hatte er eine ziemlich weit fortgeschrittene Glatze. Sein Gesicht war von weißen Zotteln bedeckt wie bei einem Köter, deutlich zu sehen war nur seine spitz zulaufende Nase. In seinen Augen konnte man nichts bedrohlich Finsteres erkennen, ihr Ausdruck war vielmehr wie ein Versuch zu lächeln. Etwas in ihnen erinnerte an einen Verrückten, und nichts setzt der Seele mehr zu, als in die Augen eines Verrückten zu blicken, denn ihr Lächeln will gewissermaßen mitfühlend zeigen, dass es um alles weiß, was der Mensch um keinen Preis zugibt, in sich zu haben.* Der Schriftsteller sieht in den letzten Lebensjahren so aus wie seine eigene Romanfigur, der Toivola-Jussi. Das Gesicht eingefallen und bleich, die schwarzen Augen tief im Schädel sitzend, die Backenknochen hervortretend, eine schwarze Stirnbinde auf dem kahlen Haupt, ein dünner Rauschebart fällt über den schwarzen Anzug mit Hemd und Krawatte, wodurch der Eindruck entsteht, er trüge eigentlich eine Tunika oder ein Sanatoriumsnachthemd. Er hat nur noch einen oder zwei Zähne und spuckt die Antworten mehr, als dass er sie spricht. Und dann beginnt er, *vor allen Leuten*, auf die Fragen des Interviewers, eines als Weihnachtsmann verkleideten Schauspielers namens Kauko Käyhkö, zu antworten:

Der Weihnachtsmann: »Wie fühlen sich diese gelebten Jahre heute an, im Gegensatz zu jenen vor fünf, sechs, sieben Jahrzehnten?« (er wirkt leicht verkatert)

Der Nobelpreisträger: »Ich fühle da keine Vertrautheit. Ich lebe im bedeutungslosen Augenblick.«

Der Weihnachtsmann: »Jaha, na gut … Aber trotzdem, diese deine Kindertage …«

Der Nobelpreisträger: »Macht euch kein Bild, keine Meinungen – lebt im Jetzt, im nichtigen Augenblick.«

Die Szenen haben zeitweise ängstigende, fast surreale Qualität, an einer Stelle konstatiert etwa der Weihnachtsmann, fast für sich selbst: »Ja, manchmal hat man sich eine Tracht Prügel verdient«, und die beiden Bärtigen sprechen quälend lange Minuten über Vorzüge und Varianten der körperlichen Züchtigung – und deren ungerechtfertigte Verdrängung aus der modernen Welt. Ob er den Zusehern wohl eine Lebenslehre mit auf den Weg geben könne, will der Weihnachtsmann nach einer Weile wissen: »Lebe im nichtigen Jetzt«, ruft der Greis fast, »gerade jetzt will ich sein – und so ist es gut«, und ortet diesen Gedanken bei Tolstoi. Sei der ein Vorbild gewesen? »Ach, dieser Graf …«, sagt Sillanpää abfällig, und kommt viel lieber auf die Familie Järnefelt zu sprechen – und jenen Abend im Theater, als ihn die Stadtadeligen in ihre Kreise aufnahmen: »Sie ließen mich hinein«, sagt er, wendet den Blick zur Decke, gibt sich im Schaukelstuhl einen Ruck. Dann fast kokett: »Ich hatte doch auch beträchtlichen Ruhm, nicht wahr?«

Näher kommen die beiden Männer einander nicht, Sillanpääs Antworten sind zu kryptisch für das Kinderprogramm, die sieben Minuten sind bald vorbei und die Kamera hat den Schwenk von links nach rechts vollzogen. Aber wie war das noch mit den Kindertagen, den seligen Erinnerungen, die ihm der übernächtigte Weihnachtsmann Kauko Käyhkö so unbedingt entlocken wollte, als Reminiszenz an all die Nachkriegs-Weihnachtsabende im Radio, als letzter, seliger Ausklang? Sillanpää gewährt ihm den idyllischen Rückblick nicht:

Der Weihnachtsmann: »… und die allerfrühesten Erinnerungen …«

Der Nobelpreisträger: »Das sind doch nur neblige Abstraktionen! Wenn ich im Jetzt daran denke, wer auf diesen Pfaden lief, wer Eier aus den Vogelnestern stahl und den Flusskrebsen nachstellte – das war doch ein ganz anderes Wesen. Das war doch nicht ich.«

Der Weihnachtsmann: »Aber die früheste Zeit vor 70 Jahren, als Vater und Mutter noch die besten Freunde waren ...«

Der Nobelpreisträger: »Hah! Freunde? Eine naturgegebene Unterworfenheit ... Mal um Mal bekam ich eine Tracht Prügel, dann wieder schlug man mich zugeneigt mit Birkenquasten in der Sauna.«

»Wenn ein Kind jung stirbt, ist das normalerweise ein viel erfreulicheres Ereignis als seine Geburt«, dieser Satz Sillanpääs aus dem »Frommen Elend« hätte gerade noch gefehlt, um diesem Kinderprogramm des Jahres 1962 exemplarische Schärfe zu verleihen. Aber mir sind Sillanpääs Antworten auch so klar genug – da ist kein weihnachtlicher Zucker mehr, zwei Jahre vor seinem Tod, nein: Mit einem letzten Kraftakt schickt er die wenigen wachen Zuhörer und -seher tief ins 19. Jahrhundert zurück, in einen Landort voller verstreuter Katen und Höfe namens Hämeenkyrö (echt) oder Harjakangas (erdacht, genauso echt), in die Zeit der Pleiteernten, verregneten Sommer und der großen Hungersnot, die zwischen 1866 und 1868 fast jeden sechsten Finnen dahingerafft hat. (»Das Volk machte keine Person oder Gruppe für die Hungersnot verantwortlich«, entnehme ich einer Chronik.) Zurück in die Zeit, da Kinder kleine Landmaschinen sind, die Jungen ihr Essen aus Vogelnestern stehlen, die Väter in Hilflosigkeit schlagen und saufen und die Mütter im Wochenbett verwelken. In jene Zeit vor dem verdrängten

Schicksalsjahr 1918, in die Frans Eemil Sillanpää auf dem Zenit seines Schaffens das Buch »Frommes Elend« hineingeschrieben hat.

Juni 2014

P. S.: Einige der erwähnten Briefzitate sind der Sillanpää-Biographie von Panu Rajala (»F. E. Sillanpää vuosina 1888–1923«, erschienen 1983) und darin erwähnten Quellen entnommen, sämtliche Übersetzungen meine eigenen. Die ursprüngliche Einleitung zu Sillanpääs »Frommes Elend« wurde zuletzt im Anhang der Sillanpää-Biographie abgedruckt, der Verlag Suomen Kirjallisuuden Seura erteilte freundlicherweise die Genehmigung zur Übersetzung.

Frans Eemil Sillanpää (1888–1964) ist der bisher einzige finnische Literaturnobelpreisträger. Als Sohn einfacher Hofbesitzer wird er zur Schulbildung ans Gymnasium nach Tampere und anschließend für ein Studium der Medizin an die kaiserliche Alexander-Universität nach Helsinki geschickt. Er bricht das Studium ab, kehrt zurück aufs Land, gründet dort eine Familie und beginnt literarisch zu arbeiten. 1919 entsteht der Roman »Frommes Elend«. Trotz finanzieller Nöte schreibt er weiter und erhält schließlich 1939 den Nobelpreis für Literatur, für den er seit 1930 wiederholt vorgeschlagen worden war. Er verfällt dem Alkohol, verbringt die Jahre 1940–1943 in der Psychiatrie und schreibt danach so gut wie gar nicht mehr. Dennoch bleibt er in Finnland bis zu seinem Tod populär, weil er als »Taata Sillanpää« (Opa Sillanpää) immer zu Weihnachten im nationalen Radio spricht.

Reetta Karjalainen wurde 1973 in Kranj (Slowenien) geboren, wuchs bilingual (finnisch-deutsch) auf, studierte in Wien Fennistik, Finno-Ugristik und Deutsche Philologie und lebt als Übersetzerin in Wien und Yläne (Finnland).

Anu Katariina Lindemann wurde 1979 in Bremen geboren. Sie studierte Fennistik sowie Englische und Deutsche Philologie in Köln und lebt als Übersetzerin in München.

Thomas E. Brunnsteiner wurde 1974 in Leoben, Österreich, geboren. Er schreibt Berichte und literarische Reportagen für verschiedene Zeitungen und Magazine. Zuletzt erschienen »Bis ins Eismeer – Zwölf Reportagen von den Einwohnern der Welt zwischen Kaukasus und Polarkreis« und der Prosaband »Taten. Ein Journal«. Er lebt mit seiner Familie in Vaattojärvi, einem kleinen Dorf in Lappland.

Titel der Originalausgabe:
Hurskas kurjuus
(Helsinki 1919)

Die Übersetzung dieses Buches wurde gefördert
von FILI – Finnish Literature Exchange

FILI
FINNISH LITERATURE EXCHANGE

Erste Auflage Berlin 2014

Guggolz Verlag
Gustav-Müller-Straße 46, 10829 Berlin
verlag@guggolz-verlag.de

Druck & Bindung: Friedrich Pustet, Regensburg
Umschlag: Mirko Merkel und Daniel Wagner,
unter Verwendung einer Fotografie von Myllykolu
ISBN 978-3-945370-00-1

www.guggolz-verlag.de